狄德罗

04

作品集

**DENIS
DIDEROT**

宿命论者
雅克和他的主人

JACQUES LE FATALISTE
ET SON MAÎTRE

德尼·狄德罗 ——— 著　罗芃 ——— 译　罗芃 ——— 主编

上海译文出版社

他俩是怎么遇到的？机缘巧合，跟大家一样。他们尊姓大名？这关您什么事？他们从哪儿来？从最近的地方来。他们到哪儿去？难道我们知道自己要去哪儿么？他们说些什么？主人什么也没说，雅克说他队长常说，人世间发生的事，福也罢，祸也罢，都是那上边写好了的。

主人："那上边"，这词了不得。

雅克：队长还说，枪膛里射出的每一颗子弹都是领命而行①。

主人：此言有理……

（沉默片刻，雅克放声道）"见鬼去吧，酒店老板，还有他的酒店！"

主人：为何诅咒与你我一样的人？这可不像基督徒。

雅克：因为酒店的劣酒把我灌得醉醺醺，忘了给家里的马饮

① 出自英国小说家斯特恩（Laurence Sterne, 1713—1768）的小说《项狄传》（全名《特里斯坦·项狄的生平与见解》，1760）第八卷第二六三章。狄德罗写《宿命论者雅克和他的主人》，《项狄传》的影响是明显的。

水。我老爹发现了，火冒三丈，我晃晃脑袋没理会，他便抄起棍子朝我肩头扫去。这一记有点重。当时恰好有一支队伍开往丰特努瓦那边的兵营，我一赌气就当了兵。我们刚到仗就打起来了。

主人：结果你就挨了朝你射来的那颗枪子。

雅克：您猜对了。一枪打在膝盖上。这一枪带给我什么福事祸事，上帝全知道。这些事一件连一件，连得有多紧呢，就跟这马嚼子似的，一环扣一环。假如没有这一枪，我想我就不会尝到爱的滋味，也不会成跛子。

主人：这么说你爱过？

雅克：当然爱过。

主人：因为挨了一枪？

雅克：因为挨了一枪。

主人：你可从来没跟我说过。

雅克：是没说过。

主人：为什么？

雅克：因为说早了，说晚了，都不合适。

主人：那么现在是时候了么？

雅克：那谁知道？

主人：甭管那么多了，快说吧……

雅克开始讲他的风流事。下午，天气闷热，主人昏昏欲睡。他们走在旷野里，夜幕突然降临，他们迷路了。主人气炸了，抢起鞭子朝仆人猛抽。每抽一下，倒霉的雅克就来一句："这一鞭，那上边肯定也写好了……"

您瞧，看官，我现在是左右逢源。您自是想听雅克的风流事，可是，是让您候上一年，还是两年、三年；是不是让雅克与主人分手，各自去历练，体验我喜闻乐见的事，这些都由我说了算。我若想叫主人娶老婆，当乌龟，叫雅克登船周游列岛，而且把他主人也带去，再叫他俩同乘一艘船回法国，那有什么能拦得住我？讲故事还不容易！不过，他俩好歹得熬过这个难熬的夜晚，您呢，您也得候一夜。

晓色微现，他俩又骑上牲口，继续赶路。他们去哪儿？您瞧，您这是第二回问我这事了，我也再告诉您一回："这与您何干？"假如我一上来就唠叨旅行的事，那么雅克的风流事就黄了……他俩闷声走了一阵，待俩人的郁闷劲稍稍缓解，主人对仆人道：

"嗯，雅克，你的风流事讲到哪儿啦？"

雅克：我想是讲到敌军吃败仗。逃的逃，追的追，人人自顾自。我留在战场上，死人伤兵堆成山，我被埋在里面。第二天，有人把我连同其他十几个人一起扔上大车，运到医院。哎呀，先生，我看什么伤都没有膝盖受伤遭罪。

主人：得了吧，雅克，你真逗。

雅克：先生，说真的，我不开玩笑！膝盖有多少骨头多少筋，我都说不好，还有许多叫不上来的东西……

一个庄稼人模样的汉子，马背上驮了个姑娘，跟在他们后面，他听到他们谈话，便插嘴道："先生说的有道理……"不知道他这个"先生"是冲谁说的，反正雅克和他主人都不乐意了。雅克对

3

这个不知高低乱插嘴的家伙说道："你插哪门子嘴呀?""我说的是我的本行。我是外科医生，愿为二位效劳。我给二位说说……"他马背上的女人说道："大夫先生，赶我们的路，甭管这二位，他们不喜欢听人教训。""那不行，"外科医生说，"我就要给他们说说，我要说的是……"他推开女人转身说话，女人身子一歪摔倒在地，一只脚裹进外套的下摆里，衬裙掀过头顶。雅克下马，将她的脚拽出来，把裙子理好。不知道他是先放下裙子，还是先拽的脚。女人的尖叫声说明她伤得不轻。雅克的主人对大夫说："就怪你要说。"大夫说："就怪你们不听我说!……"雅克对跌倒的或者已经被搀扶起来的女人说："姑奶奶，您压压惊。这不是您的错，也不是大夫的错，也不是我的错，也不是我主子的错，那上边都写好了的，说今儿这个时辰在路上，大夫先生嘴巴犯贱，我主子跟我俩心情不好，您脑袋会擦破皮，您还要露出腚……"

假如我心血来潮要拿您开涮，那么这件事在我笔下且有说头呢。我可以叫这女人变成大人物，叫她当邻村本堂神父的侄女;我可以叫村里的庄稼汉骚动起来，准备讲些打斗啊、玩女人啊之类的故事，因为说到底，那乡下女人只穿内衣的模样挺撩人的，雅克和他主人都发现了。艳遇经常有，如此销魂的机会却不多。雅克凭什么不再风流一回?凭什么不再当一回主人的情敌，甚至是头号情敌?——他果真和主人争风吃醋来着?——您哪来这么多问题!您还想不想让雅克讲他的风流事?咱们一言为定，您说说看，您到底愿意还是不愿意?如果您愿意，就赶紧把乡下女人送回马背，坐在骑马人后面，放这对男女走路，回头再说咱们这两个旅行者。这一次，雅克先开口了，他对主人说：

"万事万物就这么个样子，您这辈子没受过伤，您不知道膝盖吃枪子是啥滋味，您对我就得将就着点，我膝盖被打穿，已经跛了二十年啦……"

主人：你说的也许有理。不过，是那个不知高低的外科医生害你现在还跟伤兵们待在大车上，离医院很远，离你养好伤很远，离你的风流事也很远。

雅克：您爱怎么想就怎么想，反正我膝盖疼得要命，大车硬邦邦，路又坑坑洼洼，更是雪上加霜。每颠簸一下，我就尖叫一声。

主人：你那么叫唤是因为那上边写好了？

雅克：那当然！我的血快流光了，要不是我们的大车落在队伍最后，在一栋草屋前停住，我就一命呜呼了。我要下车，有人将我挪到地上。一个年轻女人正立在门口，可以说她是立马回身从屋里拿来一个杯子和一瓶葡萄酒。我匆忙喝了一两口，前面的大车动起，就在人家准备把我抬回伤兵堆里的时候，我使劲抓住那女人的衣服，抓住身边一切可以抓住的东西，表示决不上车，就是死也死在这里，不能死在十几里外的地方。话刚说完，我就晕过去了。等我醒来，发现自己衣服脱了，睡在草屋角落的一张床上，旁边有一个庄稼人，他是当家的，还有救过我的那个女人，还有几个小孩子。女人用围裙的一角浸了醋，正给我按摩鼻子和太阳穴。

主人：哈！下流！哈！混蛋！……不要脸，你得逞了，我明白。

雅克：不对，主子，我想您什么也不明白。

主人：那个女人，你不就是爱上她了吗？

雅克：假如我爱上她，那下面还有什么可以讲的？对女人爱不爱，是自己说了算的吗？一旦爱上了，还能像没爱上之前那样，一言一行都把持得住？既然那上边都写好了，那么您要跟我讲什么，我都会先告诉自己。我会打自己嘴巴子，拿头撞墙，扯自己的头发，可是该出的事还是会出，不多也不少；我的恩人还是要戴绿帽子。

主人：照你这么说，谁作了孽都无需懊悔。

雅克：您拿来反驳我的这些话，我脑子里反复琢磨过。可是思前想后，尽管我不愿意，到头来还是得回到队长说的那句话：世上的事，福也罢，祸也罢，都是那上边写好了的。先生，您有本事把写好的抹掉？我能不是我自己？我既然是我，我做事能和我两样？我能既是我又是另一个？自打我呱呱落地，何曾有一时片刻出现这种情况？您想说什么尽管说好了，您的道理没准是对的，但是，既然在我心里或者在那上边已经写好了，说我必须认为您的道理是歪理，那我又有啥办法？

主人：我在想一个问题：究竟是因为那上边写好了，所以你的恩人才戴了绿帽子，还是因为你的恩人戴了绿帽子，所以那上边才写了。

雅克：两条都写了，而且这一条就写在那一条旁边。所有的事，一股脑儿都写了。好比一个长卷，一点点摊开……

6

看官，您看到了，借一个题目，我可以把主仆的谈话怎样地拖宕下去。在这个题目上，两千年来人们费尽口舌，耗尽笔墨，却没有获得半点进步。要是您并不因为我对您讲这些而稍有感激，那么您真应该因为有些话我没对您讲而好好感激我。

我们这两位神学家争论不休，互不相让——这在神学界司空见惯，这时天色渐渐黑了。他们经过一个地方，这地方常年不怎么太平，碰到官府软弱，民生凋敝，更是常有歹人出没。他俩在一家破烂不堪的小客栈门口停下，店家把他们领进一间四壁透风的客房，在里面支起两张绳床。他俩叫人备晚饭，端上来的是水塘里的水、黑面包和发酸的酒。店主、老板娘、他们的孩子、伙计，个个面露凶光。两人听到隔壁有人狂笑喧哗，那是比他们先到的十来个强盗，店里的食品都让他们抢光了。雅克若无其事，可是主人就远不如他了，他在屋里惶惶不安地踱步，雅克却在一旁啃黑面包，挤眉弄眼地饮酒。正在这个时候，有人敲门。来人是店伙计，隔壁那帮放肆的凶汉派伙计把他们吃剩的鸡骨头用一个盘子盛了给他们端过来。雅克气坏了，抢过主人的两把手枪。

"干什么去？"

"您别管。"

"我问你干什么去。"

"叫这些混蛋放明白点。"

"他们有十来个人，你知道么？"

"就是有百来个人又怎么样，如果那上边写了，说他们人手不

7

够，那他们有十来个人也不管用。"

"你跟你那句口头禅见鬼去吧！……"

雅克挣脱主人的手，双手各掂着一支枪，闯进强盗的房间。"快，都躺下，"他对强盗们说，"谁敢动一动，我就打碎谁的脑袋……"雅克的脸色和口气毫不含糊。这帮混蛋和正人君子一样贪生怕死，乖乖从桌边站起，扒掉衣服躺倒。主人不知道雅克吉凶如何，心里正七上八下，雅克夹着那些人的衣服回来了。他生怕他们爬起来，便拿走了他们的衣服，锁上了门，将钥匙挂在一支手枪上。"先生，现在万事大吉，"他对主人说，"用床抵住房门，筑起一道防线，安安稳稳睡觉就行了……"他一边行动，把两张床推过去，一边轻描淡写地跟他主人讲述刚才的经过。

主人：雅克，你是什么鬼家伙？你以为……

雅克：我没有以为，也没有不以为。

主人：假如那伙人不肯躺下怎么办？

雅克：不可能。

主人：为什么？

雅克：因为他们没有不肯。

主人：假如他们爬起来怎么办？

雅克：活该倒霉，要不就活该走运。

主人：假如……假如……假如……

雅克：假如，假如，俗话说得好，假如大海开了锅，煎鱼烤鱼多又多。先生，真是活见鬼。刚才您以为我以卵击石，结果您大错特错，这会儿您又以为大祸临头，结果可能还是大错特错。

在这栋房子里，我们一个个你怕我、我怕你，这说明大家都是白痴……

他一边说，一边脱衣服上床，呼呼大睡。他主人只好也啃了一块黑面包，喝了一口劣酒。他一边竖起耳朵听四周的动静，一边望着鼾声大作的雅克，说道："真是个鬼家伙！……"

主人学下人的样子，仰面躺在破床上，可是却不能照样子睡着。天刚蒙蒙亮，雅克感觉有一只手在推他。是他主人，正轻声唤他："雅克！雅克！"

雅克：什么事？

主人：天亮啦。

雅克：有可能。

主人：起床吧。

雅克：为什么？

主人：赶快离开这儿。

雅克：为什么？

主人：因为我们待在这里不太平。

雅克：谁说的？别的地方就太平啦？

主人：雅克？

雅克：行啦，雅克，雅克！您这人好怪！

主人：你才怪呢！……雅克，好伙计，我求你了。

雅克揉了揉眼睛，打了好几个哈欠，伸了伸懒腰，下得床来，不慌不忙穿上衣服，把床推回原地，走下楼去。他来到马厩，架上马鞍，套上缰绳，叫醒睡梦中的店主，结了房钱，两个房间的钥匙却仍揣在怀里，俩人上路了。

主人恨不得马蹄生风，眨眼工夫跑出十里地去，雅克却不改旧习，喜欢慢悠悠地走。他们走出一段路，离那晦气的客栈很远了，主人听雅克的口袋里有动静，便问他是什么，雅克回答是客栈房间的钥匙。

主人：怎么不还给人家？

雅克：没有钥匙，他们就得破门而入。先得破隔壁的门，把那帮人放出来，然后再破我们的门，才能拿到那帮人的衣服，这样我们就有了时间。

主人：做得好，雅克！不过，有时间干什么？

雅克：干什么？我也不知道。

主人：你想争取时间，那你干吗这么慢悠悠地走？

雅克：因为弄不清那上边是怎么写的，我们就不知道我们想要什么，想做什么，我们就只好跟着感觉走。我们把这感觉叫做理智，也就是跟着理智走。这理智么，其实也不过是一种危险的感觉，是福是祸，没个准。

主人：你能告诉我什么人是疯子，什么人是聪明人吗？

雅克：当然可以。疯子么……有了……就是不幸的人，照此推理，聪明人就是幸福的人。

主人：什么人是幸福的人，什么人是不幸的人？

雅克：这个问题好回答。幸福的人，就是福气在那上边写着的人，照此推理，不幸在那上边写着的人，就是不幸的人。

主人：那到底是谁把福气和不幸写在那上边的？

雅克：谁写了记载天下事的长卷？我队长的朋友，另一位队长，为了知道这一点，可能愿意花一个埃居，可是我队长连一个子儿也不会花，我本人也不会。因为知道了又有什么用？知道了以后，该我摔断脖子的大坑，我就能绕开？

主人：我看行。

雅克：我看不行。因为那样的话，长卷上就有了错话，可是长卷写的是真话，而且只写真话，写尽天下的真话。难道长卷上写了"某天雅克要摔断脖子"，结果雅克却没有摔断脖子？您认为会发生这种事——不论是谁写的？

主人：这个问题三言两语说不清。

雅克：我队长认为，所谓谨慎是一种预设，是凭经验把眼下的境遇当作原因，我们希望出现或者担心出现的事便是结果。

主人：你从中悟到点什么？

雅克：那当然，这些话我渐渐就听惯了。不过，他又说了，谁敢自夸有足够的经验？自夸有足够经验的人就没有出过错？再说，谁能够正确估价他的处境？我们头脑里的估价与那上边写定的估价根本是两码事。究竟是我们支配命运，还是命运支配我们？多少精心策划的事情都失败了！将来还有许许多多会继续失败！多少异想天开的事情反倒成功了！将来还有许许多多会继续成功！这是贝亨奥普佐姆失陷和马翁港失陷之后，我队长说的。他还说，小心谨慎并不能保证马到成功，不过碰得头破血流之后，无妨聊以自慰，借以原谅自己。所以，每次战斗前夜，他在帐篷里睡得都跟在军营里一样香甜，上火线就像赴舞会。见到他，您才该惊叫："这是什么怪人！……"

刚说到这儿，就听得身后不远处有呐喊声，还有一片杂沓声。他们回过头去，只见一群汉子，举着长杆草叉，飞也似的往这边奔来。您一定以为这是刚才讲到的客栈老板率领家人、仆人，还有那群强盗；您一定以为，早上这帮人没有钥匙便撞开了房门，强盗料想是雅克主仆二人拿了他们的衣物溜之大吉。雅克此时的想法和您一样，他咬牙道："该死的钥匙，该死的感觉或者理智，叫我拿什么钥匙！该死的小心谨慎！"等等，等等。您一定以为这群人会扑向雅克和他的主人，乱棍齐下、手枪连发、血肉横飞。我只消一句话便可以让这样的场面出现，但是那样的话，故事的真实性就没了，雅克的风流事也就完了。我们的两位旅行者并没有被人追杀。他俩离开客栈之后，客栈里发生了什么，我也不清楚，反正他俩继续赶路，只顾走，却不知道去哪里，虽说心里基本知道想去哪里。他们或者沉默或者絮叨，为的无非是打发郁闷和疲倦，赶路的人都有这个习惯，有时候端坐不动的人也有这个习惯。

显而易见，我不是写小说，因为小说家一定会用的那些手法都不入我的眼。如若有人拿我写的东西当真事，那么即便错了，也比起拿我写的东西当故事错得轻些。

这一回是主人先开口，张口还是那句老话："哎，雅克，说说你的风流事？"

雅克：我讲到哪儿啦？老是被打断，不如索性从头开始吧。

主人：别，别。就从你倒在草屋门前，被抬到床上，住在草屋里的一家人围在床边开始。

雅克：好！当时最着急的事是找一个外科医生，可是这方圆十来里就没有外科医生。好心的房主人便打发孩子骑马去最近的地点请一个。孩子走了，好心的女人烫了劣酒，把她男人的一件旧衬衣撕开，把我的膝盖擦洗了，垫上纱布，用衬衣布条包扎好。他们从蚂蚁嘴里夺下几块糖，泡在刚才给我洗伤口的酒里，我一口吞下。他们叫我沉住气。时候不早了，一家人坐下吃晚饭。饭吃完了，孩子还没回来，自然也就不见外科医生的影子。老爹开始焦躁起来，他是那种喜欢自寻烦恼的人。他埋怨女人，看什么都不顺眼，气哼哼地把其他孩子都赶去睡觉。他女人在板凳上坐下，拿起了织布的捻子。他呢，走过来，走过去，一边走，一边找碴儿跟女人吵架。"如果你听我的话到磨坊去……"他冲我睡的床歪歪脑袋。

"我明天去。"

"今天去才对，我跟你说了的……还有大棚里剩的麦秆，怎么还不弄走，等什么呢？"

"明天拉走。"

"剩下的已经不多了，就该今天拉走的，我跟你说了的……谷仓里那堆大麦都要捂坏了，我肯定你没有想到翻一翻。"

"孩子们翻过了。"

"你该自己做。你要是待在谷仓里，就不会站在门口……"

说归说，医生还是来了，后来又来了一位，接着来了第三位，身后跟着这家的男孩。

主人：你的外科医生好像圣罗什的帽子①。

雅克：男孩赶到第一位医生家，医生不在，他太太让人通知了第二位医生，第三位是被男孩叫来的。"嗨，两位同行，晚上好，你们也来啦?"第一位医生对另外两位说。三个人赶路赶得匆忙，又热又渴。他们在还没有撤掉桌布的餐桌边落座，女人到地窖取了瓶酒上来。男人在牙缝里嘟囔道："唉，真见鬼，她待在门口干吗?"医生们喝酒，聊起地方上的各种病，然后又显摆自己治了多少病人。我哼唧了几声，他们对我说："一会儿就来给你看。"一瓶酒喝完，又要了一瓶，酒钱都算在我的医疗费里。又要了第三瓶，要了第四瓶，都算在我的医疗费里。每拿一瓶酒，男人就像第一次那样叹道："唉，真见鬼，她待在门口干吗?"

如果换一个人，有什么故事不能从下面这些个事里编出来：三个外科医生凑到了一起，喝到第四瓶酒时谈锋正健，个个有满腹妙手回春的高招；雅克心急如焚，房主人闷闷不乐，几个乡下郎中却就雅克的膝盖高谈阔论，各持己见，一位说不截肢的话小命难保，另一位则认为应该把子弹和随子弹进去的那块布取出来，把腿给可怜虫留下。换一个人写，诸位会读到雅克坐在床上，眼泪汪汪瞅着自己的腿，与它诀别，就像一位将军夹在杜福阿与路易②之间；会读到第三位郎中蠢话连篇，弄得最后三个人竟吵翻了，先是彼此谩骂，终至于互相饱以老拳。

---

① 成语，传说圣罗什总是戴着三顶帽子，喻东西多而无用。
② 此二人是当时著名的外科医生。

诸位在小说里，在旧戏文里，在街头巷尾耳熟能详的这些场面，我就不拿来在诸位耳边聒噪了。我听得房主人大声埋怨他女人"她待在门口干吗"，便不由得想到莫里哀笔下的阿尔巴贡，他埋怨儿子道："他跑到那鬼船上去干吗?"[1] 我就明白，不但要真实，还必须逗乐。因为这个道理，我们大伙儿会永远说"他跑到那鬼船上去干吗"，而这位庄稼汉的话"她待在门口干吗"休想流传开。

不过，雅克不像我这样知道进退，他没完没了地跟主人说这句话，不放过任何一个机会，也不怕再次叫主人昏昏欲睡。留下来照顾伤员的，是三位大夫中不说最有本事的，也是最有精力的那一位。

您要说了，我莫非真要当着您的面抽出几把手术刀，划开肌肤，放出血来，让您目睹一场外科手术? 按您的意思，这不符合公序良俗? ⋯⋯那好吧，外科手术就算了。不过，您至少允许雅克像他实际上做的那样对主人说："啊，先生，膝盖碎了，重新拼好谈何容易! ⋯⋯"主人一如既往地回答："得了，得了，雅克，你别逗了⋯⋯"可是，有一件事，花再大的代价我也得让您知道，雅克的主人刚说完这句无礼的话，他的马就失了前蹄，訇然倒地。他的膝盖重重磕在一块尖石上，疼得他吼起来："我活不成了! 膝盖碎了!"

---

[1] 这句话实际上是莫里哀《斯卡班的诡计》中的人物杰隆德所说，见该剧第二幕第七场。斯卡班诳他的老爷杰隆德，说少爷被西班牙军官邀请到一艘战舰上，结果被战舰带走了，杰隆德大惊，说出这句话。

雅克无疑是我们能够想到的第一大好人，对主人情深意笃，然而我真想知道此时他心底里究竟闪过什么念头，且不说主人摔倒的那一瞬间，就说他确定这一跟斗没有什么严重后果的时候，他心里究竟有什么想法？我还想知道他是不是能压制心里暗自滋生的一丝快乐，这个意外毕竟让主人知道了膝盖受伤是什么滋味。还有一件事，看官，我很想让您告诉我，就是雅克的主人是不是宁愿伤的不是膝盖，而是其他什么部位，伤得更重一点都无所谓，而且叫他撕心裂肺的，主要并非疼痛，而是丢了面子？

主人在骤然落马与一阵惊恐之后稍稍镇定下来，他蹬鞍上马，狠狠夹了五六下马刺，那马便闪电般蹿出去，雅克的坐骑随后也撒开四蹄。两头牲口同两名骑马人一样，相互亲密无间。这是两对难兄难弟。

等到呼哧呼哧喘气的两匹马以正常步伐行进时，雅克对主人说："怎么样，先生，您怎么想？"

主人：什么怎么想？

雅克：膝盖的伤啊。

主人：我跟你看法一致，属于重伤。

雅克：您的膝盖？

主人：不，不，你的膝盖，我的膝盖，普天下人的膝盖。

雅克：主子啊主子，有些事您还是没悟透，您要知道，我们是只顾怜悯我们自己的。

主人：一派胡言！

雅克：哎呀呀，我要是会表达自己的思想就好了！不过，我脑子里有话却找不到词，这一点在那上边也是早就写好了的。

这时，雅克被一种微妙而又可能很真实的思想所困扰。他努力让主人相信"痛苦"这个词是没有意义的，唯有在记忆中唤起某种亲身体验过的感觉的时候，它才有点什么意义。主人于是问他生过孩子没有。

"没有。"雅克答道。

"那你说，分娩是不是很疼？"

"那还用说！"

"女人分娩疼得死去活来，你觉得她们可怜吗？"

"很可怜。"

"这么说，你也可怜别人，而不光是你自己？"

"我可怜扼腕的、揪头发的、呼天抢地的，因为我的经验告诉我，有了痛苦才会这样。对于分娩女人的那种阵痛，我却不可怜，因为感谢上帝，我不知道那是怎么回事！至于说到我们俩都明白的一种痛，就是我膝盖的伤，您摔了这一跤，我的伤就等同您的伤……"

主人：不对，雅克。应该是，因为我过往的伤心事，你的风流事便等同我的风流事。

雅克：这会儿我的伤口已经上了绷带，我觉得好些了。大夫告辞，主人一家也离开房间就寝。他们的房间和我的房间之间就隔着几块豁口露缝的木板，上面糊了灰墙纸，纸上有彩色图案。我睡不着，就听女人对男人说："放开我，我可不想寻开心，在我们家门口，一个可怜的家伙差点死掉。"

"老婆，这些留到完了事再说。"

"那不行。你要没完没了，我就起来，我心里不快活，说起来就起来。"

"哎呀，你要这么拿乔，倒霉的是你自己。"

"不是拿乔不拿乔的事，问题是你有时心太狠！是……是……"

停了不大一会儿，男人说道："得了，老婆，你得承认，你的好心用的不是地方，弄得我们很为难，简直没了出路。年景不好，我们和孩子们勉强糊口。种子太贵！酒没了！能找份活干干也好啊，可财主们都抠抠搜搜的。穷人没活做，干一天歇四天。谁都克扣工钱，债主们更是如狼似虎。你不早不晚在这个时候弄个生人到家里来，这家伙要住到什么时候，全看老天的意思，还要看大夫的意思。大夫不着急给你治病，他们一向是把病拖得越久越好。他们越没钱，越是要两倍、三倍赚我们的钱。老婆，到那时你怎么能甩掉这个人？你说，老婆，你说说你的理。"

"跟你有什么理好说。"

"你说我好生气、好骂人，哼，谁没有生气的时候，谁不骂人？本来地窖里还有点酒，天知道会这么快就没了。昨天那几个大夫喝的酒，比我们和孩子们一个礼拜喝的还要多。你是知道的，大夫不会白上门，谁来付账？"

"好，说得好，因为我们穷得叮当响，所以你又叫我生个孩子，好像我们的孩子还不够多似的。"

"不会吧！"

"不会才怪，我肯定要怀上！"

"你每次都这么说。"

"事后我耳朵发痒就肯定错不了。我耳朵从来没有这么痒过。"

"你耳朵不知道自己在说什么。"

"别碰我！放开我的耳朵！放开呀，当家的，你疯啦？你会有麻烦的。"

"别，别，打从圣约翰节那夜起还没有过呢。"

"你倒是痛快了……一个月内你都要怨我，好像是我不好。"

"不会，不会。"

"是你要的，对吧？"

"对，对。"

"你该不会忘掉吧？不会像每次那样讲吧？"

"不会，不会。"

你看，从"不不"到"是是"，这个因为老婆向人情屈服而一肚子恼火的汉子……

主人：这也正是我在琢磨的事。

雅克：这男人做事确实不太靠谱。不过呢，他还年轻，老婆又漂亮。人就是这样，越穷吧，就越能生小孩。

主人：什么也没有土鳖繁殖得快。

雅克：对他们来说，多个孩子就多个孩子，反正有人施舍。再说了，这是唯一不花钱的乐子。日子太苦，夜里好歹寻个开心，又不需要开销……另一方面吧，男人的想法也没什么错。我心里正这么念叨着，膝盖突然一阵剧痛，我喊了一声："妈呀，我的膝盖!"男人也嚷道:"哎呀,老婆!……"老婆嚷道:"坏了,老公!是……是……旁边那个人!"

"噢,是那个家伙!"

"他一定听到了!"

"听到就听到呗!"

"明天我没脸见他了。"

"为啥?你是不是我老婆?我还是不是你男人?男人娶女人,女人嫁男人,难道是摆样子的?"

"哎哟!哎哟!"

"得了,又怎么啦?"

"耳朵!……"

"得了,耳朵怎么啦?"

"痒得受不了。"

"睡觉,醒了就好了。"

"睡不着。哎哟,耳朵痒啊!哎哟,耳朵!"

"耳朵,耳朵,就知道说耳朵……"

他们之间发生了什么,我就不说了。总之,那女人轻声而急促地叫了几声"耳朵",接着含含糊糊、断断续续地嘟囔"耳……朵……"最后就归于沉寂。我也说不清是什么,是谁,让我猜想她耳朵不那么难受了。是这个原因还是那个原因,这不重要,重要的是这叫我高兴。当然她也高兴。

主人:雅克,你凭良心向我发誓,你没有爱上这个女人。

雅克:我发誓。

主人：该你没福分！

雅克：没福分还是走大运，谁知道。您真的以为，女人有她这样的耳朵，会乖乖听话？

主人：我以为那上边都写着哩。

雅克：我以为，后面还写了，她们不会始终听一个男人的，心里多少惦记着把耳朵伸给另一个男人。

主人：有这个可能。

这下子，他俩在女人的问题上没完没了地争起来，一个说女人可爱，一个说女人可恶，俩人都有理由。一个说女人愚蠢，一个说女人聪明，俩人都有理由。一个说女人虚伪，一个说女人诚实，俩人都有理由。一个说女人小气，一个说女人大气，俩人都有理由。一个说女人漂亮，一个说女人丑陋，俩人都有理由。一个说女人嘴碎，一个说女人嘴紧；一个说女人坦率，一个说女人矫情；一个说女人无知，一个说女人明智；一个说女人端庄，一个说女人放荡；一个说女人疯癫，一个说女人稳重；一个说女人高尚，一个说女人下贱：俩人都有理由。

俩人争吵不休，片刻不停嘴，互相不服气，那光景绕地球走一圈大概都够了。此刻一场暴雨迎面而来，逼得他们赶路要紧……——去哪儿？——去哪儿？看官，您的好奇心可真要命！这和您究竟有哪门子关系？倘若我告诉您他们要去蓬图瓦兹或者圣日耳曼，去洛莱特的圣母院或者孔波斯特拉的圣雅各教堂，您能有什么长进？不过假如您死乞白赖想知道，我不妨对您说，他们要去……对，为什么不呢，他们要去一座宏伟的城堡，城堡门口有告示："我不归属任何人，又归属所有人。您未入，却已在内。您离开，却仍在此。"——他俩进城堡了吗？——没有，因为告示的话是鬼话，要不就是他们没进城堡却已经在城堡里了。——好吧，他俩至少出城堡了吧？——没有，因为告示的话是鬼话，要不就是他们出了城堡却还在城堡里。——他俩在那儿干吗？——雅克在说那上边都写好了的，主人在说他想说的，他俩都有道理。——他俩遇到了什么人？——各色人等。——这些人说什么了？——有真话，更多的是假话。——就没有文人雅士？——啥地方少得了文人雅士？也少不了讨厌的包打听，这种人好比瘟神，躲得越远越好。雅克和他主人在城堡里溜达，最叫他们愤愤不平的是……——这么说他们溜达来着？——没躺下，没坐下，那只有溜达……最叫雅克和他主人愤愤不平的是，他们发现二十来个狂徒，占了最豪华的房间，还嫌不够宽敞。这伙人无视公众的权利，无视告示的真实意思，宣称城堡的所有权彻底归了他们。他们通过雇来的一群小喽啰，蒙骗小喽啰雇来更多的小喽啰，小喽啰们都信了他们，随时准备为一元赏钱而把胆敢首先提出异议的人绞杀或者砍杀。不过，在雅克和他主人那个时代，偏偏时不时就有人不信这个邪。——他们能全身而退？——那得看情况。

您或许要说了，我是在逗乐，我不知道如何打发我这两个旅行者，只好玩弄思想贫乏之辈惯用的伎俩，就是讲寓言。我可以为您放弃寓言，放弃我能从中演绎出的万千世界，我可以投您所好，但是有个条件，绝对不许再拿雅克和他主人方才落脚的地点来烦我。不管他们进了城堡，还是眠花宿柳；不管他们投宿老朋友家，享受盛筵款待，还是奔了一群寒酸的教士，看在上帝的分上吃猪食睡狗窝；不管他们是进了一个大人物的家，要什么没什么，不需要的一应俱全，还是在一家大客栈吃了一顿用银盘端上来的粗食，在精美的幔帐中与湿漉漉皱巴巴的床单上熬了一夜，清早离店时还被敲了一笔竹杠；不管他们是遇到了村上好客的本堂神父，神父到手的什一税①少得可怜，为了一盘炒蛋和一碗炖鸡块，把教区里各家各户的鸭栅鸡栏都动员起来，还是在阔绰的圣伯尔纳铎的修道院里，美酒佳肴，喝得酩酊大醉，吃得胃口大伤，消化不良。如此这般，在您看来都是可能的，可是雅克不这么看，他认为只有那上边写好的才有可能。不论您希望他们在路上什么地方歇脚，实际情况是，他们刚走出二三十步，主人便对雅克说道——当然按老习惯先嗅一下鼻烟："嗨，雅克，说说你的风流事怎么样？"

雅克不搭腔，却大叫一声："见鬼！什么风流事不风流事，瞧瞧，我忘了……"

主人：忘了什么？

雅克不搭腔，把衣兜全都翻过来，上上下下寻了个遍，毫无结果。他把盘缠口袋落在床头了。他还没来得及向主人禀报，主人却先叫起来："去你的风流事吧！你瞧，怀表还挂在壁炉上，我给忘了！"

---

① 欧洲基督教会向居民征收的宗教捐税，本堂神父把征收的税款上交后可领取一定数额的返还，经常是很小一部分。

雅克不等主人吩咐，立刻勒转马头，小步往回走——他是从来不着急的……——回大城堡吗？——不不，从我刚才跟您讲的所有那些落脚点里，拣一个与当下的情景最相符的吧。

然而主人却只顾朝前跑，眼瞅着主仆二人就分开了。这两人我也不知道跟谁走好。假如您想跟着雅克，那您可得注意了：寻找钱袋和怀表的过程会很长，很麻烦，他会很长时间见不到主人，而主人是他风流事唯一的听众，那样的话就得同他的风流事说再见了。假如您放他自己去找钱袋和怀表，打定主意和主人做伴，那么我得说您礼貌周全，不过您会感到很无聊。像主人这样的人，您还不知底细。这个人毫无见地，倘若偶尔冒出几句像模像样的话，那或者是鹦鹉学舌，或者是灵机一动罢了。他和你我一样长着一双眼睛，不过搞不清他究竟看不看。他既不睡，也不醒，听其自然是他的生存之道。这个木头人径直朝前走，不时掉头看雅克回来没。他翻身下马，迈步前行，随后又爬上马，走出半里地又翻身下马。他席地而坐，把缰绳绕在胳膊上，双手抱头。这姿势拿得无趣了，他就立起身朝远处张望，希望能看见雅克。连雅克的影子都没有。最终他急了，说道："杀千刀的！狗东西！混账！死哪儿去了？干什么呢？找个钱袋找块表要这么半天？我非抽他不可，没错，非抽他不可。"连他自己都没意识到自己够唠叨的。他说着，伸手去背心里掏表，摸了个空。他彻底慌神了，他不知道如果没有怀表，没有鼻烟，没有雅克，那以后的日子怎么过。这三件事乃是他生活的三大资源：他的生命就消磨在吸鼻烟、看时间，以及向雅克问话中，而且这三件事可以有多种组合。如今没了怀表，不得已只能摆弄鼻烟盒了，他把鼻烟盒打开，合上，又打开，又合上，一如我平时无聊时的样子。头天晚上剩在鼻烟盒里的烟，是乐趣的根本所在，或者从反面说，是百无聊赖的根本所在。看官，我求您逐渐适应我这种表达方式，这是从几何学借用的，借用的原因是我觉得它很准确，所以就经常用咯。

话说到这儿，这主人一定叫您受够了，雅克也不见回转，我们一起去找他，怎么样？可怜的雅克，刚说到他，就听得他呼天抢地喊："莫非那上边真的写好了？一天之内，我竟被当作剪径的抓起来，险些关进牢房，又被指认诱拐良家妇女？"

就在他的马迈着小步朝城堡……不对，朝他们头天夜里投宿的地方走的时候，一个卖杂货的小贩，就是叫货郎的那种，打他身边过，货郎嚷嚷着："骑士老爷，袜带、腰带、表链、最新款的鼻烟盒、地道的贾巴克①首饰、石墨画。怀表，先生，一只怀表，刻花金表，双层表盖，跟新的一样。"雅克回答："我正在找一块表，不过不是你那块……"一边说，一边继续小步赶路。正走着，他感觉看到那上边写了，那人想卖给他的表正是主人的表，于是他踅回来，对货郎说："朋友，让我瞧瞧你的金表，我莫名觉得它很合我的口味。"

"说良心话，"货郎道，"你这么说我一点不奇怪。这表漂亮，太漂亮了，是朱利安·勒鲁瓦②的手艺，我也是刚弄到手，花了一小块面包的钱，便宜卖给你。我这个人喜欢时不时有点小外快，

① Jaback，巴黎圣梅里街上的一家客栈，出售时髦装饰品。
② Julien Le Roy（1686—1759），法国著名钟表匠，以手艺高超著称。

可怜没趁上好光景，再过三个月恐怕就没这好运气了。您看着就像体面人，这便宜给您占，强似给其他人占。"

货郎一边絮叨着，一边放下货箱，打开箱盖取出表来。雅克一眼就认出来，不过他并不惊讶。他这个人既从不着急，也很少惊讶。他端详一下怀表，心里说："没错，就是它。"然后对货郎道："你说得对，漂亮，很漂亮，我知道是块好表。"说罢，他将表放进腰包，冲货郎道："老哥，多谢了!"

"多谢，什么意思?"

"就这个意思。这表是我主人的。"

"我不认识你主人，这表是我的，我买来的，花了钱的。"

他攥住雅克的领口，摆开架式要抢回金表。雅克挨近他的马，抽出两把手枪中的一把，抵住货郎的胸脯，说道："滚远点，否则要你的命!"货郎一惊，松开手，雅克上马，小步朝城里走去，心道："表找回来了，现在该琢磨钱袋了。"那货郎急急忙忙盖上箱子，扛上肩，跟在雅克身后嚷嚷："逮小偷，逮小偷!杀人啦，杀人啦!救救我呀，救救我!……"正赶上收获季节，田里许多人在干活，他们放下镰刀，纷纷围到货郎身旁，问小偷在哪儿，杀人犯在哪儿。

"在那儿，就是那个人。"

"什么!朝城门口慢吞吞走的那个?"

"就是他。"

"别逗了，说疯话呢，这像小偷的样吗?"

"他就是小偷，就是小偷，我跟你们说，他抢走了我一块金表……"

这帮人不知道相信什么好，相信货郎的叫唤呢，还是相信雅克悠哉游哉的样子。"可是，年轻人，"货郎又开口道，"你们要不帮我，我就完蛋了，那表值三十个金币呀，就像个铜板似的被他抢了。如果他使劲一夹马，我的表就丢定了……"

即使雅克走远了，听不到货郎说什么，他也很容易就能看见那群人，但是他并不因此而快走。货郎最后答应给赏钱，这群庄稼汉才朝雅克追过去。于是男人、女人、小孩一边跑，一边乱哄哄地嚷："抓小偷！抓小偷！抓杀人犯！"货郎扛着货箱，拼尽力气紧跟，也高喊："抓小偷！抓小偷！抓杀人犯！"

一伙人进了城——我这会儿想起来了，昨天雅克与主人是在一座城池歇息的，城里的百姓走出家门，与乡下人和货郎会合，所有人齐声高呼："抓小偷！抓小偷！抓杀人犯！"他们同时追上了雅克，货郎朝雅克扑去，雅克飞起一靴子，将他踢翻在地，他却依然叫骂："无赖！骗子！流氓！把表还给我，你要不还，休想逃过绞刑架！"雅克镇定自若，对着分分秒秒越集越多的人群说道："这城里有治安官，你们带我去见他，我会让你们知道我根本不是无赖，而这个人倒很有可能是个无赖。我是拿了他一块表，这没错，但这块表是我主人的。在这城里我可不是生人，前天晚上我和主人到了这里，就住在行政官先生家，他是我主人的老朋友。"我没告诉您雅克和主人路过孔什城，并且住在孔什行政官家里，这是因为我方才想起来。"劳烦你们带我去行政官家。"雅克说着下了马。浩浩荡荡的人流把雅克、他的马，还有货郎簇拥在中心，一齐涌向行政官府邸。人群在大门外停住，雅克、他的马与货郎进入府中，雅克与货郎一直互相揪住对方的衣襟，人群候在府外。

这时节雅克的主人在做什么？他在大路边打瞌睡。马缰绳缠在他胳膊上，马围着梦中人，在缰绳长度允许的范围内吃草。

行政官一见雅克立刻扬声说道："可怜的雅克，是你啊，什么风把你一个人吹来啦？"

"是主人这块表。他把表落在府上壁炉边，我却在这个人的货箱里找到了。还有我的钱袋，我落在床头了，您要是能吩咐下去，也保准可以寻回来。"

"而且这些都在那上边写好了……"行政官接过他的话说。

行政官立刻把手下召集来，货郎也立刻指认其中一个形容古怪、脸色苍白的大个子，一个新雇来的仆人道："表是他卖给我的。"

行政官脸往下一沉，对货郎和仆人说："你们俩该罚做苦工，你是因为卖表，你是因为买表。"他又对仆人道："这个人的钱还给他，制服马上给我脱了……"对货郎道："如果你不想常年吊在这城里，就马上从这里消失。你们俩干的这好事……雅克，现在该找你的钱袋了。"拿了钱袋的人不等查问就自动站出来，这是个高挑个子、模样标致的姑娘。"在我这里，钱袋在我这里，"姑娘对她的主人说，"但不是我偷的，是这位先生给我的。"

"钱袋是我给你的？"

"没错。"

"有可能，可是见鬼，我实在想不起来……"

行政官对雅克说："得啦，雅克，咱就不必再往下深究啦。

"先生……"

"我看她模样不错，确实讨人喜欢。"

"先生，我向您发誓……"

"你钱袋里有多少钱？"

"约莫九百十七个里弗尔。"

"九百十七个里弗尔，这对你来说太多，对这位先生也太多。把钱袋给我……"

高挑姑娘把钱袋交给主人，主人从里面取出一枚六法郎的埃居。"拿着，"他把钱扔给姑娘，对她说，"这是你服侍他的钱，你值更多的钱，但不是跟雅克这样的人。我祝你每天能挣到双倍的钱，不过不准在我家里，明白了？雅克，你呢，赶紧上马，回到你主人那儿去。"

雅克朝行政官鞠一躬，一言不发就走了，心里暗道："死不要脸的女人！女流氓！难道那上边真写了，她和别的男人睡觉，却要我埋单！……算了，雅克，别生气了，钱袋找回来了，主人的怀表也找回来了，这还不是天大的好事？再说也没赔进去多少钱。"

雅克骑上马，分开行政官家门外聚集的人群，这么多人把他当成蠹贼，他心里很是不爽，他从兜里掏出怀表，装模作样看看几点了。他双脚夹马，那马对这个动作虽然很不习惯，却还是撒开四蹄奔跑。雅克的习惯是任其自然，马想怎么走就怎么走，因为他觉得，马飞奔的时候拉住马，与马信步慢行的时候催赶它一样，都很不知趣。我们总想掌控命运，但实际上是命运在掌控我们。对雅克而言，命运就是触及他或者靠近他的一切，马、主人、一个僧人、一条狗、一个女人、一头骡子、一只乌鸦。雅克的马驮着他朝主人的方向狂奔，那主人呢？刚才告诉过您了，正在路边打瞌睡，马缰绳缠在胳膊上，我跟您说过的。就是说，马由缰绳牵着，可是当雅克来到跟前，缰绳还在，缰绳那头的马却不见了。不用说，有贼人来到酣睡的主人身边，悄无声息地割断了缰绳，把马牵走了。听到雅克的马蹄声，主人醒过来，第一句话是："来了，来了，下流坯！我要把你……"说着，他打了一个大大的哈欠。

"打吧，打吧，先生，只管打您的哈欠。"雅克对他说，"可是您的马呢？"

"我的马？"

"对啊，您的马呢！……"

主人立刻发现马被盗了，他抡起缰绳，准备狂抽一顿雅克，雅克却对他说："先生，且慢，我今天心情不好，没心思挨你揍，打一下就算了，要有第二下，我发誓立刻飞马走人，把您丢在这儿……"

雅克这句狠话叫主人的怒火迅即烟消云散，他语气柔和地问："我的表呢？"

"给你。"

"那你的钱袋呢？"

"在这儿。"

"你去的时间可不短。"

"我做了这许多事，时间真不算长。听好了，我从这儿出发，跟人吵了一架，把乡下的农民、城里的百姓都惹毛了，他们把我当作江洋大盗，带去吃官司，过了两次堂。我差一点把两个家伙送上绞架。我让人家把一个仆人扫地出门，把一个女用人从府上撵走。人家硬要我承认与一个女人睡过觉，这女人我从未见过，可偏要叫我付账，然后我就回来了。"

"我呢，一直在等你……"

"您等我的时候，那上边写了，您会睡着，有人会来偷您的马。罢了，先生，别再想了！马丢就丢了，而且那上边可能写着，马能找回来。"

"我的马，我可怜的马!"

"您就算在这儿痛哭流涕到明天，马没了还是没了。"

"下面咱们怎么办?"

"我让您骑在我后面，要不然，如果您愿意，咱们把靴子脱了挂在马上，咱们光脚赶路。"

"我的马呀，可怜的马呀!"

他们决定步行，主人依然不断哀嚎"我的马呀，我可怜的马"，雅克则在方才简单讲述的经历中添油加醋。当他说到姑娘给他横加罪名，主人对他说："雅克，实话实说，你没同姑娘上床?"

雅克：先生，没有。

主人：你给钱了?

雅克：当然。

主人：我这一生，有一次比你还惨。

雅克：上床以后掏钱了？

主人：你说中了。

雅克：您不想跟我说说？

主人：要我讲我的风流事，得先把你的风流事讲完。尽管你同孔什那个长官府上的女用人有一腿，我还是把你要说的艳遇看作你有生以来第一次，也是唯一一次爱情。因为你跟那女用人上床的时候，你并不爱她。我们每天都同不爱的女人同床，却不同爱的女人同床。可是……

雅克：怎么啦！可是！什么意思？

主人：我的马！……雅克，好朋友，我说了你别动气，你站在我的马的位置上想想，假如我把你弄丢了，而你听见我因此哭叫"我的雅克，我可怜的雅克"，你难道不对我好感大增？

雅克淡然一笑，说：

"我想，我上次讲到包扎好伤口那个夜里，那家当家的与他老婆的对话。后来我睡了一会儿。当家的和老婆起得比平时晚。"

主人：这我信。

雅克：我醒了之后，轻轻撩开帐子，看见当家的和他老婆还有外科医生正在门边嘀嘀咕咕。根据我夜里听到的，不费劲就能猜出来他们在商量什么事。我咳嗽一声，医生对当家的说："他醒了。老伙计，你去地窖一趟，咱们喝一口，喝了酒手底下更有把握。喝完酒，我先把包扎解掉，然后咱们再商议下一步怎么办。"

酒取来了，喝光了。在行业用语上，喝一口就是起码喝光一瓶。医生走到床边对我说："夜里睡得怎么样?"

"还可以。"

"把胳膊伸过来……很好，很好，脉搏不错，基本不发烧了。现在看看膝盖……喂，大嫂，"他对站在床脚帐子后面的女主人说，"来帮个忙……"女主人叫她的一个孩子。"我们这儿不需要小孩子，要你帮忙，一个动作不对，就够我们忙乎一个月的。过来。"女主人低垂着眼睛走过来……"摁住这条腿，这条好腿……另外一条腿交给我。轻点，轻点……朝我这边，再过来一点……朋友，你身体稍微向右转过去一点，我说是向右……就这样……"

我双手攥紧床单，牙关咬得咯吱咯吱响，汗水顺着脸颊往下淌。"伙计，有点疼。"

"我感觉到了。"

"行了。大嫂，松开腿，拿个枕头，把椅子挪过来，枕头放在上面……太近了……稍微远点……伙计，把手伸给我，使劲抓住我。大嫂，到床后面去，从胳膊底下扶住他……好极了……老伙计，瓶子里还有酒吗?"

"没了。"

"你把你老婆换下来，让她再去拿瓶酒……好，好，倒满……太太，让你男人在那儿待着，你到我身边来……"女主人又叫她的孩子，"哎，活见鬼，我跟你说过了，小孩子用不上。你跪下，用手托住腿肚子……大嫂，你抖什么，好像做错了什么事似的。

来吧，来吧，大胆一点……左手托住大腿下部，那儿，绷带上面……很好！……"缝口割断了，绷带解开了，敷料取下了，伤口暴露出来。医生上下左右摸了一遍，每摸一下就说："蠢货！笨驴！菜鸟！这手艺也来干外科！这条腿，谁说必须锯掉！它会好好的，像那条腿一样！我向你担保。"

"能治好？"

"经我手治好的多了。"

"我还能走？"

"能走。"

"不会瘸？"

"那又当别论了。朋友，你真行，得寸进尺啊！我挽回了你一条腿，这还不够吗？再说，你就是真瘸了，那也不算什么。喜欢跳舞吗？"

"太喜欢了。"

"你要是瘸了，走路差点，跳舞却会更出彩……大嫂，拿点热酒……不对，先喝那瓶。再来一小杯。你的伤口不会再出问题了。"

他喝了杯酒，热酒拿来了，伤口清洗了，重新包扎好，他们把我扶上床，劝我能睡就睡一觉。他们放下帐子，把刚才已经打开的酒喝光，接着又拿了一瓶上来，外科医生、当家的和他老婆又开始商量。

当家的：老伙计，时间还长吗？

外科医生：很长……敬你，老伙计。

当家的：究竟多长？一个月？

外科医生：一个月！两个、三个、四个月，谁知道？髋骨伤了，还有大腿骨、胫骨……敬你，老伙计。

当家的：四个月？我的老天爷！干吗要带他到家里来？她待在门口干吗？

外科医生：这杯敬我自己。我的活干得不错。

女主人：那口子，你又来了。昨天夜里你答应的可不是这样。别着急，你会改主意的。

当家的：那你告诉我，这个人拿他怎么办？年景要是不那么糟也就罢了！……

女主人：你要是愿意，我可以到神父那儿去。

当家的：你要是敢踏进神父的门，我揍你个七窍流血。

外科医生：那是为什么，老伙计？我老婆常去啊。

当家的：那是你的事。

外科医生：敬我的教女，她身体还好吧？

当家的：好得很。

外科医生：行啦，老伙计，敬你老婆和我老婆，她俩都是好女人。

当家的：你女人更明事理，她不会干蠢事……

女主人：但是，老哥，还有灰衣修女①哩。

外科医生：这个嘛，大嫂！一个男人，一个男人怎么可能进修女的门！再说，还有一点不大不小的困难……为修女们干杯，

---

① 指爱德修女会修女。

她们都是好姑娘。

女主人：什么困难？

外科医生：你男人不想让你进神父的门，我老婆不想让我进修女的门……来，老伙计，再来一口，喝了酒咱们知道的就更多。你问过这个人没有？他不一定没有财路啊。

当家的：哼，一个当兵的！

外科医生：当兵的也有父亲母亲、兄弟姐妹、亲戚朋友，在这世上总有个把人的……再喝一口，你们走吧，让我来做。

外科医生同当家的和女主人的谈话就是这样，一字不差。然而，难道我就不能做主让这些老实巴交的人中出一个恶棍，从而让他们的谈话别具异彩么？雅克会发现，或者说您会发现，他正被人从床上拽起来，抛到大路上或泥坑里。——干吗没被杀害？——杀害？不，我完全可以叫个人来救他。这个人可以是他部队的士兵。只不过这样写的话，就会发出《克莱福兰德》① 的恶臭味。真实！真实！真实，您会说，常常是冷冰冰的，司空见惯的，平淡无味的。比如说吧，您刚才说雅克包扎伤口那一段，很真实，但是有什么意思呢？一点意思也没有。——我同意。——即便要真实，那也得像莫里哀、雷尼亚②、理查逊③、瑟丹纳④那样。真实也有精彩的一面，有才情就能抓得住。——对，有才情，

① 指法国十八世纪小说家普雷沃神父的小说《克莱福兰德传记》。
② Jean-François Regnard（1655—1709），法国戏剧家。
③ Samuel Richardson（1689—1761），英国作家。
④ Michel-Jean Sedaine（1719—1797），法国戏剧家。

可是倘使没有呢？——没有才情，就不应写作。——倘使有人像被我打发到朋迪榭里①去的那个诗人？——这个诗人是谁？——这个诗人……好啦，看官，如若你每到一处就打断我，或者我每到一处都打断自己，那雅克的风流事还讲得成吗？听我的，别去管那个诗人……当家的和他老婆走了……——不不，讲讲朋迪榭里那个诗人。——外科医生走到雅克床边……——讲朋迪榭里诗人的故事，朋迪榭里诗人的故事。——有一天，一个青年诗人来找我，其实每天都有诗人来……好啦，看官，这同宿命论者雅克和他的主人的旅行有什么关系？……——讲朋迪榭里的诗人。——年轻人把我的智慧、才情、趣味、善心恭维了一番，无非平常的客套话，二十年来大家总是重复这一套，或许是出于真心，反正我一个字也不信。然后年轻人从兜里拿出一张纸，对我说，是几首诗……——诗！——是的，先生，我希望您能对这几首诗不吝赐教。——你想听实话？——是的，先生，我要听的就是实话。——那请稍候。——什么！您会这么傻，以为一个诗人会登门讨教实话？——是啊。——让您把实话告诉他？——那当然。——不来点客套话？——何必呢，再委婉的客套话究其实质都是很不中听的粗话，翻成大白话，那意思就是，您是个蹩脚的诗人，考虑到您不够坚强，听不得实情，就说您并不出类拔萃罢。——您这么直言不讳，每次都有好结果？——差不多吧……我读完青年诗人的作品，对他说："这些诗不仅糟糕，而且它们说

---

① Pondicherry，印度东海岸港口城市，曾是法国殖民地。

明，您永远写不出好诗。"——这么说，我非写坏诗不可了，因为我克制不住要写诗。——这对你真是天大的不幸！你想过没有，你会跌进万劫不复的深渊？不论是神明，还是凡人，还是柱石，对平庸的诗人都一向绝不容忍；这是贺拉斯的话①。——我知道。——您很阔？——不阔。——您潦倒？——潦倒不堪。——那么您会在潦倒之外，再加上蹩脚诗人的恶名，您的一生就毁了。您会有衰老的一天，衰老、潦倒加上蹩脚诗人，哎呀，先生！这样一个角色太可怕了！——我料到了，但是我身不由己……（这里，换上雅克会说，可是那上边写好了！）——您有亲戚没有？——有亲戚。——他们干什么？——他们开珠宝行。——他们能帮您吗？——也许行。——那好！您去见他们，叫他们送您一件残次首饰。您乘船去朋迪榭里，一路上您且写您的歪诗。到那里以后，您会发大财。钱赚足了，您就回来，想写多少歪诗就写多少，只要不发表就好，因为任何人都不该赔钱的……大约十二年前吧，我曾经向一位年轻人提过这个建议，当他再出现在我面前，我不认识他了。他对我说，是我呀，是您叫我去朋迪榭里的，我去了，我赚了百万法郎。我回来了，又开始写诗，我给您带了几首来……我的诗还是那么糟糕？——还是那么糟，不过您的命运改变了，我赞成您继续写诗。——这正合我意……外科医生已然到了雅克床边，雅克不容他开口，对他说："我都听到了……"然后，他朝着他主人，又说道……他正要说，主人把他

---

① 见贺拉斯《诗艺》，杨周翰译，人民文学出版社，一九八二年，第一五六页。关于"柱石"，见该书第一五七页。

堵回去了。主人走累了，在路边坐下，歪过脑袋望着旁边一个路人，这个人一直和他们走在一块儿，马在身后跟着，马缰绳绕在胳膊上。

　　看官，您保准以为这匹马正是雅克的主人丢失的那匹，那您错了。小说里常有这样的事情发生，或早或晚，形式各异。但是，我这不是小说，我跟您说过的，我想，我再给您重复一遍。主人对雅克说："看见跟着我们的那个人没有？"

　　雅克：看见了。

　　主人：他的马看上去是匹好马。

　　雅克：我当的是步兵，对马不在行。

　　主人：我在骑兵当过指挥官，我在行。

　　雅克：那又怎么样？

　　主人：怎么样？我要你去同这个人谈好价，叫他把马出让给我们。

　　雅克：这太异想天开了。不过我去就是了。您准备付多少？

　　主人：撑死一百埃居。

　　雅克叮嘱主人千万别睡着了，然后就去见那个路人，商量买他的马，他付了款，把马牵回来。"你看，雅克，"主人对他说，"如果说你有你的先见之明，我也有我的先见之明。这匹马体态匀称，马贩子会向你发誓说这马无可挑剔。不过，但凡与马沾上边，每个男人都奸狡猾坏。"

　　雅克：那在哪些地方他们不是呢？

　　主人：你骑这匹马，把你的马给我。

雅克：遵命。

现在他俩都有坐骑了。雅克继续说：

"我离开家的时候，我父亲、母亲、教父，每个人都帮了我一把，其实他们手头都很紧吧。我还有五个金路易的积蓄，那是我哥哥约翰踏上去里斯本的悲惨旅程之前送我的礼物……"

说到这里，雅克落下眼泪，主人教导他说，这些事那上边都写着哩。

雅克：确实如此，先生。这话我在心里对自己说过千百次，不过虽然是这个理，我还是止不住要流眼泪……

说到这里，雅克哽咽了，抽泣得愈发伤心。他的主人嗅了一下鼻烟，拿表看了一下时辰。雅克用牙叼住缰绳，伸出双手擦拭眼睛，继续说道："我用约翰的五个金路易，我的军饷，加上亲戚朋友给的礼钱，攒起了一袋子钱，一个子儿我都没取出来花过。这袋钱被我及时找回来了，对这件事您怎么看？"

主人：你不可能在那间草房子再住下去。

雅克：就算掏钱也不可能。

主人：不过，你哥哥跑到里斯本是要找什么吗？

雅克：我感觉您一心想把我往岔路上领。照您的这些问题，想把我风流事讲完，我们得满世界打转时间才够。

主人：这有何妨？只要你嘴巴不停，我耳朵在听就成。这两点难道不是最基本的？你不谢我，反而怪我。

雅克：我哥哥到里斯本是去寻求静默。约翰哥哥是个有头脑的人，这是他的不幸，他如若像我一样傻头傻脑，肯定要幸运得多。但是，这都在那上边写好了。那上边写着，加尔默罗会①的寻募修士每个季节都要来募化鸡蛋、羊毛、麻布、水果、红酒，就住在我父亲家，他们把我约翰哥哥招去了，约翰哥哥于是穿上了僧袍。

主人：你兄长约翰是加尔默罗会修士？

雅克：是的，先生，而且是赤脚派。他乐于做事、头脑灵活、爱管闲事，村上人打官司都向他咨询。他识文断字，从小就抱着羊皮古书不停地读啊，抄啊，教会里的差事他都干过，先后看过大门，管过膳食，养过花草，管过圣器，当过账房助理、司库。他在里面干得顺风顺水，本应该让我们大家都发点小财的。他把我们两个妹妹都嫁出去了，而且嫁得很体面。村里还有几个姑娘也都是靠他嫁出去的。只要他打从街上过，大叔、大婶和孩子们就没有不迎上来跟他打招呼的："约翰兄弟，您好。约翰兄弟，身体好吗？"他走进哪一家，哪一家就准定来了造化。这家要是有个姑娘，他来访两个月后，姑娘就会出嫁。可怜的约翰哥哥，他栽就栽在野心上！约翰早先当了那个修道院总管的助理，总管已经风烛残年，修士们说，约翰琢磨着老总管死后他来接班，为了达到这个目的，他把整个保管室搞得乱七八糟。他们说约翰把旧的簿册统统烧了，建了新的簿册，这样一来，老总管一死，鬼也弄不清修道院的财产明细了。你要找一份证书，那得花一个月的时间，而且多半是一无所获。修士们看穿了约翰哥哥的伎俩和他的

---

① 天主教托钵修会之一，又称"圣衣会""迦密会"，创建于巴勒斯坦加尔默罗山，主张"听命""清贫""静默"等修行规则。下文赤脚派是此教派中规则严格的一支。

41

如意算盘，认为事态严重，约翰哥哥非但没能爬上自以为十拿九稳的总管职位，反而遭到管制，只许吃面包、喝白水，规规矩矩，直到他将簿册柜的钥匙交给另一个人。修士们都不是善茬，等他们把想知道的事情一五一十从约翰哥哥嘴里掏出来之后，他们便打发约翰到实验室运煤，"加尔默罗水"就是在实验室里蒸馏出来的。约翰哥哥，昔日正式的司库、总管助理，现在成了运煤工！约翰哥哥是个血性汉子，就这么失去了地位和荣耀，他忍受不了，他寻机摆脱屈辱。

这时候，修道院来了一个青年神父。这神父被看成教会在告解室与布道坛的奇才。他叫昂热神父①，眼睛很美，面容俊秀，有能力又有手段。但见他布道啊布道，告解啊告解，与此同时老告解神父面前的信女们纷纷离去，一个个黏上了昂热神父；礼拜日和重大节日的前夕，昂热神父的告解室被前来赎罪的男男女女团团围住，而老神父们枯坐等候，告解室无人问津。这种情况叫他们深感焦虑……不过，先生，如果我把约翰哥哥的故事先放一放，回过头来讲我的风流事，这样可能进展得快一点。

主人：不，不。让我先嗅一下鼻烟，看一下时间，然后你继续。

雅克：我没意见，只要您愿意……

然而雅克的马却有不同意见，它突然咬住嚼口，往斜刺的低

① 实有其人，与狄德罗的父亲有交往，曾受托在巴黎监护狄德罗，后二人发生龃龉，狄德罗女儿的回忆录中有记载。

洼地冲去。雅克徒劳地夹紧膝盖，拉住短短的缰绳，那马顽固地狂奔，蹄下生风，从洼地最低处奔上土坡。登上坡头它猛然站定，雅克朝四下张望，发现自己置身于阴森的绞刑架下。

看官，换作别人，一准会给绞刑架吊上个犯人，而且安排雅克痛苦地发现是他认识的人。如果我这么说，您多半会相信，因为比这更离奇的怪事都发生过。不过那么说就不真实了：绞刑架的确是空的。

雅克让马喘喘气，然后那马自动走下坡头，爬上洼地的斜坡，把雅克带回到主人身边。主人对他说："哎哟，朋友，你把我吓着了，我以为你没命了。你灵魂出窍啦，想什么呢？"

雅克：想刚才我看见的东西。

主人：看见什么啦？

雅克：绞刑架，一个绞架。

主人：呸，呸！这个兆头太晦气。不过，别忘了你的信条，如果这是在那上边写好了的，老朋友，你做什么都白费，你还要被绞死。如果那上边没写，那就是你的马任性胡为，它如果不是见了鬼，就是有什么怪毛病，你得多加小心……

片刻沉默之后，雅克拭了拭额头，摸了摸耳朵，我们平时想甩开烦心事就是这样做的。他忽然又开口道：

"这些老修士商议，决心不惜一切代价，不管用什么手段，也要把这个羞辱他们的毛头小子除掉。您知道他们怎么干的？主子，您没在听我说。"

主人：我听，我听，你说。

雅克：他们买通了看门人，这人也是个老无赖，同他们是一路货色。看门人揭发年轻神父在会客室与一个信女调情，他赌咒发誓亲眼所见。可能是真话，也可能是假话，谁知道呢？滑稽的是，看门人揭发的第二天，修道院院长被法院当作外科医生传唤去了，原因是看门人这个无赖患花柳病期间，院长给他开过药，还照看过他。我的主子，您没听我说，我知道是什么让您分心，就是那个绞架。

主人：我无法否认。

雅克：我发现您的眼睛总盯着我的脸，您是不是看我脸上有晦气？

主人：不，不。

雅克：那就是"对，对"。这样，如果我让您不安，咱们分手就是了。

主人：休得胡言，雅克，别犯糊涂。你难道对自己没有把握？

雅克：没把握，谁能对自己有把握？

主人：任何一个正常人都可以。雅克，正直的雅克，你这莫不是对罪恶的恐惧感？算了，雅克，别争了，还是讲你的故事吧。

雅克：看门人泼脏水，或者说坏话之后，修士们就觉得什么损招、什么毒计都可以拿来对付昂热神父，神父的精神受到了打击。于是修士们找来一个医生，他们买通医生，诊断说神父疯了，需要呼吸故乡的空气。假如问题仅仅是把神父驱逐好还是关押好，那么事情早就办妥了，但是那些把神父当作偶像的信女中间，有些人是有身份的，必须将她们稳住。修士们便带着假模假式的悲怆神情，向她们谈起告解师："唉，可怜的昂热神父，太令人痛惜了！他曾是我们教会的雄鹰啊。""他究竟出了什么事？"对于这个问题，修士们的回答就是长叹一口气，抬眼仰望天空。如果对方追问，他们就低下头，沉默不语。除却如此故弄玄虚，他们有时会说："啊，主啊，我们做了什么？……他有时会叫人惊奇……天才的闪光……往昔也许能重现，不过希望很渺茫……真是教会的一大损失！……"与此同时，各种下三滥的手段变本加厉，他们无所不用其极，必欲将神父逼成他们说的那样子。要不是约翰哥哥心有不忍，他们真就达到目的了。下面该怎么跟您说呢？一天夜里，我们都睡下了，听到有人敲我们家的门，我们起身开门，见到昂热神父和我哥哥，他们化了装。他俩在家里藏了一天，第二天天蒙蒙亮就离开了，走的时候身上都有不少钱，因为约翰拥抱我的时候对我说："我把你的姐姐们都嫁出去了，我在修道院又待了两年，如果我那样干下去，你就会成为镇子里最阔的农夫。可惜一切都变了，我能为你做的就这些了。雅克，再见了，如果我和神父能有好运道，你会有感应的……"说着，他往我手里塞了我跟你说的那五个金路易，另外还有五个金路易是留给村里最后一个由他嫁出去的姑娘的，她最近生了个大胖小子，和约翰好像一个模子刻出来的。

主人（鼻烟盒开着，怀表已经放回去）：那他们到里斯本去干吗呢？

雅克：去体验地震①，他们不到，大地不摇。被压死、被吞

---

① 一七五五年，里斯本发生惨烈的大地震，进而引发了欧洲思想与精神领域的剧烈震荡。

噬、被烧焦，就像那上边写的。

主人：啊哈！修士啊！修士！

雅克：再优秀的修士也见钱眼开。

主人：这我比你清楚。

雅克：您曾经落到他们手里？

主人：以后再跟你说。

雅克：可是，他们为什么那么狠毒呢？

主人：我认为就因为他们是修士……还是回来说你的风流事吧。

雅克：不，先生，别说这个了。

主人：你不愿意让我知道？

雅克：这是哪儿的话，但是命运，命运不愿意。您没察觉，我每次要开口，魔鬼就来捣蛋，就会突然发生什么事，打断我的话？我跟您说，我讲不完，这在上边写着呢。

主人：试一试嘛，老朋友。

雅克：这么着，您先讲讲您的风流事，魔法可能因此就化解了，我的风流事讲起来就会顺当得多。在我头脑里，这事与那事是连在一起的。来吧，先生，有时候我好像能听到命运在说话。

主人：听命运讲话感觉是不是很好？

雅克：当然了，那天它告诉我您的表在货郎肩上的担子里就是证明……

主人打起哈欠，他一边打哈欠，一边拍打鼻烟盒；一边拍打鼻烟盒，一边朝远处张望；一边朝远处张望，一边对雅克说："你左边有什么东西，瞧见没有？"

雅克：瞧见了，我担保这东西的意思是叫我别再说我的故事，您也别再说您的故事。

雅克言中了。他们看见的那东西朝他们移动，而他们也是朝那东西前进，相向而行，距离愈来愈近。不久他们就看见一辆车蒙着黑布，驾四匹黑马，马从上到下裹着黑马衣。车后面跟着两个黑衣仆人，再往后又是两个黑衣仆人，骑黑马，马蒙黑披。车座上有一黑衣马夫，帽子压得很低，四周挂黑色长绢，从左肩垂下。车夫耷拉着脑袋，任缰绳松垂摆动，不像在驾驭马，倒像被马驾驭着。说话间我们的两个旅行者就与灵车并行了。猛然间雅克一声尖叫，与其说从马上下来，不如说从马上滚落。他揪着头发满地打滚，哭喊着："我的队长，可怜的队长，是他，我不会搞错的，是他的刀剑……"车上的确有一口长棺，上覆棺布，棺布上放了一把剑和一条勋带。一名神父在灵柩旁手执祈祷书，口颂赞美诗。灵车继续前行，雅克哭哭啼啼跟在车后，主人骂骂咧咧跟着雅克。仆人们向雅克证实这就是给他队长送葬的队伍。队长死于邻近的城市，现在把他送回祖坟安葬。队长的一个好友去世了，也是军人，师团的一个队长，他的去世使队长失去了每周比武两次的乐趣，从此便郁郁寡欢，数月之后队长自己也油尽灯枯。雅克向队长尽了应有的赞美、惋惜和悲泣等礼数之后，向主人赔了不是，重新上马。俩人一路默默无语。"可是，写书的，您又要说了，看在主的分上，他们这是去哪儿？……"可是，看官，看在主的分上，我会回答您，我们难道知道我们去哪儿？就说您吧，您这是去哪儿？需要我提醒您想想伊索的遭遇吗？一个夏夜，要么就是一个冬夜——希腊人一年四季都洗澡的，伊索的老师桑蒂庇对他说："伊索，去澡堂看看，要是人不多，咱们就去洗个澡……"伊索去了，路上与一队雅典巡逻兵相遇。"你去哪儿？"——"我去哪儿？"伊索回答，"我完全不知道。"——"不知道，那去班房吧。"——"你瞧，"伊索道，"我就说我不知道去哪儿嘛，我是去澡堂的，可是却去了班房。"雅克跟着他主人，就像您跟着您主人，就像雅克的主人跟着自己的主人，就像雅克跟着他——不对，谁是雅克主人的主人？——怎么，我们在这世上还缺主人么？雅克的主人跟您一样，他的主人不止一个，总得有百儿八十的。不过呢，雅克主人的主人虽然很多，却没有一个好的，他不断换主人就是证明。——他毕竟是人嘛。——跟看官您一样，是个爱动感情的人；跟看官您一样，是个好奇心很强的人；跟看官您一样，是个招人烦的人；跟看官您一样，是个爱打听的人。——他为什么爱打听？——这个问题问得好！他爱打听，因为他想知道，然后再告诉别人，跟您一样，看官……

雅克的主人对他说："我怎么觉得你不想把你的风流事讲下去。"

雅克：可怜的队长！他去了我们都会去的地方。不寻常的是他没有早一点去。天呐！……天呐！……

主人：怎么，雅克，我看你在哭？痛痛快快哭吧，因为你可以毫不害羞地流泪了，他的离世让你摆脱了他生前约束你的种种繁文缛节。当初你有理由掩饰你的欢悦，但是现在你没有理由掩饰你的悲伤，人们或许会对你的欢乐说三道四，但是不会对你的眼泪评头论足。一切痛苦都会得到宽容。此时此刻，人不是显出深情，就是显出寡义，若思量周全，显示脆弱总强似被人怀疑心怀鬼胎。我愿意看到你放声恸哭，这样可以缓解哀伤，我愿意看到你哭喊得惊天动地，这样它就不会持续太久。回想他的为人，甚至无妨夸张一些：他钻研最隐秘的材料，妙用最精微的材料，他有关注最重要材料的嗅觉，能从最不起眼的材料中做出重大发现。他以高超的技巧为被告辩护，他的宽厚赋予他百倍的智慧，使利益与自怜给与罪犯的巧智相形见绌。他的铁面无私只针对自己。他不为自己无意间的小失误寻找托词，而是以敌意的强硬态度夸大这些失误，像一个妒忌者似的挖空心思贬损自己的操守，对可能在不自觉的情况下造成失误的动机进行无情剖析。你的悔恨可以忽略任何其他界限，但是不能忽略时间设定的界限。当我们失去朋友，我们听命于造化，当造化来拨弄我们的时候，我们也同样俯首听命。我们毫无怨言地接受命运对他们下达的决定，同样也绝不会抗拒命运对我们下达的决定。送葬的责任并非心灵最后的义务，此时此刻土地被翻动，最终仍要在你情人的坟墓上板结，然而你的心灵将永远是他情感的栖身之地。①

雅克：主子，您这番话很动听，但究竟是什么鬼意思？我的队长死了，我很伤心，而您却鹦鹉学舌，跟我讲了一通一个男人或者一个女人安慰失去情人的女人时说的话。

---

① 这段话戏拟当时流行的悼词，特别是其夸张造作的语气。

49

主人：我想应该是一个女人说的。

雅克：我倒认为是一个男人说的。男人说的也好，女人说的也罢，还是那句话，到底什么鬼意思？你不会认为我是队长的情妇吧？先生，我的队长是个真汉子，我呢，我年轻，一向诚实。

主人：这个，雅克，有谁会同你争吗？

雅克：那么，一个男人或者一个女人安慰另一个女人的这番话，究竟是什么鬼意思？我死乞白赖地问，您保不齐就会告诉我。

主人：不，雅克，你得自己动脑筋。

雅克：就算我下半辈子一直想，我也猜不出来。看来得等到最后审判那天了。

主人：雅克，我念这段话的时候，感觉你听得很入神啊。

雅克：拿它当笑料听不行吗？

主人：太好了，雅克！

雅克：您念到队长生前我忍受繁文缛节，因而他的死让我解脱的时候，我差点大笑。

主人：太好了，雅克！我想做的，看来做到了。你说说看，有没有更好的法子安慰你？你一直在哭，假如我与你大谈你的伤心事，会是什么结果？结果只能是你哭得更伤心，我还在火上浇油。凭一段可笑的悼词，又凭随后发生一点小争执，我让你分了心。现在，送你队长去最后归宿的灵车走了多远，你的队长离你就有多远。因此呢，我想你可以继续讲你的风流事了。

雅克：我也这么想。——"大夫，"我对外科医生说，"您住得远吗？"——"少说有两里路吧。"——"住得还算舒适？"——

"还可以吧。"——"能安排一张床吗?"——"不行。"——"不行! 要是给钱,给个好价钱呢?"——"唔! 要是给钱,给好价钱,对不起,让我想想。不过,朋友,你可不像能付钱的,更甭说付好价钱了。"——"那是我的事。在你家能得到一点照顾吗?"——"悉心照顾。我老婆看护病人的活儿做了一辈子,我大闺女,赚钱的事来者不拒,她为你解绷带和我一样熟练。"——"连吃连住,加上看护,你要多少钱?"——医生抓耳挠腮,说道:"住宿……伙食……看护……不过,谁能担保你不赖账?"——"我按日付账。——"话就得这么说,这……"嗨,先生,我觉得您没在听我说。

主人:是没听,雅克,那上边写着这次你说话没人听,而且这不是最后一次。

雅克:如果一个人不听别人说话,那要么是他什么都不想,要么是他想的与别人说的话不相干。您是哪种情况?

主人:后一种。我一直在琢磨灵车后面那个黑衣仆人对你说,你的队长,由于朋友死了,失去了每周两次决斗的乐趣,你懂这是什么意思吗?

雅克:当然了。

主人:对我来说这是个谜,你得给我解释一下。

雅克:这跟您有什么鬼关系?

主人:没什么关系。不过,你以后讲话的时候,一定希望有人听吧?

雅克:那还用说。

主人：那好。只要这些莫名其妙的话搅得我脑瓜疼，凭良心说，我就不敢保证会听你说话。

雅克：就依您！但是您起码得发誓不再打断我。

主人：哪怕山崩地裂，我向你发誓。

雅克：事情是这样。我队长是个好人，正派、能干，是团里最优秀的军官之一，就是有点不太合群。他跟另一个军官相逢，交上朋友。这也是个好人，正派、能干，也同样有点不太合群……

雅克正准备讲他队长的故事，这时他们听得身后有大队人马奔过来。过来的正是队长的灵车，它又折返回来了。灵车四下围着……税务司的税务员？——不对。——税警？有可能。不管他们是干什么的，反正他们前面是那个黑袍白衣的神父，双手反捆着，黑衣车夫双手也反捆着，两个黑衣仆人双手也反捆着。是谁大吃一惊？是雅克大吃一惊，他呼叫："我的队长，我可怜的队长没有死！谢天谢地！……"他掉转辔头，双腿夹马，冲着那个所谓的灵车飞奔过去。在三十多步开外的地方，税务员们或者税警们都端枪瞄准雅克，对他喊："站住，退回去，不然就开枪了……"雅克唰地停下，在心里向命运询问怎么办，命运大概说："立刻退回去。"他照办了。主人对他说："好了，雅克，怎么回事？"

雅克：说实话，我完全不清楚。

主人：怎么说？

雅克：我不清楚里面的底细。

主人：这可能是一伙走私犯，棺材里装的是违禁品。他们从一伙流氓手里买了这批货，而这些流氓却向税务司把他们举报了。

雅克：那这个画着我队长族徽的豪华马车是怎么回事？

主人：要不这就是抢劫。棺材里藏的，谁知道呢，贵妇、姑娘、修女，反正裹尸布决定不了死人是谁。

雅克：那为什么车上有我队长的族徽？

主人：你又钻牛角尖了。我看还是把你的风流事讲完吧。

雅克：您还惦记着我的故事哪？可是我的队长说不定还活着啊。

主人：那又怎么样？

雅克：我不乐意谈论活着的人，谈论活着的人吧，不管说好话还是坏话，结果经常是害得自个儿现世丢丑，说好话吧，人家变坏了，说坏话吧，人家改好了。

主人：既不要做无聊的颂扬者，也不要做刻薄的批评者。原原本本说事情就好。

雅克：这可不容易。谁没有个性、利益、趣味、感情，谁说事情不是夸大其词，就是避重就轻？原原本本说事！……搁在一个大都市，一天能碰到两回就谢天谢地。说到原原本本，听话的是不是就比讲话的强？不。在一个大都市里，人家怎么说，别人就怎么听，这种事什么时候一天能碰到两次？

主人：活见鬼，雅克，你这些警句是要人家割舌头堵耳朵呀！是要人家什么也不说，什么也不听，什么也不信呀！不如这样，你爱怎么讲就怎么讲，我爱怎么听你讲就怎么听，不过我尽量相信你的话。

雅克：亲爱的主子，生活充满了误会，爱情有误会，友情有误会，到处都有误会，政治、金融、教会、司法、生意、女人、男人……

主人：嘿嘿，丢开你那些误会。你搞清楚，我们谈的是历史事实，你却喋喋不休大谈道德，这才是个天大的误会呢。你队长有什么故事？

雅克：假如说这世上，你说的话几乎没有一句别人是照原样来听的，那么更要命的是，你做的事几乎没有一件别人是按原样来评说的。

主人：天底下，怕是很难找到另外一个脑瓜装着与你一样多的奇谈怪论。

雅克：这有什么坏处吗？奇谈怪论不一定就是谬论。

主人：这话不假。

雅克：我们，队长和我，我们路过奥尔良。那时满城流传一个叫勒·佩勒蒂耶先生的公民新近的遭遇。这位先生从心底里怜悯穷苦人，不吝施舍，挥金如土，结果万贯家财到头来只够养家糊口。他自己没有能力再接济穷人，他就央求其他人来做好事。

主人：你认为，对这个人的行为城里人有两种不同的说法？

雅克：不，穷苦人中间没有，但是富人们几乎无例外地把他当疯子，而他的亲属则认为他是个败家子，差一点要求剥夺他的财产权。我们在一家客栈纳凉的时候，一群闲汉围着街上的理发师，听他像演说家似的高谈阔论。闲汉们对理发师说："你当时在场的，你给我们讲讲是怎么回事。"

"愿意效劳。"小街上的演说家答道，他正巴不得找话说呢。"奥贝托先生，他是我的常客，就住在嘉布遣会①教堂的对门，他正在家门口，勒·佩勒蒂耶先生走上前对他说：'奥贝托先生，您真的什么都不给我的朋友们？'你们都知道，他是这样称呼那些穷人的。"

"今天不给，勒·佩勒蒂耶先生。"

勒·佩勒蒂耶先生不肯罢休。"您知道我求您发善心是为谁啊！这是个可怜的女人，刚生下孩子，连一块包裹孩子的破布都没有啊。"

"我管不着。"

"这有个年轻美丽的姑娘，没有活干，没有面包，您施舍点，说不定就能帮她走出困境。"

"我管不着。"

"这有个劳工，靠双手吃饭，前不久从脚手架上跌落，摔断了一条腿。"

"我管不着，我同你说了。"

"行啦，奥贝托先生，您发发善心，我向您保证，您今后再也不会有机会做这样有价值的事了。"

"我管不着，我跟你说了。"

"善良的、大慈大悲的奥贝托先生！"

"勒·佩勒蒂耶先生，让我安静一会儿。我想给予的时候，用

---

① 天主教方济各会的一个分支，其修士戴独特的尖顶帽。

不着你来求……"

"奥贝托先生一边说，一边扭头从门口回到店里，勒·佩勒蒂耶先生跟他进店，接着又跟他从前店进到后堂，再从后堂跟入家里。他如此紧跟不舍，惹恼了奥贝托先生，在家里给了他一耳光……"

听到这里，队长蹿起身问演说家："那他没有杀了他?"

"没有，先生，为这事可以杀人?"

"一个耳光，天杀的! 一个耳光! 那他干什么了?"

"他挨了一耳光之后干什么了? 他满脸堆笑，对奥贝托先生说:'这是给我的，可我那些穷朋友呢?'……"

周围的人啧啧赞叹，只有队长例外，他对他们说："先生们，你们的勒·佩勒蒂耶先生是个废物，可怜虫，胆小鬼，没出息。假如我在场，我这把剑会立刻为他讨回公道，而你们的奥贝托先生付出的代价如果仅仅是鼻子和两只耳朵，那他就很走运了。"

演说家说："我瞧出来了，先生，您不会让那个傲慢的家伙有一点时间去跪到勒·佩勒蒂耶先生脚下认错，并且递上自己的钱包。"

"绝对不会!"

"您是个军人，而勒·佩勒蒂耶先生是个基督徒，对于耳光，你们的看法不同。"

"尊贵的人脸颊没什么不同。"

"福音里可不是这样说的。"

"我只认我心里的福音，剑鞘里的福音，其他福音我一概不认。"

主子，您的福音在哪里，我不知道，我的福音在那上边写着。每个人看待羞辱和恩惠的方式是不同的，而且在一生中不同的时刻，判断也可能会有所不同。

主人：然后呢，该死的唠叨鬼，然后呢……

雅克的主人一发脾气，雅克就不吱声，陷入沉思，而打破沉默的经常是他冒出的一句话，这句话在他的思想里是有来龙去脉的，但是在他与主人的谈话中却显得前言不搭后语，好比读一本书可以跳过去的那几页。这会儿这种情况又出现了，当他开口道："亲爱的主子……"

主人：啊哈！你终于又开口了。我替我们俩感到高兴，听不到你说话我闷得慌，而你不说话也闷得慌。那就说吧……

雅克正要开始讲队长的故事，他的马却再次从右侧冲出大路，驮着他穿过一片开阔地，跑出去足有两里路，唰地立定在几个绞架中……绞架中！居然将骑马人带到绞架中，这马这么跑太奇怪了！"这意味着什么？"雅克说，"难道是命运的警告？"

主人：朋友，那还用怀疑，你的马被施了法术。不过叫人恼火的是，上天借托梦、借显灵表示的预兆、启示、警告，一律毫无用处，事情照样还会发生。老朋友，我奉劝你打点好你的良心，安排好你的财物，尽你的可能赶快把你队长的故事和你的风流事告诉我，要是没听到这些你就先没了，我会懊恼死的。你该做的不做，却只顾发愁，那管啥用？啥用也不管。命运已经借你的马，把它的决定宣示了两次，那是必定要成真的。你最后还有什么心愿，告诉我，我担保一五一十都能兑现。如果你拿过我什么东西，我就给你了，去向上帝祈求原谅吧，不过我们还有一段不长的时间一起生活，别再偷了。

雅克：我费再多的力气回顾过去的生活，也不可能发现任何违背做人之道的事情，我没杀人，没盗窃，没强暴。

主人：算我没说。总之，我希望最好是罪已经犯，而不是准备犯。原因不言自明。

雅克：可是，先生，我被绞死可能不是我自己的原因，而是替别人背黑锅。

主人：有这个可能。

雅克：有可能我是死了之后才被吊起来。

主人：这也有可能。

雅克：有可能我压根就不会被吊起来。

主人：这一点，我怀疑。

雅克：那上边写的可能是，有一个人上绞架，我仅仅是观看而已，这个人嘛，谁知道他是什么人，是亲朋好友还是八竿子打不着的人？

主人：雅克先生，准备上绞架吧，因为这是命运的安排，而且你的马已经告诉你了。别那么没教养，收起你那些乱七八糟的假设，赶快跟我说说你队长的故事。

雅克：先生，别发怒，有时候正经人也会被绞死，这是司法的误会。

主人：这方面的误会令人痛心疾首。谈点别的事吧。

雅克从马的预言里搜寻到诸多解释，稍稍放宽了心，他说道："我刚进部队的时候，有两个军官，论年龄、出身、军龄、能力，全都不相上下。我的队长就是其中一个。他们之间唯一的差别是，一个有钱，另一个没有。我的队长是有钱那个。这种不相上下，要么让人亲近，要么让人截然对立。实际上这种不相上下让他们又亲近，又对立……"

说到这里雅克顿住。他讲述的时候，每次马头向右边或者左边甩一下，他都会中止讲述，如此重复多次。为了接下去，他总要把最后一句话再说一遍，仿佛刚才打了一个嗝。

"……让他们又亲近，又对立。有那么几天，他们是世上最好的朋友，有那么几天，他们又成了死对头。是朋友的日子，他们互相走动，称兄道弟，勾肩搭背，互相倾诉苦恼、欢乐、欲望，最私密的事、家庭事务、遗产继承、担心忧虑、晋升计划，都拿来一起商量。第二天他们会相见吗？他们擦肩而过却谁也不看谁，要不就傲慢地互相打量，彼此以'先生'相称，来言去语夹枪带棒，一言不合便拔剑相向。一旦两个人中有一个受了伤，另一个便扑上前去，痛哭流涕，捶胸顿足，护送伤者回家，守在床头直至他痊愈。一礼拜，半个月，一个月之后，这一切又重演一遍。不定什么时候，人们就可能看到，两个正直的人……两个正直的人，两个真心实意的朋友，其中一个死在另一个手里，而最叫人心疼的还肯定不是死去的那个。有人反复向他们指出，他们这么做太荒唐。我自己在得到队长允许之后也对他说：'唉，先生，如果您不小心杀了他咋办？'队长听了这话便哭了，双手蒙住眼睛，他疯也似的冲进朋友的房间。两小时后，不是队长的伙伴把受伤的队长送回来，就是队长为他伙伴做同样的事。不论我的劝诫……不论我的劝诫，还是其他人的劝诫，都完全不起作用，唯一的解决办法是把他们分开。防务大臣获悉他们这般顽固不化地走极端之后，我的队长受命转任一个要塞的司令，命令特地要求他即刻赴任，而且禁止离开任所，另外一道命令则将他的伙伴禁锢于团队之中……我感觉这牲口真要把我逼疯了……大臣的命令刚下达，我的队长就以感谢信任为名赶往宫里，陈述说自己很富裕而他朋友却很穷，但是穷归穷，却应该同样有权获得国王的恩典。自己刚获得的职位假如授予他朋友，对他朋友的军旅生涯无疑是一种奖励，对其微薄的财产也有所补益。倘能如此，他将不胜愉悦。由于大臣的本意无非是将他们分开，况且慷慨之举总是能打动人心的，因而决定……可恶的牲口，你非把头向右转不可？……因而决定我的队长返回团里，他的伙伴则就任要塞司令。

　　"这两人刚一分开，就立刻感觉到太需要对方了，俩人都陷入幽幽的怅惘。我队长请求休假半年，说是要呼吸一下家乡的空气。但是走出驻地才十来里路，他就卖掉马，打扮成农夫模样，朝他朋友指挥的要塞奔去。这应该是他俩共同策划的行动。队长到了……你爱上哪儿就上哪儿！那边又有绞架勾引你去参观吗？……先生，您就笑吧，这确实太滑稽了……他到了，可是那上边写了，不管他们多么谨慎从事，把重新聚首的喜悦藏得多严实，相会时完全像一个农夫见到要塞司令那样毕恭毕敬，但是依然可能有士兵和军官碰巧在他们见面的时候出现，队长的行踪被这些人觉察，这些人心生疑团，便通知了要塞的副官。

"副官生性谨慎，得知消息不过微微一笑，但他对这事情非常重视，不敢懈怠。他派了几个人盯梢司令，返回的第一个情报说，司令很少出门，那个农夫压根不出门。这两个人在一起住了一周，却没有旧病复发，这是不可能的，老把戏注定要重演。"

您瞧，看官，我有多么巴结。我完全可以照着黑布大车驾辕的马来一鞭子，叫雅克、他主人、税务员或者税警与送葬队伍剩余的人在附近一家客栈的门口相聚，可以中断雅克队长的故事，叫您有多着急就多着急。可要是那样做，非说假话不可，而我讨厌说假话，除非说假话有益或是为情势所迫。事实是，雅克和他主人再也没见着蒙黑布的马车，雅克虽然一直对他那匹马走道的方式很揪心，但还是把故事讲下去：

"有一天，盯梢的向副官报告，司令和农夫之间发生了非常激烈的争吵，然后他们出了门，农夫走在头里，司令很不情愿地跟出来。他们进了城里的一家钱庄，现在还在那里。

"接下来大家又得知，他俩不愿再相见，决心拼个鱼死网破。即使在这个空前残酷的时刻，我队长——他很有钱，我对您说过的，我队长很有钱，他还看在他们这段兄弟情分上，要求他的伙伴接受一张两万四千里弗尔的兑票，并且向他保证万一他死了，伙伴必须到国外好好生活，他声称没有这个先决条件他宁可不决斗。另外那位面对他的赠与，回答是：'你难道真的以为，朋友，我杀了你的话，我还会活下去？'……先生，但愿您不要成心看我骑这样一头古怪的牲口走完全程！……

"他俩从钱庄出来，奔城门口去了，这时候他们发现副官与几位军官围拢上来，表面上看这次不期而遇只是一次巧合，可是我们这俩朋友，或者说俩敌人，随便您怎么称他们，当然不会自欺欺人。农夫承认了自己的身份。他们在一所僻静的房子过夜，第二天黎明时分，我队长与他朋友再三拥抱，向他告别，决心再不相见。队长回到家乡很快就死了。"

主人：谁跟你说他死了？

雅克：不是有棺材么？还有带族徽的马车？我可怜的队长死了，我不怀疑。

主人：那双手反捆的教士，双手反捆的仆人，税务员或者税警，送葬队伍返回城里，这些又怎么讲？你的队长还活着，我也不怀疑。对他的伙伴，你什么都不知道？

雅克：他伙伴的故事，那是长卷中精彩的一段，或者说是上边写好的精彩的一段。

主人：我希望……

主人没讲完，雅克的马却已经如一道闪电疾驰而去，它不偏右也不偏左，径直沿大路奔跑。雅克失了踪影，而他主人确信这条路会通向一片绞架，故而笑得前仰后合。然而，雅克与他的主人在一块儿才好玩，一分开便没有一丝趣味了，这就如同堂吉诃德身边没了桑丘，李夏岱身边没了费拉古斯。这一点，塞万提斯的续写者和阿里奥斯托的模仿者弗提盖拉先生①都没太明白。看官，要不咱们先一起聊一会儿，等雅克与主人见了面再说。

您要是把雅克队长的故事当小说，那您可错了。我向您郑重声明，雅克向主人讲的这些事，是我在荣军院亲耳所闻。哪一年我不记得了，反正是圣路易日，当时在荣军院的军医、一个圣艾蒂安②人家里吃饭，在场的还有好几位荣军院的军官，他们都是知情人。讲这事的是个有身份的人，不苟言笑，绝对不像信口开河之辈。有一点，当下和以后我得跟您再三说，听了雅克与他主人的谈话，如果您不想把真作假，把假作真，那您就必须眼观六路，耳听八方。现在，该知道的您都知道了，我就金盆洗手啦！——您可能要说了，就那两人，真够各色的啊！——就因为这个你将信将疑？首先，人的天性千差万别，在本能与秉性上表现得尤为明显，因而在诗人的想象中，通过诗人的体验与观察，任何事物无论如何奇特，它呈现的都无非是天性的模版。你眼前的我就遇到过一个人，简直就是《屈打成医》③里丈夫的翻版，这之前我一向以为那是世上最滑稽逗乐的胡编乱造哩。——什么！那个丈夫

---

① "塞万提斯的续写者"指费尔南德斯·德·阿凡拉奈达，一般认为这是路易斯·阿里亚嘎的笔名，此人与塞万提斯有隙，在《堂吉诃德》第一卷出版后便发表了所谓的续集。法国作家勒萨日于一七〇四年将此书译成法语。狄德罗对这个所谓的续集很不满，多次影射讽刺。"阿里奥斯托的模仿者弗提盖拉"是意大利教士，他于一七三八年出版了谐谑史诗《李夏岱》，模仿阿里奥斯托《疯狂的罗兰》的情节。但是在《疯狂的罗兰》里，李夏岱与费拉古斯并无关系，所以狄德罗说"李夏岱身边没了费拉古斯"当是误记。
② Saint-Étienne，法国东南部城市。
③ Le médecin malgré lui，莫里哀喜剧，下文情节见该剧第一幕第一场，原剧台词是"我肩上有四个孩子"。

63

的翻版，老婆对他说："我肩上有三个孩子。"他回答："把他们放在地上好了。"——"他们跟我要面包。"——"给他们吃鞭子!"——一点不错。下面就是这个人与我女人的对话。

"是您啊，古斯先生?"

"是的，夫人，我行不更名，坐不改姓。"

"您打哪儿来?"

"从我去的地方来。"

"您去那个地方干吗了?"

"去修了一个磨，它有点毛病。"

"磨坊是谁家的?"

"我全然不知，我又不是去修理磨坊主的。"

"您今天和往常不同，穿得忒整齐了。您外套干干净净，怎么衬衣却很脏?"

"因为我只有一件衬衣。"

"您怎么会只有一件衬衣?"

"因为我不会分身术。"

"我男人这会儿不在家，不过这并不妨碍您在这儿吃饭。"

"当然不妨碍，我又没把我的胃和我的胃口交给他。"

"您夫人身体好吗?"

"爱好不好，这是她的事。"

"您的孩子们呢?"

"好极了!"

"那个孩子，眼睛忒漂亮、胖得忒可爱、皮肤忒白皙那个，他

64

好吗?"

"比其他几个好多了。他死了。"

"您教孩子们学点什么吗?"

"不,夫人。"

"什么!不学读书,不学写字,也不学教理问答?"

"不学读书,不学写字,也不学教理问答。"

"那是为什么?"

"因为没人教过我,我也没有因此更无知。如果孩子们有头脑,他们就会像我一样会做事,如果他们是笨蛋,我越教他们,他们就越笨……"

倘使有朝一日您碰到这个怪人,您不需要认识他就可以跟他套近乎。您把他带进一家小酒馆,告诉他您有事要他做,跟他讲要走几十里路,他也会跟您走,等他把活做完,一个子儿也不用给就打发他走,他一定会原路返回,还挺心满意足。

您听说过一个叫普雷蒙瓦尔[①]的人吗?他在巴黎向公众讲授数学课。这个人就是他的朋友……您看,雅克和他主人可能已经会合了,您想怎么办,去见他们还是留下来和我在一起?……古斯和普雷蒙瓦尔一起办学。听课的学生成群结队,其中有个姑娘叫毕荣小姐[②],是制作两个精美星座图的那位巧匠的千金,星座图后来从王宫花园迁至科学学苑。毕荣小姐每天早上去学校,腋下夹着讲义夹,手笼里放着仪器盒。教师中的一位,就是普雷蒙瓦尔,

---

① Pierre Le Guay de Prémontval（1716—1764），法国数学家。
② 真实人物,是普雷蒙瓦尔的夫人。

爱上了这位女弟子，而且正是借助球体内立方体的各种命题，他有了一个实实在在的孩子。毕荣老爹这人可没有耐心理解这种推理的真实性，恋人的处境变得有点棘手。他们反复商议，然而他们一无所有，绝对一无所有，再怎么商议又能有什么结果？他们向他们的朋友古斯求助。这一位，二话没说，变卖了自己全部家当，内衣、外衣、仪器、家具、书籍，凑了一笔钱，把两个恋人推进驿车车厢，陪他们马不停蹄奔赴阿尔卑斯山。在那儿，他把钱包里仅剩的一点钱兜底倒出，交给他们，与他们拥抱，祝他们旅行愉快，然后依靠别人的施舍，一路步行返回。到了里昂，他替一所隐修院的房子粉刷墙壁挣了点钱，这才得以不靠乞讨回到巴黎。——这故事真动人。——确实如此！听说了这样仗义的举动，您一定认为古斯有深厚的道德修养吧？哼哼！别傻了！他脑袋里的道德观念并不比一条梭鱼脑袋里的多。——不可能。——这是真的。我叫他办过事。我的委托人叫我交给他一张八十里弗尔的汇票，金额是用阿拉伯数字写的，你猜怎么着？他在后面加了零，支取了八百里弗尔。——哎哟！好大的胆子！——他偷我的时候不见得有多下作，同样，他为朋友变卖家当的时候也不见得有多高尚。这是个毫无原则的怪人。八十个法郎①不够他花销，于是他大笔一挥，把自己需要的八百法郎拿到手。而他当作礼物送给我的那些珍本书呢？——什么样的书？……——雅克与他主人上哪儿去了？雅克的风流事还讲不讲？噢，看官，您那么平心

---

① 作者在这里时而用"里弗尔"，时而用"法郎"来指同一笔款，可见当时里弗尔的价值不确定，有时就等同法郎。

静气地听我讲，说明您对我那两个人物不怎么感兴趣，我也在想，就让他们哪儿凉快哪儿待着……我当时需要一本贵重的书，他给我送上门，不久我需要另一本贵重的书，他又给我送上门。我给他钱，他不肯收。我又需要第三本，"这一次，"他说，"您得不到了，您说得太迟了。我索邦大学那位博士死了。"

"您索邦大学那位博士跟我需要的书有什么关系？难道那两本书，您是从他的书房里拿的？"

"那当然！"

"没有经他同意？"

"嘿！我做一件符合公平分配原则的事，干吗要经他同意？我不过是为做好事把两本书挪个地方而已，从一个用不上的地方挪到一个派上大用场的地方……"您听完这些，请对"人何以为人"发表高见！不过，最精彩的还是古斯与他夫人的故事……我懂您的意思，您听够了，按您的意见，我们应该去跟两位旅行者会合。看官，您把我看作傀儡，这不太礼貌。"讲雅克的风流事"，"别讲雅克的风流事"……"我希望您跟我讲古斯的故事。我忍不住了……"不错，有时候我理当迎合您的兴致，但是时不时满足一下我自己的兴致也是应当的，何况随便哪个听众，他既然答应我开讲，他就有义务听我讲完。

我刚才讲"首先"；有了"首先"，这就是说起码还有"其次"……听我说，您不听我说，我也要自言自语说下去……叫雅克的队长和队长的伙伴受煎熬的，弄不好是一种隐秘而强烈的嫉妒心。嫉妒这种情感，便是友谊也休想克服掉的。什么都可以宽容，唯有功劳不易得到宽容。他俩是不是对某种特殊关照感到焦虑呢？这种特殊关照对他们俩都必定是一种伤害。他们自己没有意识到，但他们的确都在试图提前摆脱危险的竞争对手，为了未来的机遇，他们在相互试探。可是，把要塞司令的职务如此慷慨地推让给穷朋友的那个人，他的心思又该怎么理解呢？他辞让了职务，这不假，但是倘若他的这个职务是被剥夺的，他一准会用剑锋来索要。在军人中间实行某种特殊照顾，对获益的人谈不上荣耀，对其竞争对手却是羞辱。算了，不说这些了，这么说吧，这是他们心底某个角落里的一点疯狂。我们每个人不是都有这么一点疯狂在心里藏着吗？两个军官的这种疯狂，曾经在两百年中席卷欧洲，我们称之为骑士精神。这支庞大的英雄行列，个个全身披挂，佩戴各色爱情标志，跨宝马，执长枪，面罩或掀起或垂下，互相傲视，互相打量，互相恐吓，厮杀得人仰马翻，直杀得广阔的竞技场里刀光四射，折枪断剑。他们是好朋友，只是为追捧的荣耀而互相嫉妒。这些好朋友，当他们警觉地提着长矛，各自站在竞技场两端的时候，当他们用马刺猛扎战马肚子的时候，他们就变成了好勇斗狠的敌人，他们扑向对方，那种剽悍凶猛俨然是在沙场上格斗。我们这两位军官其实就是过去的骑士，他们生活在当下，习性却还是旧时代的。他们的每一种大德与每一种恶癖都很鲜明，然而都已经是明日黄花。肢体力量有它的时代，高超的武艺也有它的时代。大无畏精神有时候备受推崇，有时候就不那么受重视。这种精神愈普遍，它就愈不值得炫耀，它得到的赞颂就愈少。追踪人类发展的趋势，我们总能看到一些人，他

们来到这个世界似乎来得太晚，他们属于另一个时代。我们凭什
么认为，这两个军官卷入这种日复一日的危险争斗不是渴望发现
对手的弱点而获得优越感？在社会上，决斗在教士之间、法官之
间、文学家之间、哲学家之间，以各种形式重复上演，每个阶层
都有自己的长矛和自己的骑士。各种聚会，包括最显赫的和最搞
笑的，都不过是一些小型竞技场，那里的人有时候也佩戴各色爱
情标志，即使不在肩头上，也在心底里。与会的人愈多，交锋就
愈激烈，女人的出现往往把热情推向疯狂，把坚持己见推向不可
理喻。在女人面前败下阵来，那是刻骨铭心的奇耻大辱。

　　哎，雅克呢？……雅克早已穿越城门，在孩童们的欢呼声中
走街串巷，直达对面城郊的尽头。他的马一头窜进一个小矮门，
门上的横梁与雅克的脑袋发生了猛烈的碰撞，在这样撞击下，不
是横梁挪动位置，就是雅克仰面翻到。事实上发生的，如您所料，
是后一种情况。雅克摔下马，头破了，不省人事。有人把他扶起
来，用烧酒把他唤醒，我甚至认为房主人给他放了血——这么说
这人是外科医生？——不是。就在此时，雅克的主人到了，他见
人就打听雅克的消息。"劳驾，您有没有看见一个高大干瘦的男
人，骑一匹黑斑白马？

　　"他刚过去，像中了邪似的，这会儿应该到他主人家了。"

　　"谁是他主人？"

　　"刽子手。"

　　"刽子手？"

　　"对呀，因为那匹马就是刽子手的。"

“刽子手住哪儿？”

“相当远，不过您就不必劳神费劲往他家跑了，您瞧他的人过来了，他们抬的显然正是您打听的那个人，我们当他是刽子手的伙计哩……”

这样与雅克的主人说话的是谁呀？雅克的主人停在一家客栈门口，说话的人就是客栈老板。他的身份您不可能弄错：矮矮胖胖像个酒桶，衬衣袖子挽到肘窝，头戴一顶圆布帽，身上裹着做饭的围裙，身边还有一把大菜刀。“快，快，给这个可怜虫准备一张床，”雅克的主人对老板说，“找个外科医生、内科医生、药剂师……”说着，来人已经把雅克放在他脚边。雅克额头上蒙了厚厚的一大块纱布，双目紧闭。“雅克！雅克！”

“是您吗，主子？”

“是的，是我，看着我。”

“我做不到。”

“你怎么回事？”

“哎呀，那马！可恶的畜牲！我明天再跟您细说——假如今天夜里我没死的话。”

众人把雅克抬起，往楼上的房间送，雅克的主人指挥众人，一路喊着：“小心，走慢点，慢点，见鬼！你们会伤到他的。你，抬腿那个，向右转，你，捧脑袋那个，向左转。”雅克一路低声嘀咕道：“这在那上边写着呢……”

雅克刚到床上便酣然入梦。他主人在床头守了一整夜，不停测试他的脉搏，不时往纱布上洒创伤水。雅克醒来，发现主人在身边忙碌，他对主人说："您怎么在这儿？"

主人：照看你呀，我生病或者不舒服的时候，你是我的仆人，你身体出问题的时候，我是你的仆人。

雅克：看见你心肠这么好，我好受多了。主人能这样待仆人的可不多。

主人：你的头怎么样？

雅克：跟我撞上的那根横梁一样没问题。

主人：用牙咬住床单，使劲晃……你感觉到什么没有？

雅克：什么都没有。看来脑瓜没裂。

主人：那再好不过。你想要起床，我猜？

雅克：您让我在床上干吗？

主人：我想让你休息。

雅克：叫我说，我的意见，不如咱们先吃饭，然后走人。

主人：你的马呢？

雅克：我把马留给它主人了，他很忠厚，很大方，用我们买马的价钱买回去了。

主人：这个忠厚人、大方人，你知道他是干什么的么？

雅克：不知道。

主人：等上了路我再跟你说。

雅克：干吗现在不说？有什么好神秘兮兮的？

主人：神秘不神秘，有什么必要非得现在或者某个时候告诉你吗？

雅克：那倒没有。

71

主人：可你必须有匹马呀。

雅克：这家客栈的老板说不定巴不得卖匹马给我们哩。

主人：你再睡一会儿，这事我来办。

雅克的主人下楼点了午餐，买了一匹马，上楼来却见雅克已经穿戴停当。他们用罢午饭，说话间就已经上了路。雅克抱怨说，他差点撞死在人家门口的那个城里人，他没有去作个礼节性的拜访就离开了，未免有失体统，人家曾经尽心尽力救助他呢。主人宽慰他不必如此介意，尽管放心，已经重赏过那些抬他到客栈的伙计。雅克以为给仆人的赏钱抵偿不了他欠他们主人的情，而且一走了之会使行善之人心灰意冷，自己也会背上过河拆桥的恶名。"主子，如果他在我的位置上，我在他的位置上，通过我说他的话，我就能听到他说我的话……"

他们方才出得城来便遇到一个汉子，体格魁伟雄健，头戴宽檐帽，衣服上缀着大大小小的饰物，他踽踽独行——如果不算他身前那两只大狗的话。雅克刚瞅见他便跳下马，大喊"就是他"，一个箭步上去，转瞬间已经搂住了那人的脖子。雅克如此亲热，牵狗人似乎很不好意思，他轻轻推开雅克，对雅克说道："先生，您这样热情我受之有愧。"

"不！我欠您一条命，我怎么感谢您都不过分。"

"您可能还不知道我是谁。"

"您不就是救我、给我放血、帮我包扎的那个好心肠的城里人么？当我的马……"

"有这事。"

"您不就是那个忠厚的城里人，马卖给我多少钱，就用多少钱买回去的么？"

"是我。"

雅克立刻再次拥抱他，亲过这边脸，又亲另一边。他的主人笑眯眯的，两只狗高昂着头，似乎被这见所未见的场面惊呆了。雅克在连声感激之余，又再三表示敬意，而他的恩人却并未回敬他，雅克表示一大通祝愿，他的恩人却冷冷应诺。雅克重新上马，对主人说道："我对这个人怀有深深的敬意，现在您该让我了解他了。"

主人：怎么，雅克，在您①眼里他真的那么值得尊敬？

雅克：即使不说他给我的帮助，我也必须说，此人生性古道热肠，做好事已经习以为常。

主人：您根据什么这么说？

雅克：据我感谢他时他那种无所谓、冷冰冰的态度。他压根不向我问好，不跟我说一句话，好像不认识我似的，这会儿他弄不好在满心轻蔑地想：这个旅行者一定认为有善心是怪事，讲公正是难事，所以他才这么感动……我这番话有什么特别荒唐的东西，叫您笑得这么开心！……不管怎么说，请把这个人的名字告诉我，我要写在记事本上。

主人：非常乐意，您写吧。

雅克：说呀。

---

① 主人突然改用敬词跟雅克说话，有揶揄，或也含些许敬意。

主人：您就写：我对他怀着至深敬意的那个人……

雅克：至深敬意的那个人……

主人：是……

雅克：是……

主人：某某地方的刽子手。

雅克：刽子手！

主人：对，对，刽子手。

雅克：您能够告诉我，开这种玩笑有趣在哪儿吗？

主人：我根本没开玩笑。您不妨把事情的来龙去脉捋一遍。您需要一匹马，神差鬼使向一个过路人去买，这个路人呢，是个刽子手。这匹马两次把您带到绞刑场，第三次，它径直把您撂在刽子手家，您摔下马，昏死过去。从刽子手家大伙儿把您抬到什么地方？一家客栈，一个栖身地，一个公共避难所。雅克，您知道苏格拉底之死的故事吗？

雅克：不知道。

主人：苏格拉底是雅典的一个聪明人。很久以前，在糊涂人中间做聪明人是很危险的。城邦的居民判决他喝毒芹汁自尽。其实吧，苏格拉底当时做的，就是您刚才做的，他对待给他送毒芹汁的刽子手与您刚才一样彬彬有礼。雅克，您简直算得上哲学家了，这一点，您就认了吧。我很明白，哲学家是一群特殊的人，这群人很可恶，在王公贵族看来，可恶是因为他们从不向王公贵族屈膝；在官员看来，可恶是因为官员的本分就是维护既有观念，而哲学家却对这些观念穷追猛打；在教士看来，可恶是因为布道坛下极少看到哲学家的身影；在诗人看来，可恶是因为诗人本是毫无原则的，他们愚蠢地把哲学看作砍向艺术的刀斧，且不说他们中间那些擅长写下流的讽刺诗这类体裁的人不过是逢迎拍马之辈；在人民看来，可恶是因为在任何一个时代，人民都是压迫他们的暴君的奴隶，是蒙蔽他们的骗子的奴隶，是拿他们取乐的小丑的奴隶。您看，我很清楚您这个职业的风险，我也明白要您承认是哲学家是一件大事，但是我不会拿您这个秘密开玩笑。雅克，我的朋友，您是一个哲学家，我很替您苦恼。假如从眼下的事物里能够看到某一天可能发生的事情，假如虽然那上边写好了，有时候却也可能在事情发生之前早早露出些苗头，那么我设想您的死将是哲学家式的，您套上绞索会像苏格拉底饮下毒药一样潇洒自若。

雅克：主子，没有一个预言家说得过您，幸亏……

主人：您不怎么相信，这反倒使我的预感更有分量了。

雅克：您自己呢，主子，您当真信？

主人：当真，不过我想这样说大概不可能不惹来麻烦。

雅克：为什么？

主人：因为是非专找管不住嘴巴的人，我不说了。

雅克：有预感呢？

主人：我就笑，但是我得承认，笑也是颤抖着笑。这世上就是有一些预感令人心惊肉跳！我们是听着这样一些传说长大的！如果您的梦有五六回都应验了，你又梦到朋友去世，那您一准会大清早就跑到朋友家去看个究竟。预感是没有办法回避的，尤其是事情在远离我们的地方发生的那种预感，就好像是一种征兆。

雅克：您有时太高深，太玄妙，我理解不了。您不能给我举个例子，说得明白点吗？

主人：那有何难。有个妇女跟她八十多岁的男人一起住在乡下，男人得了结石。男人离开女人，去城里动手术。做手术的头天晚上他给老婆写信："你接到这封信的时候，我已经躺在柯莫修士①的手术刀下……"你知道的，有一种戒指可以分成两半，每半边分别刻着丈夫与妻子的名字。好！这个女人拆开信的时候，手指上正戴着这样一个戒指，而就在此时，戒指分成了两半，刻有她自己名字的那一半留在手指上，刻有她男人名字的那一半断了，掉在她正在读的信上……雅克，你告诉我，你认为有特别强大的头脑，特别坚定的心灵，在这样的情况下，面对这样的事也丝毫不动摇吗？所以女人想一死了之。她惶惶不安，直到下一班邮车抵达的那一天，她丈夫写信来说，手术很成功，他已经脱离危险，盼望过一个月就能亲吻她。

雅克：他确实吻她了？

主人：是。

雅克：我这么问是因为我多次注意到，命运是难以捉摸的。起先你觉得在一件事上它八成撒谎了，后来事实却证明它说的是真话。因此吧，先生，您认为象征性预兆与我有关，因而尽管您

① 指让·巴塞亚克（Jean Baseilhac，1703—1781），外科医生。他因在巴黎圣奥诺雷门附近建立了一所慈善收容院而闻名，收容所里常有修士帮助手术，久而久之，柯莫修士便成为外科医生的代名词。

不愿意，您还是相信我有遭遇哲学家之死的危险？

主人：这一点我无力加以掩饰，不过为了抛开这个阴暗的念头，你不能？……

雅克：继续讲我的风流事？

雅克又开始讲他的风流事。刚才讲到，我想，外科医生吧。

外科医生：我担心，治您的膝盖绝非一日之功。

雅克：那上边写着需要多长时间就治多长时间呗，有什么关系？

医生：住宿、吃饭、治疗，按天计费，这笔钱数目可不小。

雅克：大夫，问题不在整个过程要多少钱，而是每天收多少钱。

医生：二十五个苏，这多吗？

雅克：太多了。好啦，大夫，我是个穷鬼，减半吧，您快点拿主意，好把我送到您家去。

医生：十二个半苏，这说不过去，您给十三个苏怎么样？

雅克：十二个半苏，十三个苏嘛……太贵。

医生：您按天付账？

雅克：这是说好的条件。

医生：我这样问是因为我老婆太厉害，她可容不得说笑，您知道的。

雅克：嗨，大夫，赶快叫人送我到您那个厉害老婆身边去呀。

医生：一个月，每天十三个苏，一共是十九法郎十个苏，您给二十法郎？

雅克：二十法郎，说定了。

医生：您想要吃得好，照顾得好，尽快治好。刨去吃、住和治疗，可能还有药品、洗衣服，还有……

雅克：还有什么？

医生：实话实说，总共需要二十四法郎。

雅克：那就二十四法郎，不过不许再拖个尾巴。

医生：一个月二十四法郎，两个月就是四十八法郎，三个月就是七十二法郎。啊哈！假如您一进我家门，能够预先一次付给我老婆七十二法郎的一半，那她会很高兴的！

雅克：同意。

医生：她可能会更高兴……

雅克：如果我一次付三个月的账？我可以付。

雅克继续说："医生去找房主一家人，告诉他们与我讨价还价的结果。一会儿工夫，当家的、他老婆还有孩子们便聚集到我床边，没完没了地询问我的身体和膝盖，说了医生和他老婆一堆好话，一个劲地祝福我，态度亲切至极，那种关心！那种愿意效劳的热情！应当说，医生并没有告诉他们我有点钱，然而他们很了解大夫的为人，他答应将我带到他家，他们就什么都明白了。我把该付给他们的都付了，还给了孩子们一点小意思，不过做父母的没让他们在手里攥多久。这时是上午，当家的下地了，女人挎起背篓也走了，孩子们遭父母打劫很生气，很郁闷，都不见了踪影。等需要把我从破床扶起穿衣服，抬上担架的时候，家里只剩下医生一个人，他声嘶力竭地喊叫，但是无人回应。"

主人：喜欢自言自语的雅克此时一定对自己说："如果你不想遭到怠慢，千万不要先付账。"

雅克：主子，不对，那个时候顾不上说道理，只顾着急和咒骂。我着急、咒骂，然后才开始说道理。我这边说着道理，那边医生丢下我走了，回来的时候带了两个农夫，是他雇来抬我的，费用归我，这一点他不藏着掖着。农夫们对我备加呵护，用杆子绷上毡毯，算是一副担架将我放上去。

主人：感谢上帝！你终于到了医生家，爱上了他老婆或者他女儿。

雅克：主子，我想您估计错了。

主人：你觉得我能够在医生家里待三个月，然后才听到你风流史的开篇？噢，雅克，别胡闹了。我求你，开开恩，医生家是什么样子，医生的个性，他老婆的脾气，你的治疗过程，跳过去，跳过去，统统都省了。说情况，直接说情况！从这里说起，你的膝盖差不多治好了，身体恢复得也不错，于是你就恋爱了。

雅克：于是我就恋爱了，既然您这么着急。

主人：你爱上谁了？

雅克：一个年方十八、高个子的棕发女郎，天生尤物，大大的黑眼睛，樱桃小口，迷人的胳膊，纤纤玉手……啊，主子，那么纤细的手！……因为这双手……

主人：你觉得现在还牵着。

雅克：因为您不止一次悄悄握过并且牵过这双手，而且就是因为这双手，您才没有想做什么就做什么。

主人：雅克，说真话，你说的这些我还真没想到。

雅克：我也没想到。

主人：我浮想联翩，却怎么也记不起什么高大的棕发女郎，也记不起什么纤纤玉手。你必须说清楚。

雅克：我答应，不过条件是我们必须回到先前，返回外科医生家。

主人：你认为这是那上边写好的？

雅克：写没写，得您来告诉我。但是天上确实写着"谁走得慢，谁走得稳"。

主人：谁走得慢，谁走得稳。我觉得能到就好。

雅克：嗯，那您怎么决定的？

主人：就照你的意思呗。

雅克：既然如此，我们现在就到外科医生家。这在那上边写好的，我们会回来的。医生、他老婆还有他的孩子们，他们相互应和，为的是把我的钱包掏光，由于他们的行动高度默契，目标不久就实现了。膝盖的治疗看上去进展不错——然而事实并非如此，伤口愈合得差不多了，我已经能够依靠拐杖出门走走，而这时我只剩下十八法郎了。正所谓结巴爱说话，瘸子爱走路。秋日的一天，用过午膳，天气晴朗，我盘算做一次远足，从我住的村子走到邻村，大约有十五六里路。

主人：那村子叫什么？

雅克：我要是告诉您村名，您就什么都知道了。进了村子，我走进一家小酒店，歇歇脚，凉快一下。天开始黑下来，我准备返回住地，这时候就听得屋外有女人哭，哭声尖厉无比。我走出去，一群人正围着一个女人。女人躺在地上，揪着自己的头发，指着一个碎坛子说："我完了，这一个月我都完了。这些日子谁来养活我可怜的孩子？那个管家心肠比石头还硬，他不会饶我半分的。我怎么那么晦气啊！我完了！我完了！……"周围没有不表示同情的，只听她身边不断发出"可怜的女人"这样的叹息，却不见有人把手伸进衣兜。我赶紧靠前，对女人说："大妈，遇到什么难事啦？""什么难事！你看不见？人家差我买一坛子油，我一步没走稳跌倒了，坛子摔碎了，里面的油流了一地……"这会儿女人的孩子们不知打哪儿钻了出来，一个个几乎赤身裸体，他们母亲也是破衣烂衫，看得出这家人过得很艰难。母亲与孩子们一同哭开了。您很清楚，惨状不及这十分之一的场面我都受不了，我满心里涌动着悲悯，泪水在我眼眶里打转。我哽咽着问女人坛子里的油值多少钱。"多少钱？"女人双手举向空中，"九法郎，我一个月也挣不够这些钱……"我立刻解开钱袋，扔给她两个埃居，对她说："拿着，这是十二法郎……"不等女人道谢，我便踏上了回村的路。

主人：雅克，您做了一件大好事。

雅克：斗胆回您的话，我做了一件蠢事。从村子走出百来步，我就对自己这么说了，走了不到一半路程我嘀咕得更厉害，等回到医生家，钱袋空空如也，我对这件事就有了全新的体会。

主人：没准儿你是对的，我的夸奖同你的怜悯心一样用错了地方……不，不，雅克，我还是坚持我最初的判断，你的行为，功德之大就在于你忘记了自我的需要。我知道下面的故事了：你受到外科医生与他老婆的虐待，他们把你赶出门。在你潦倒无助，在他们家门口奄奄一息的时候，你却有了一种自我的满足感。

雅克：主子，您太高看我了。我一路上踉踉跄跄——我必须跟您承认心里边实在心疼我那两个埃居，可是再心疼也找不回来了，因为心疼，我做的这件事就变了味。走到两个村子中间时，天完全黑了，这时从路旁树丛里蹿出三个强人，他们朝我扑来，将我掀翻在地，在我身上一阵乱搜。他们发现我身上居然没几个钱，惊诧不已。他们亲眼见我在村子里施舍，认定逮到了一个大猎物。他们觉得能够轻易拿出半个金路易的人，身上好歹应该有二十来个吧。他们思忖着我要是去告发，把他们抓起来，或者我以后要是认出他们，那么他们就要因为几个破钱而被绞架拧断脖子，一想到这一点他们就气得发疯。是不是应该结果了我，他们迟疑不决。很幸运，工夫不大他们听到有动静，便溜之大吉。我脱离险境，代价是摔倒的时候以及他们搜我的钱的时候受到几处挫伤。强人跑远了，我振作起来，挣扎着回到村子。到村子已经深夜两点钟，面色苍白，衣衫不整，膝盖的疼痛不断加剧，身上挨了几记揍，虽然我还击了，但是很痛苦。医生……主子，您怎么啦？您咬牙切齿，浑身颤抖，好像碰到了仇人。

主人：我就是碰到了仇人，我手提长剑，我扑向偷儿，我要替你报仇。你告诉我，那个书写长卷的人，如何能忍心写下，慷慨的义举竟得到这样的回报？我不过是缺点多多的一个可怜虫，而我都能奋起保卫你，而他居然平静地望着你被攻击、摔倒、欺负、蹂躏，而我们一直说他集天下之精华呀！……

雅克：主子，且息怒，息怒，您的话有点魔性。

主人：你在瞧什么？

雅克：我在瞧周边有没有人听见您的话……医生给我搭了搭脉，发现我有热度。我没有讲我的遭遇便睡下了，在破床上苦思冥想，有两个人要应付……天哪！好难应付的两个人！身上大子儿没一个，毫无疑问，明早一醒，他们就会来讨要约定按天付讫的账。

说到这里，主人一把搂定仆人的脖子，叫道："可怜的雅克，你怎么办？你会出什么事？你的处境太叫我担心了。"

雅克：主子，放心，我不就在你眼前嘛。

主人：我没这么想。我人还在第二天，在医生家，在你身边，那时你醒了，他们来找你要钱。

雅克：主子，生活里我们并不知道该为什么开心、为什么伤心。好事会带来坏事，坏事能带来好事。我们行走在黑夜中，头顶上是那上边已经写好的话，我们憧憬、欢乐、愁苦，其实都是扯淡。我哭泣的时候，经常感觉自己是个傻瓜。

主人：那你笑的时候呢？

雅克：我还是感觉自己是个傻瓜。话虽这么说，我却忍不住还是要哭，要笑。这一点让我非常抓狂。我尝试过无数次……夜里我不闭眼睛……

主人：别，别，告诉我你尝试过什么。

雅克：尝试对一切都不在乎啊。哎呀！我要是能做到就好了！

主人：做到对你又能如何？

雅克：让我解除忧烦，让我什么也不再需要，让我真正自己做主，让脑袋倚在街角的护石上也好，靠在软和的枕头上也好，我都感觉同样舒适。我平常有时候就是这样的。可是见鬼，好景总是不长，尽管出大事的时候，我稳如磐石，可是往往一场小冲突，一件鸡毛蒜皮的小事，就叫我不知所措，这时我真恨不得扇自己两下。我丢弃幻想，打定主意做回自己。但是再一略加思索，我发现结果其实差不多，于是又想：做什么重要吗？这样想也是一种听天命，而且更加轻松，更加方便。

主人：更加方便，这确凿无疑。

雅克：一大清早，外科医生就掀开帐子对我说："朋友，来，看看你的膝盖，我需要出趟远门。"

"大夫，"我带着哭腔对他说，"我失眠了。"

"那好哇！好兆头。"

"让我再睡一会儿，换绷带不着急。"

"不换绷带问题也不大，您睡吧……"

说罢，他放下帐子。我没睡着，过了一个钟头，医生老婆掀开帐子对我说："朋友，来，起来吃你的糖渍烤鸡。"

"医生太太，"我带着哭腔对她说，"我没有胃口。"

"吃吧，吃吧，反正钱不会多付也不能少付。"

"我不想吃。"

"那好哇！我和孩子们有口福了。"

说罢，她放下帐子，叫来她的孩子们，他们狼吞虎咽把我的糖渍烤鸡解决了。

看官，讲到这里，假如我暂停一下，回头去讲那个因为一次只有一个身体，因而只需要一件衬衫的男人的经历，我想知道您意下如何？您一定认为，我走进了伏尔泰所谓的"死胡同"，也就是俗话说的"口袋屁股"①，找不到出路，于是一拍脑袋，信口编个故事，以便争取点时间，给我已经开始讲的故事寻找出路。您看，看官，任何一个问题您都会想拧巴。雅克以后如何脱离窘境我是知道的，而我现在要跟您讲那个因为一次只有一个身体，因而只有一件衬衫的男人古斯的经历，也绝对不是编故事。

那是一个圣灵降临节，早上我收到古斯的一个条子，请求我到关押他的监狱去看他。我一面穿衣服，一面猜想他遭遇了什么事，我估摸是他的裁缝、面包店老板、酒店老板还有房东，把他告了并且拘留了。到了监狱，我发现他与其他一些人关押在同一间牢房里，个个面如土灰。我问他这是些什么人。

"你看见的那个鼻子上架副眼镜的老头，那是个能人，精通算法，他在琢磨把他抄录的细目与他的总账核对上。我和他讨论过，这很困难，但是我毫不怀疑他能办到。"

"那个人呢？"

"那是个傻瓜。"

"完啦？"

---

① 口袋屁股（cul-de-sac）意为"断头路"、"死胡同"。伏尔泰在一篇文章里认为这个词低俗，主张废弃，以用"死胡同"为宜。

"一个傻瓜，他发明了一部机器伪造钞票，一部破机器、到处出毛病的鬼机器。"

"那第三个人呢，穿制服、拉低音提琴那个?"

"他来这里就是过渡一下，今儿晚上或者明儿早上，他就没事了，会送到比塞特①去。"

"您自己呢?"

"我? 我的事更不叫事了。"

说完这句话，他站起来，把无檐软帽放在床上。一眨眼的工夫，那三个同监室的人都不见了。刚才我进来的时候，看见古斯身着睡袍，正坐在小桌前描画几何图形，安详自若俨然是在自己家里。现在就剩我们两个了。"那您，您在这儿干吗?"

"我? 我工作，如您所见。"

"谁把您弄进来的?"

"我自己。"

"什么，您自己?"

"是，我自己，先生。"

"您怎么把自己弄进来的?"

"跟把其他人关进来的办法一样。我呈个状子，起诉我自己，我打赢了官司，根据我得到的对我自己的判决书，以及根据随后颁发的命令，我被捕并且关到这里。"

"您疯啦?"

---

① Bicêtre，巴黎郊区慈善总院的一个附属机构，为收治伤员而建，在荣军院建成后，用于临时收容流浪汉与苦役犯。

"我没疯，我如实向你说明情况。"

"那么您不能跟您自己再打一场官司，打赢这场官司，然后按照新的判决和新的命令，让您自己获释吗?"

"不行，先生。"

古斯有个俊俏女仆，这个女仆充当了古斯的"另一半"，比真正的"另一半"还勤勉。这种分工的不均衡打乱了古斯家庭的平静。虽然古斯属于那种把流言蜚语当耳旁风的人，想给他精神折磨比登天还难，他最终还是打定主意离开妻子，和女仆一块儿过日子。古斯宁可看他妻子赤条条一无所有，也不愿自己两手空空净身出户，然而他的财产主要是家具、机械、图纸、仪器以及其他一些动产，于是他策划了一计。他签一些债券给女仆，女仆拿这些债券要求兑现，从而获得他所有财产的所有权和出售权，然后将财产从圣米歇尔桥转移到另一处房子，他准备在那里与女仆劳燕双飞。古斯为自己的主意所陶醉，他做了债券，让自己摊上官司。他找了两个检察官，然后在两个检察官之间穿梭往来，不遗余力地追究自己，告发自己很卖力，为自己辩护却很敷衍，结果他被判依法偿还债券。他头脑里构想的，就是如此这般把全部家产据为己有，但事实却并未能如愿，他遇到了一个心机很深的浮浪女人，她要求执行的不是扣押古斯的家具，而是扣押古斯本人。古斯被捕，并且进了大牢。古斯给我的谜一般的解释固然很离奇，但真实性没有半点折扣。

我给您讲述的这段经历，您一准认为是编造……——那个穿制服拉低音提琴的人的经历? ——看官，我保证会对您讲的，我以人格担保，您不会落掉这段经历，但是现在请允许我回来说雅克和他的主人。雅克和主人已经到了一家客栈，准备在那里过夜。天色已晚，城门已经关闭，他们不得不滞留在城郊。就在那里，我听到一阵喧闹……——您听到！您又不在那儿，跟您没关系。——此言不假。好吧，雅克和他的主人，他们听到一阵喧哗。我看见两个男人……——您什么也没看见。跟您没关系，您不在现场。——此言不假。在他们住宿的房间门口，两个男人坐在桌边挺平静地交谈，却有一个女人双拳搭在腰间，朝俩人破口大骂。雅克一个劲地劝那女人消消火，他苦口婆心，女人却硬是一句也听不进，而那两个男人对女人的辱骂也同样不理不睬。"好啦，大嫂，"雅克对女人道，"忍着点，别发火，瞧瞧，究竟是怎么回事？这两位大哥看着都是正派人啊。"

"他们，正派人！他们是粗人，不懂怜悯，不讲人情，没有感情。唉！可怜的妮可儿怎么得罪他们了，他们这么伤害她？她后半生可能就废了。"

"伤得也许没有您想的那么重。"

"我跟您说，那一记是很可怕的，她一准会废。"

"瞧瞧再说，快请医生啊。"

"已经去请了。"

"搀她到床上躺下。"

"已经躺下了。她的叫声撕心裂肺，我可怜的妮可儿！……"

这里女人哭诉着，客栈那边有人摇铃，呼叫道："老板娘，上酒！"老板娘应道："就来。"另一边又有人摇铃，呼叫道："老板娘，拿个手巾。"她应道："就来。"——来份排骨和鸭子！——就来。——来个水壶！来个便壶！——就来，就来。——这时房间角落里一个男人怒气冲冲地喊："该死的话痨！疯颠颠的话痨！你管什么闲事？你真要叫我等到明天不成？雅克！雅克！"

老板娘的痛苦和愤怒稍稍缓解，她对雅克说："先生，您甭管我了，您是个好人。"

"雅克！雅克！"

"快去。哎呀！您要是知道了这个小家伙遭的罪！……"

"雅克！雅克！"

"快去吧，我想是您主人在唤您。"

"雅克！雅克！"

一点没错，正是雅克的主人。他独自脱了衣服，他饿得要命，没人伺候，他很恼火。雅克上了楼，片刻之后，老板娘也随着雅克上来了，一副无精打采的模样。"先生，"她对雅克的主人说，"太不好意思了。过日子嘛，总有些难对付的事，有什么办法？我们有鸡肉、鸽子肉、上等的野兔里脊，还有兔子，我们这儿专产良种兔子。您也许更喜欢来只山鸡水禽什么的？"雅克依照自己的习惯，像为自己点餐似的为主人要了晚膳。晚膳上来，主人一边狼吞虎咽，一边对雅克说："嘿，你在那儿搞什么鬼名堂？"

雅克：可能是好事，可能是坏事，谁知道？

主人：到底搞什么好事或者坏事？

雅克：我叫老板娘别惹祸上身，以免吃那边两个汉子一顿揍，他们两个至少打折了女用人的胳膊。

主人：对老板娘来说，挨揍未见得不是件好事……

雅克：挨揍的原因多的是，一条比一条更有理。对于正跟您说话的我来说，一生中碰到的最大的一件好事……

主人：就是挨揍……喝酒。

雅克：没错，先生，挨揍，深更半夜在半道上挨揍，从那个村庄回来，就像我跟您说的，在施舍钱财之后。按我的意思是做了一件蠢事，按您的意思是做了一件大好事。

主人：我记得……喝酒……你在那边平息的这场争吵，还有她闺女或者女佣受到的殴打，究竟为什么事？

雅克：说实话，我也不知道。

主人：一件事的根由是什么你都不知道，你就往里掺和！雅克，这么做既无谨慎可言，也无正义可言，也无道理可言……喝酒……

雅克：我不懂什么道理不道理，道理无非就是我们为自己给别人定下的规矩。我今天这样想，但我不敢担保明天不会那样想。所有的说教都和国王敕令的开场白差不多。每个预言家都希望大家照他的话去做，因为那样我们有可能过得更好，当然在他们，肯定……这就是操守……

主人：雅克，操守是个好东西，不论好人坏人都赞扬操守……喝酒……

雅克：因为不论好人和坏人都从中渔利。

主人：那你挨顿揍，怎么对你就成了天大的好事呢？

雅克：天不早了，您吃饱了，我也吃饱了。咱俩都累了，听我的话，都睡吧。

主人：不能睡，老板娘还有菜没上哩。等菜的工夫，再讲讲你的风流事吧。

雅克：我讲到哪儿啦？主子，这次得劳您驾，以后每次都得劳您驾给引上道。

主人：我包了，现在就来干提词员的活。你当时在床上，一文不名，整个人都蔫了，医生老婆和孩子正在品用你的糖渍烤鸡。

雅克：这时就听得一辆马车停在房门口，一个听差走进来问道："这里是不是住了一个可怜的家伙，一个拐拐的士兵，昨天夜里从邻村回来的？"

"是，"医生老婆回答，"你们找他干吗？"

"带他上车，跟我们走。"

"他在床上，拉开帐子跟他讲。"

雅克讲到这里，老板娘进来对他们说："餐后甜点想吃什么？"

主人：有什么就吃什么。

老板娘连楼都没下便喊道："拿侬，上水果、饼干、果酱……"

听到拿侬这两个字，雅克在一旁暗道："啊哈！这就是她那个被欺负的女儿，我可是压不住火的，除非……"

主人已经对老板娘开了口："刚才您很生气？"

老板娘：谁能不生气呢？可怜的小东西没有半点得罪他们的地方；她刚进到他们的房间，我就听她叫起来，叫起来……感谢上帝！我现在可以放心了。大夫说没什么大碍，就是身上有两块大青斑，一块在头上，一块在肩膀上。

主人：您有她时间很长了？

老板娘：不到十五天，是被丢弃在附近的驿站的。

主人：怎么，丢弃？

老板娘：嗨，主啊，可不是嘛！有的人心肠比石头还硬啊。估摸她是从旁边那条小河过，掉进水里了，能到这里全凭奇迹，而我收留她全凭同情。

主人：她多大了？

老板娘：我想应该一岁半吧。

老板娘的话刚出口，雅克便放声大笑，他喊道："原来是一只母狗！"

老板娘：这世上顶顶漂亮的狗。我的妮可儿十个金路易都不换。可怜的妮可儿！

主人：夫人心地真善。

老板娘：给您说着了，家里的畜牲和家里的人，我都惦记着。

主人：您做得很对。那么凶狠对待您的妮可儿的是什么人哪？

老板娘：邻市的两个市民。他们不停地咬耳朵，以为别人不知道他们在说什么，以为别人不清楚他们的底细。他们到这儿不到三个钟头，可是他们的事从头到尾，一星半点儿也没从我这里滑过去。事情很有趣，如果你们不跟我似的着急睡觉，我会把他们的仆人告诉我女用人的都讲给你们听，女用人是他们仆人的老乡。她告诉了我男人，我男人又告诉了我。两个男人中间岁数更小的那个，他岳母不到三个月前经过这里，相当不情愿地进了外省的一所修道院，没过多久就死在那儿了。这就是为什么这两个年轻人都戴着孝……你们瞧，我一不留神就把他们的底细给透露了。晚安，先生们，睡个好觉。这酒还行吧？

主人：很好。

老板娘：晚饭满意吗？

主人：很满意。就是菠菜有点咸。

老板娘：我佐料放多了。你们一定能睡得好，床单用碱水洗过，我们这里的床单从来不连用两个晚上。

说罢，老板娘退下。雅克和主人躺到床上，刚才的误会叫他们忍俊不禁，他们居然把一只母狗误认为是老板娘的闺女或者女用人，好笑还在于老板娘对收养才半个月的流浪狗居然那么心疼。雅克一面系着睡帽的带子，一面对主人说："我敢打赌，这个客栈里的活物有一个算一个，这个女人就只爱她的妮可儿。"主人回答："有可能。雅克，睡觉。"

既然雅克和主人都就寝了，我就来兑现我的诺言，给您讲讲牢房里拉低音提琴的那个人，或者毋宁说，讲讲他同监室的那个古斯先生。

"这第三个，"他对我说，"是一座大公馆的管家。他爱上了大学街上一家糕点铺的老板娘。老板是个老实人，他关心他的烤炉胜过关心老婆的一举一动。对情夫情妇来说，妨碍他们的不是丈夫的妒嫉，相反是他对妻子的殷勤。为了摆脱这个约束，他们怎么做呢？管家把一份申诉书交给他的东家看，在这份申诉书里，糕点铺的老板被描绘成一个行为不端的人，一个在酒馆厮混的酒鬼，一个打老婆的粗野汉子，而他老婆是世上最忠厚又最不幸的女人。管家凭这份申诉，拿到了一份密捕令。密捕令关系到老板的自由，它被交到一个执行警官手里，要求立即执行，而这个警官碰巧是糕点铺老板的好友，他俩经常一块出入酒馆，老板提供点心，警官付酒钱。警官揣着密捕令，跑到糕点铺门口，按约定向老板打了暗号。两人于是一边吃着小馅饼，一边就着馅饼喝酒。警官问他朋友生意怎么样。

"很好。"

"一桩生意都没做砸?"

"一桩都没有。"

"没有跟谁结仇?"

"仇人还没出生呢。"

"跟亲戚、邻里、老婆处得都好吗?"

"和和气气，平平安安。"

"那这是怎么来的呢，我手里这份逮捕你的命令?"警官接着说道，"我要是尽职尽责，就要把你抓起来，附近停着一辆马车，把你送到密捕令指定的地方。给你，看看⋯⋯"

糕点铺老板看了密捕令，脸都白了。警官说："别紧张，我们在一块儿只商量一件事，就是想一个万全之策，既能保证你的安全，又能保证我的安全。有什么人经常往你家跑?

"没人。"

"你女人又美丽又轻浮。"

"我不管她，想干什么就干什么。"

"没有什么人瞄上她?"

"真话,没有,只有一个管家有时候过来拉拉她的手,说点无聊话,不过都是在我店里,当着我的面,当着我孩子的面。我相信他们之间没有什么不好的、丢脸的事。"

"你真是个老实人。"

"可以这么说吧,不过无论怎么说,相信自己的老婆正大光明是上上策,我就是这么做的。"

"那个管家,他是哪家的?"

"是德·圣弗罗朗丹先生家的。"

"那密捕令会是从哪个衙门发出的呢?"

"从德·圣弗罗朗丹先生的衙门,可能。"

"你说对了。"

"啊!吃我的点心,睡我老婆,还要把我抓起来,这也太黑心了,难以置信!""你真是个老实人!这几天你觉得你老婆怎么样?"

"不开心,甚至有点忧伤。"

"那管家呢,有多久没见他了?"

"我想昨天还见了,对,就是昨天。"

"你没注意到什么?"

"我很少注意周围的事,但我好像看到他们分手的时候,用头表示了什么,似乎是一个人点头说好,另一个摇头说不。"

"点头的是谁?"

"管家。"

"要么他们与这件事没关系,要么他们就是同谋。朋友,听着，别回家，找个保险的地方躲起来，寺院里，修道院里，随便你，其他的事让我来办。要紧的是记住……"

"别露面，别多嘴。"

"正是。"

与此同时，糕点铺老板家四周已经布下探子。穿着各异的探员与老板娘搭讪，打问她丈夫的下落：她对这个说丈夫病了，对那个说丈夫出门取乐了，对第三个说丈夫给人祝贺婚礼去了。

到了第三天，半夜两点钟，有人向警官报告，看见一个人用大氅遮住半张脸，轻轻推开糕点铺的大门，蹑手蹑脚地溜了进去。警官立马与一名专员、一名锁匠和几名警员乘公共马车赶到那里。门锁撬开了，警官与专员蹑手蹑脚上了楼。他们敲响了老板娘卧室的门，没有一点动静，再敲，还是没有动静。第三次敲，里面有人问道："谁呀？"

"开门。"

"是谁？"

"开门，奉国王之命。"

"哦！"管家对睡在一旁的老板娘说，"绝对没事，是警官执行逮捕令。开门吧，我告诉他我是谁，他就会离开，以后就万事大吉了。"

"老板娘穿着衬衣开了门，然后睡回床上。"

警官：你丈夫呢？

老板娘：他不在。

警官扯开帐子：那床上是谁？

管家：是我，德·圣弗罗朗丹先生的管家。

警官：你撒谎，你就是老板，跟老板娘睡觉的就是老板。起来，穿上衣服，跟我走。

"管家只能乖乖照办。他们把他押到这里。大臣听说他的管家如此龌龊，表扬了警官的行动。警官今晚天擦黑到监狱来，押送管家去比塞特。那里管事的人很节俭，管家只能吃到一小块黑面包，一小杯奶，再就是从早到晚锯他的低音提琴……"如果我也把脑袋放在枕头上，等候雅克和主人醒过来，您觉得如何？

第二天，雅克起了个大早，将头伸到窗外看天气。他看天气太坏，便睡回床上。他主人与我，只要我们乐意就随他睡。

雅克，他主人，还有在这个客栈打尖的旅客，都以为到午时天会放晴，但是天公偏不作美。瓢泼大雨令城郊与市区之间的小溪水位猛涨，过溪要冒风险，所有要去岸那边的行人都决定逗留一天。有人开始扯闲篇；有人踱来踱去，不时伸头到门外瞅瞅天，又缩回房间，跺脚咒骂；有几位在高谈阔论，推杯换盏；不少人打牌消遣，其余的则抽烟、睡觉，或者无所事事地待着。主人对雅克说："我希望雅克能够继续讲他的风流事，人不留人天留人，老天愿意满足我，让我听完这个故事。"

雅克：老天愿意！我们永远不知道老天愿意什么，不愿意什么。而且弄不好老天自己也不知道。我那位已经不在人世的可怜的队长，他跟我说过千百遍这句话，我经历的越多，就越感到他的话有道理……该您了，主子。

主人：我明白。你上回说到马车和仆人，医生老婆叫仆人掀开帐子同你说话。

雅克：仆人走到床边，对我说："听着，伙计，起来，穿上衣服，我们走。"我下有床单，上有被子，蒙住脑袋，我看不见他，他也看不见我，我答道："伙计，让我睡觉，你走吧。"他回答说他奉了主人的命令，命令必须执行。

"你的主人为一个素不相识的人发号令，那他有没有下令把我在这里欠的钱付清？"

"这事已经办妥了。你快点，所有的人都在庄园等着你哩，我担保你在庄园过得会比在这儿好——要是你确实就是大家好奇想见的那个人的话。"

我信了他的话，起身穿衣，他架住我的胳膊，我向医生老婆告别。就在我准备登车的时候，那女人走上前拉拉我的袖子，示意我到房间的角落去，她有话要对我讲。"是这样，朋友，"女人说道，"我觉得，您对我们没什么可埋怨的，大夫挽救了您的一条腿，我呢，我尽心尽力地照料您，但愿您到了庄园不会忘记我们。"

"有什么可以效劳的？"

"您可以要求我丈夫去庄园给您换包扎。那儿都是有头有脸的人！我们这地方，要干活哪儿都不如在庄园，老爷出手大方，那儿的活都是肥差。我们能不能发财就全看您了。我男人削尖脑袋想钻进去，试了几次都没成。"

"可是，医生太太，庄园没有外科大夫吗？"

"当然有。"

"假如这个大夫是您男人，有人给他使坏，要撵他走，您乐意吗?"

"这个大夫,您不亏欠他什么,而对我男人,您是有亏欠的。您能两条腿走路,这是他的功劳。"

"因为您男人对我有恩,我就应该去伤害其他人?不过呢,如果这个职位空出来了……"

雅克正要讲下去,客栈老板娘进来了,仍旧抱着裹着个褥褓的妮可儿,亲它,疼它,抚摸它,像对自己孩子似的跟它说话:"我可怜的妮可儿,一整夜就叫了一声。你们呢,先生们,睡得好吗?"

主人:很好。

老板娘:天上黑压压一片。

雅克:这让我们很恼火。

老板娘:先生们要去的地方很远吗?

雅克:我们也不知道。

老板娘:先生们是在跟踪什么人?

雅克:我们没跟踪什么人。

老板娘:先生们上路还是歇脚,全看路上要办的事来决定?

雅克:我们什么事都不办。

老板娘:先生们行路赶脚就是为找乐子?

雅克:也可能是为了求辛苦。

老板娘:但愿是前者。

雅克:您说但愿一钱不值,全都得看那上边是怎么写的。

老板娘:哦,是一桩婚事?

雅克：也许是，也许不是。

老板娘：先生们，结婚千万小心从事。那边那位，虐待我的妮可儿的那个人，就弄了一件荒唐的婚事……来，可怜的宝贝，来让我亲亲。我向你担保不会有下一次。瞧瞧，它浑身都在发抖。

主人：这人的婚事有什么特别的地方？

雅克主人的问题刚问出口，老板娘便说道："我听到那边有动静，我必须去过问一下，待会儿回来再跟你们讲……"她男人声嘶力竭地喊："老婆子，老婆子。"他上楼来，随他上来的还有他的老乡，但是他没看见。老板对女人说："嗨！你在这里搞什么名堂？……"他一转身，看见了老乡："钱带来了？"

老乡：没有，老伙计，你知道的，我一点钱都没有。

老板：你一点钱也没有？换了我，你的犁、马、牛、床，都是钱。你想说什么，无赖！……

老乡：我不是无赖。

老板：那你是什么？你手头紧了，种地连种子也没钱买，东家不耐烦再给你赊账，任啥不给，你就来找我；这个女人为你说情，这个可恶的长舌妇，我这辈子什么晦气都是她召来的，是她叫我借钱给你的。我借了，你保证还我，你食言了十来回。哼！我向你保证，我不会饶了你的。滚出去……

雅克和他主人打算为这个可怜的家伙求情，可是老板娘将指头压在嘴唇上，示意他们别吱声。

老板：滚出去。

老乡：老伙计，你说的都是实话。但是法院差人到了我家也是实话，要不了多久，我和闺女小子，我们就只能去乞讨了。

老板：你活该这个命。今儿上午你到我这儿干什么来了？我放下灌酒的活，从地窖上来，连你的影子也找不到了。我说了，滚吧。

老乡：老伙计，我上午是来过，生怕你会像现在这样对付我，就回去了。我这就走。

老板：这就对了。

老乡：可怜的是我的玛格丽特，她那么听话，那么漂亮，马上要去巴黎帮工了！

老板：到巴黎帮工！你想叫她沦落风尘？

老乡：不是我想，是跟我说话的这个狠心人他想。

老板：我，狠心人！我一点也不狠心，也从来没有狠心过，你很清楚。

老乡：我已经无力养活闺女和儿子。闺女去帮工，儿子去当兵。

老板：我倒成了罪魁祸首！这事不能这么办。你这个人真要命，我活一天，你就一天是我的累赘。好吧，我们看看你需要什么。

老乡：我什么也不需要。我亏欠你的，我很难过，我不想一辈子欠你的。你的咒骂造成的痛苦，远远盖过了你的帮助带来的好处。我要是有钱的话，我会把钱掷到你脸上，可惜我没钱。我闺女以后成什么，全看上帝的意思，我儿子该丢性命就丢性命吧。我自己，我去要饭，当然不会在你家门口。对你这样歹毒的人，恩断义绝，恩断义绝。拿我的牛、马、农具去填你的钱袋吧，你可以发一笔大财。你生来就是逼人做绝情事的，可我不愿做绝情人。就此别过。

老板：老婆，他走了，叫住他呀。

老板娘：等一等，老伙计，咱们想个法子帮帮你。

老乡：我不用他帮忙，价格太高……

老板压低声音，一再对老婆说："别让他走，叫住他。女孩去巴黎！男孩去当兵！他自己离开教区！我可受不了这个。"

可是，他老婆怎么拉都不管用。这个农夫心地纯正，他不愿意接受任何施舍，态度非常决绝。老板眼里噙着泪对雅克和他主人说："先生们，劳驾劝一劝……"雅克和主人于是也加入了这场纠纷，大家七嘴八舌劝解农夫。假如我曾经见过……——假如您曾经见过！可是您根本不在那儿。天啊！假如您曾经见过。——哦，好吧。假如你们曾经见过一个男人因遭到拒绝而狼狈不堪，又得知别人愿意接受他的资助而欢天喜地的话，那一定就是这位老板了。他吻他老婆，吻他老乡，吻雅克与他主人，叫道："赶紧去老乡家把那些可恶的执行官撵走。"

老乡：你得承认……

老板：我承认我把事情全搞砸了。可是，老伙计，你还想怎么样？我就是这样的人。老天爷让我成为天下心肠最硬也最软的人。我既不善于给予，也不善于拒绝。

老乡：你不能变个样么？

老板：到我这个岁数，变不了了。不过，假如开始的时候，有人来求我，能像你刚才那样训斥我的话，我大概会好一点。老乡，谢谢你给我上了这一课，说不定我会终身受益的……老婆，赶快下去，把他需要的钱给他。怎么啦，快走啊，活见鬼！走啊，你快去……老婆，求你麻利点，别让人家等着，然后你再回来找这两位先生，我发现你跟他们处得不错……

女人和老乡下楼，老板又待了一会儿。他刚下楼，雅克就对主人说："这个人真少见！老天安排这样的坏天气把我们留住，因为它想让您听我的风流事，那它现在想要什么?"

主人伸直腿躺进扶手椅，打了个哈欠，磕磕鼻烟盒，答道："雅克，我们在一起的日子不止一天，除非……"

雅克：您是说，今儿老天希望我不吱声，讲话的应该是老板娘，这个长舌妇，她巴不得呢，就让她说吧。

主人：你有点不开心。

雅克：因为我也喜欢讲话。

主人：会轮到你的。

雅克：也可能轮不到。

我听到您的话了，看官。您说，瞧，《坏脾气的好人》①的结局就该是这样的。我也这么想。如果我是这出戏的作者，我会在戏里设计一个看似跑龙套而实际上绝非那么简单的人物，这个人物出现几次，而他的出场每次都有铺垫。他第一次出场是想求得怜悯，却又害怕遭到白眼，不等吉隆特②出现就退下了。迫于法院

---

① 意大利著名戏剧家哥尔多尼（Carlo Goldoni, 1707—1793）的作品，发表于一七七一年。哥尔多尼最为中国观众熟悉的是他的喜剧《一仆二主》。狄德罗本人的戏剧作品曾被批评"模仿哥尔多尼"，狄德罗显然对这样的批评表示不屑，在《论戏剧诗》里他有更详细的阐述。
② Géronte，意大利即兴喜剧的类型化人物，多为吝啬、暴躁而又缺乏主见的老年市民。深受意大利即兴喜剧影响的莫里哀喜剧里也有这个人物出现。

执事上门催逼，第二次他壮起胆子等候吉隆特，但是吉隆特不见他。最后我让他在结尾出现，他要担当的正是与客栈老板对话的那个农夫的角色。他和农夫一样有一个女儿，打算送到时装店去，有一个儿子，打算让他辍学打工，他自个儿铁了心要去乞讨，乞讨到他对活着感到厌倦的那一天。我们看到坏脾气的好人匍匐在农夫脚下，听到这个好人自讨没趣，遭到农夫严厉呵斥，他被迫央求一旁的家人，请他们说服这个债务人务必接受后续的帮助。坏脾气的好人遭了报应，他保证痛改前非。就在这时，他的坏脾气却又上来了，台上的人物在各自回家前互相客气地致意，他不耐烦起来，冒失地说道："见鬼去吧，这些繁文……"话说到半截戛然而止，换上温柔的口气对侄女们说："来吧，侄女们，扶我一把，我们走吧。"——为了让这个人物深层次地与剧情相关联，您觉得可以把他设计为吉隆特侄子的门客？——很好！——是在侄儿的恳求下，吉隆特才拿出钱来的？——妙极了！——因为借了这笔钱，当大伯的恨死了侄儿？——就是这样。——那这出轻松的戏到结尾不就是在家庭成员全体在场的情况下，把吉隆特对每个人做过的事概况地呈现出来吗？——您说的有理。——倘若我能见着哥尔多尼，我一定把客栈的那场戏复述给他听。——这是好事。哥尔多尼聪明绝顶，这个场面的妙用一定超乎我们的期许。

老板娘又上楼来，一如既往抱着她的妮可儿，她说："我希望你们能吃上一顿丰盛的晚餐；刚才盗猎的来了，老爷的护卫要不了多久……"她一边说，一边拉过一张椅子。现在她已经坐定，她的故事也就开始了。

老板娘：仆人是不能相信的，他们是主人最凶恶的敌人……

雅克：太太，您不知道您在说什么。仆人有好的，也有坏的，没准儿好仆人比好主人多呢。

主人：雅克，您不知道自省，别人信口开河让您反感，可是您犯了同样的毛病。

雅克：这是因为主人……

主人：这是因为仆人……

哎呀，看官，我凭什么不能在这三个人物之间鼓动起一场激烈的争吵呢？凭什么老板娘不能被雅克抓住肩膀，扔到房外！凭什么雅克不能被主人抓住肩膀，赶出门外！凭什么两个人不能分道扬镳，各奔前程！这样您既听不成老板娘的故事，也听不成雅克的风流事。不过放心吧，我什么也不做。老板娘于是又开口道："大家都知道，有多少坏透的男人，就有多少坏透的女人。"

雅克：远在天边，近在眼前。

老板娘：您插哪门子嘴呀？我是女人，我高兴怎么说女人就怎么说，您同不同意我不在乎。

雅克：我的意见就等于另一个人的意见。

老板娘：先生，您这儿还真有一个自以为是、不把您放在眼里的仆人，我手下也有几个仆人，不过我必定会让他们晓事明理！……

主人：雅克，你闭嘴，让太太说。

老板娘听了主人的话，非常得意，她站起身要与雅克争个高下，双拳往腰间一搭，却忘记了怀里的妮可儿，手一撒，眼见得妮可儿跌落地砖。那畜牲摔伤了，在襁褓里挣扎，尖厉地吠叫。老板娘的哭喊与妮可儿的吠叫夹杂在一起，而雅克的笑声又和妮可儿的吠叫与老板娘的哭喊汇合在一起。雅克的主人打开鼻烟盒，嗅了一下鼻烟，却也忍不住笑了。这一下，整个客栈乱成一团。

"拿侬，拿侬，快点，快点，拿瓶烧酒来……我可怜的妮可儿死了……把襁褓解开……你可真笨!"

"我很卖力了。"

"她在哭呢! 你一边待着去，让我来干……她死了! ……大流氓，你笑吧，确实有你好笑的……我可怜的妮可儿死了!"

"不，夫人，我相信她会缓过来的，您瞧她动了。"

拿侬用烧酒在狗鼻子上涂抹，又往狗嘴里灌一点，老板娘则在一旁呼天抢地，对着无能的仆人们大发雷霆，拿侬突然说："夫人，您看，她睁眼了，她正瞅着您呢。"

"可怜的宝贝，好像想说什么! 谁能不受感动呢?"

"夫人，轻轻摸摸她，给她一点回应。"

"过来，可怜的妮可儿。哭吧，孩子，只要哭能叫你舒服点。畜牲和人一样，都各有各的命。命运把幸福送给那些险恶、阴沉、毒辣的人渣，却把不幸送给世界上最完美的造物。"

"夫人说的有理，这世上没有一点正义。"

"闭嘴，把襁褓给她裹上，带她到我床头，记着，我要是听见她叫唤一声，我就跟你没完。来，可怜的宝贝，把你带走之前让我再亲亲你。把她带过来，你可真笨啊你……这些狗儿真好，好多了，比那些……"

雅克：父亲、母亲、兄弟、姐妹、孩子、仆人、丈夫……

老板娘：没错啊，别以为这有什么好笑的，它们单纯，对你忠心耿耿，从来不害你，至于其他的……

雅克：狗儿万岁！天下万物，就数狗儿最完美。

老板娘：就算还有什么更完美的，那至少也不会是人。我很乐意跟你们说说磨坊主的那只狗，他是我家妮可儿的恋人。你们在场的一个算一个，你们听了没有一个能不惭愧得脸红。天蒙蒙亮他就跑七八里路过来，一动不动地立在这扇窗子下，呜呜地叫，那叫声叫人心酸。不管什么天气他都来，雨水湿透了他的身体，他的身体陷进沙地里，只露出耳朵和鼻子。你们对最心爱的女人能做到这步吗？

主人：太有风度了。

雅克：不过呢，哪儿又能找到像您家妮可儿这样值得如此疼爱的女人呢？

老板娘对动物的感情，正如我们可以想象的，并非她热情的主要方面，她最大的热情在说话。我们听得愈是津津有味，愈是沉静耐心，我们就愈发显出是知音，因而她不待邀请便重拾刚才中断的所谓奇特婚事的故事，不过条件是雅克务必缄口不语。主人替雅克允诺下来。雅克懒洋洋向一个旮旯躺下，双目闭合，睡帽压低盖住耳朵，后背侧对着老板娘。主人咳嗽两声，清清嗓子，擦擦鼻子，掏出怀表看了看时间，取出鼻烟盒，在盒盖子上磕了两下，嗅了一撮鼻烟；老板娘则集中精神，准备品尝夸夸其谈的美妙滋味。

107

老板娘正待开口，却听那狗儿在叫。

"拿侬，去瞅瞅可怜的宝贝……真烦人。说到哪儿啦，我都搞不清楚了。"

雅克：您还什么都没说哩。

老板娘：我替我可怜的妮可儿吵架的那两个男人，就在您到的时候，先生……

雅克：请说先生们。

老板娘：为什么？

雅克：因为到目前为止，人家一直这样彬彬有礼地称呼我们，我也习惯了。我主人叫我雅克，其他人称我雅克先生。

老板娘：我既不叫你雅克，也不叫你雅克先生，因为我没同你说话……（太太？——干吗？——五号房的卡在哪儿？——看看壁炉边上有没有。）那两个男人是正经的绅士。他们从巴黎来，要去年长那位的庄园。

雅克：谁说的？

老板娘：他们，他们说的。

雅克：理由充足。

主人朝老板娘打了个手势，老板娘明白那意思是雅克头脑有点不清楚。对主人的手势，她满怀怜悯地耸耸肩，表示回答，说道："在这个年纪！这真让人恼火。"

雅克：恼火的是我们不知道要去哪里。

老板娘：年长的那位名叫戴阿西侯爵。这是个懂得寻欢作乐的人，非常和善，不相信女人的德行。

雅克：他是明白人。

老板娘：雅克先生，您打断我了。

雅克："巨鹿"客栈老板娘太太，我没同您说话。

老板娘：可是，侯爵偏偏相中了一个有点古怪的女人，那女人对他可以说是横挑鼻子竖挑眼。那女人叫德·拉鲍姆莱夫人，是个寡妇，品行好、出身好、钱财广、架子大。戴阿西先生与所有的熟人都断了联系，一心一意爱着德·拉鲍姆莱夫人，坚持不懈地向她献殷勤，为了证明他对夫人的爱，世人能够想象出来的牺牲他都尝试了，甚至提出要娶她。可是，这个女人的第一次婚姻太不幸了，所以……（太太？——干吗？——象牙盒的钥匙在哪儿？——挂钩上看看，没有的话，看看在不在盒子上。）她宁可面对世上任何灾难，也不愿面对第二次婚姻的风险。

雅克：哟！要是那上边写好了，谁又能如何！

老板娘：这个女人深居简出。侯爵过去是她丈夫的朋友，她招待过他，现在继续接待他。假如说一般人对侯爵在风雅方面那种娘娘腔抱着宽容态度的话，那是因为他们认为所谓的正人君子正应该如此。侯爵紧追不舍，加上他人品好，风华正茂，相貌堂堂，诚挚的爱溢于言表，独身，温柔体贴，总之一句话，男人身上一切让女人倾慕的东西……（太太？——怎么啦？——邮差来了。——带他到绿房间，像平时那样招待他。）起了作用，她跟侯爵以及她自己抗争了好几个月之后，在依惯例得到了侯爵的山盟海誓之后，德·拉鲍姆莱夫人成全了侯爵的幸福。如果侯爵对他的女人能够恪守誓言，并且女人对他也始终能够怀有那份感情的话，那么侯爵本应享受世上最甜美的生活。说实在的，先生，只有女人懂爱情，男人对爱情根本理解不了……（太太？——怎么啦？——募化修士来了。——替这里的两位先生给他十二苏，替我给他六个苏，请他到别人家去吧。）几年后，侯爵开始觉得德·拉鲍姆莱夫人的生活太单调，他建议夫人多外出走动，夫人答应了；建议她接待几个男女宾客，她答应了；建议她举办晚宴，她也答应了。渐渐地，他一天、两天不见她；渐渐地，他亲手安排的晚宴，自己反倒不到场；渐渐地，他来访的时间短了，他总有事情需要处理；他来了之后，说上两句话就窝到躺椅里，拣起一本书，随即又扔下，不是跟狗说话，就是酣然入睡。由于他体力日益不济，晚上他便早早告辞：这是特隆香①的建议。"特隆香是个了不起的人，真的，我们那位朋友，大家都觉得她的病很棘手，特隆香却一定能妙手回春，我一点都不担心。"他一面说，一面拿起手杖和帽子，扬长而去，有时候竟然忘记亲吻德·拉鲍姆莱夫人……（太太？——怎么啦？——箍桶匠来了。——让他到地窖去，瞧瞧那两个酒桶。）德·拉鲍姆莱夫人隐约感觉到不再有爱，为了确定这一点，她准备……（太太？——我来了，来了。）

老板娘再三被打断，好生烦闷，便下楼去，显然她是想法子不让人再打断她。

老板娘：一天晚餐后，夫人对侯爵说："我的朋友，您在神游。"

① Théodore Tronchin（1709—1781），瑞士名医。

"您也在神游，侯爵夫人。"

"确实，而且黯然神伤。"

"您怎么啦?"

"没什么。"

"这不是实话。说说看，侯爵夫人，"他边说边打着哈欠，"跟我讲讲是怎么回事，这样您和我都不会那么无聊了。"

"您感到无聊了?"

"不，就是有些日子……"

"您觉得无聊。"

"我的朋友，您理解错了；我向您发誓，您理解错了。我的意思是，确实有些日子……不知道是什么缘故。"

"我的朋友，很久以来我就想跟您说说心里话，但是我又担心会让您难受。"

"您会让我难受，您?"

"说不定哩。不过苍天作证，我是清白的……(太太? 太太? ——管他是谁，管他什么事，我都跟你们说了不准喊我，喊我丈夫。——他不在。) 先生们，对不住，我一会儿就来。"

老板娘下楼又上楼，她接着讲:

"……这件事没经过我同意，我压根不知道，怪只怪走了霉运，但凡是人显然都有可能碰到，我就没躲掉。"

"噢，事情与您……您害怕了! ……到底什么事?"

"侯爵，事情是……我很难过，我会让您伤心的，所以，想来想去，还是不说的好。"

"不，朋友，说吧；莫非您心底里有什么秘密瞒着我？你我的协议，头一条不就是，你我的心灵互相毫无保留地敞开吗？"

"确实是这样，我心里沉甸甸的正是这个缘故。您的这句责备虽然不及我对自己的责备沉重，却无异于在我自责的烈火上添了一把干柴。您难道没有发现我已经不再有昔日的快乐？我食欲不振，喝酒吃饭仅仅是服从理智，我无法入眠。我们最亲密的社交圈让我感觉索然。夜里我扪心自问，暗自道：他是不是不那么可爱了？不是。你能责备他有什么可疑的关系吗？不能。他对你的感情淡薄了吗？没有。那为什么你的朋友没变，而你的心却变了呢？你的心确实变了，想欺瞒自己是徒劳的。你等他的时候不再那么心急火燎，听到他的声音你不再那么兴奋，他迟迟不归你不焦虑，听到他的马车声，通报他到了，看到他出现时那种甜蜜的欢喜，你现在统统体会不到了。"

"什么，夫人！"

德·拉鲍姆莱夫人捂住双眼，垂下脑袋，沉默片刻，又说："侯爵，我料到您会吃惊，料到您会对我说出各种难听的话。侯爵！可怜我……不，别可怜我，把难听的话都讲出来。我会服服帖帖地听，我罪有应得。是的，亲爱的侯爵，真的……没错，我是……然而，事情就这样发生了，这难道不是一个巨大的伤痛吗？何况还有向您掩饰伤痛，成为一个虚伪的女人所带来的羞愧和鄙夷？您还是您，可是您的爱人变了，您的爱人敬重您，她对您的钦佩较之过去有过之而无不及，但是……一个女人像她那样，一向对灵魂最隐秘角落发生的事情洞若观火，一向在任何事情上不勉强自己，就不可能把爱情已经完结这个事实向自己隐瞒。这个发现是残酷的，然而也是真实的。我，我，德·拉鲍姆莱侯爵夫人，是个水性杨花的女人！一个浪荡妇！侯爵，您大发雷霆吧，把所有狠毒的话都翻出来吧，我已经先把自己咒骂过一遭，用这些狠毒的话来数落我吧，我已做好了准备，照单全收……全收，就是别说我是虚伪的女人，不要这样说我，我恳求您，因为我不虚伪……（太太？——怎么啦？——没事。——在这地方甭想有一会儿的安静，连现在这样的日子都不行，本来店里没什么客人，你以为没什么事可做哩。我这样的女人真悲哀，尤其是跟了这样一个蠢驴男人！）说完，德·拉鲍姆莱夫人向躺椅上一仰，抽泣起来。侯爵扑身伏在她膝上，说道："您是花容月貌、沉鱼落雁的绝世娇娘。您的坦诚与直率，叫我羞愧难当、无地自容。啊！此时此刻您令我何其景仰！您多么高尚，而我多么渺小！首先开口的是您，而首先犯错的是我。您的坦诚感动了我，我要是不受感动，那我简直就是魔鬼。我向您坦白，您的心路历程与我的心路历程步步相印；您在心里说的，我也在心里说过。但是我缄口不言，我痛苦，但是我不知道什么时候有勇气说出来。"

"真的吗，朋友？"

"再真实不过了。现在我们应该互相庆贺同时失去了我们之间那种脆弱而虚幻的感情。"

"确实，当您的爱情已经停止，我的爱情却还在延续，这是多大的悲哀啊！"

"或者说当我的爱情率先停止。"

"您说的对，我感觉到了。"

"您从未像此时此刻这样娴淑、这样美艳，多亏以往的经验，我变得谨慎了，要不然我会觉得自己比任何时候都更加爱您。"侯爵这样说道，同时拉起夫人的手亲吻。（老婆？——怎么啦？——卖草的来了。——瞧瞧账本。——账本？等一等，等一等，找到了。）德·拉鲍姆莱夫人将撕心裂肺的怨愤压在胸膛里，又开口对侯爵道："那么，侯爵，下面我们怎么办？"

"我们俩不论您或我，谁也不曾勉强自己。您有资格得到我完全的尊重，我认为在您这里我也没有完全丧失获得尊重的资格。我们继续交往，保持密友间的信任，我们能够规避厌倦、形形色色不起眼的伤害、各种指责与抱怨，这些通常与激情如影随形，最终淹没激情的东西。在我们同类人中间，我们将独树一帜。您将重获全部自由，您也将把自由全部归还于我。我们一起周游世界。您若猎取新欢，我可以为您出谋划策，如果我有了新的相好，我也不会向您隐瞒，当然我很怀疑是否有这个可能，因为您让我变得挑剔了。这一切都将妙不可言！您用您的忠告帮助我，当您遭遇坎坷，觉得需要我的忠告的时候，我自然也不会拒绝伸出援手。世事难料啊，谁能未卜先知？"

雅克：谁也不行。

老板娘："很有可能的是，我走得愈长远，在反复比较之后您的胜算就愈大，我回到您身边后就会愈发热情，愈发温柔，我会前所未有地相信德·拉鲍姆莱夫人才是唯一能够成全我终生幸福的女人，而我一旦回来，我打赌，我会与您厮守终生。"

"如若等您回来已经找不到我了呢？说到底，侯爵，我们不可能事事都成竹在胸，万一我对什么人产生了兴趣，想入非非，心生爱慕，甚至是对一个不如您的人，这可并非不可能的事啊。"

"那我当然会很难过，但我没有什么可抱怨的。我只会怨命运，我们在一起的时候它要我们分手，当我们难以相会的时候它又偏要我们再聚……"

这番交谈之后，他们开始议论人心叵测，山盟海誓的飘渺，婚姻的维系……（太太？——怎么啦？——大车来了。）"先生们，"老板娘说，"我得走了。晚上，等我把事情都安排好，如果你们有兴趣，我再回来把故事讲完……"（太太？——老婆？——尊贵的老板娘？——来了，来了。）

老板娘走了，主人对仆人说："雅克，你有没有注意一件事？"

雅克：什么事？

主人：这个女人说起话来头头是道，不太像一个客栈老板娘。

雅克：一点不错。客栈的人三番五次打断她，叫我很不耐烦。

主人：我也是。

您呢，看官，说说看，不要遮遮掩掩，因为您也瞧出来了，我们现在提倡实话实说。我们先甭搭理这位优雅的、能言善道、啰里啰唆的老板娘，回过头来讲讲雅克的风流事，您觉得如何？不过对于我，怎么做都无所谓。待到老板娘再上楼来，伶牙俐齿的雅克会巴不得重现本色，他会当老板娘的面关上门，从钥匙孔里对她说："您好，夫人，我主人已经睡了，我也准备上床了，余下的故事留到我们下次来贵店再讲吧。"

两个肉身凡人，找了一块正在风化为齑粉的巨石，在旁边立下了世上第一个海誓山盟，他们以自己的坚贞不渝，证实没有一片天是同一片天，他们身上或者他们周围一切都在变化之中，但他们相信自己的心灵可以超越万物的变幻。唉，太孩子气了！永远孩子气！……我不知道这是谁的想法，是雅克的，他主人的，还是我的。但肯定是我们三人中的一个的，这个想法以及此前此后的许多想法，本来足以成为我们——雅克、他主人和我——的谈资，直至晚餐，直至晚餐后，直至老板娘回来，可是雅克偏要对主人说："得了吧，先生，您这些不着调的大话，还不如我们村里人晚上闲聊讲的一个古老的寓言有意思。"

　　主人：那寓言讲的什么？

　　雅克：寓言讲的是鞘与刀。一天，鞘与刀争吵起来，刀对鞘说："鞘，我的甜心，你是个骗子，因为你每天都接纳新的刀……"鞘回答刀说："我的朋友刀，你才是骗子，因为你每天换鞘……""鞘，你可不是这样向我承诺的……""刀，是你首先骗了我……"争吵发生在饭桌上，坐在鞘与刀中间的那位说话了，对他们讲："你，鞘，你，刀，你们换鞘换刀做得很对，因为变换让你们欢喜；而你们互相承诺不换，那才是错了。刀，难道你没有发现上帝创造你，就是叫你插在不同的鞘里，而你鞘，就是叫你不止接纳一把刀？如果有刀许愿要撇开所有的鞘，你们一定觉得这刀疯了；如果有鞘许愿不向任何刀打开，你们一定觉得这鞘疯了。你们却没有想到，当你，鞘，你发誓只要一把刀，当你，刀，你发誓只要一个鞘的时候，你们自己就在发疯。"

说到这里，主人对雅克说："就思想而言，你的寓言不足为训，不过倒挺逗乐。你不知道，有一个怪念头在我脑子里闪过。我想让你娶老板娘为妻，看看一个爱讲话的丈夫怎样对付一个不讲话就感到憋屈的老婆。"

雅克：我在爷爷奶奶家度过了人生头十二年，如法炮制就是了。

主人：他们怎么称呼？是干什么的？

雅克：倒腾旧货。爷爷叫詹森，有好几个孩子。家里人人板着脸；起床，穿衣，出门做活，回家，吃饭，回来的时候一句话不说。晚上他们瘫在椅子里，老母亲和姑娘们一言不发地纺线、缝衣、编织。男孩们休息了，老爹还要读《旧约》。

主人：那你呢，你干什么？

雅克：我封住嘴巴在房间里跑。

主人：封住嘴巴？

雅克：是，封住嘴巴。我如今之所以发狂地想说话，就因为那时嘴巴被封住了。在詹森家里，有时候一个礼拜都没人吭一声。奶奶命长，一生却只跟我说"要卖的帽子"，爷爷呢，我们看他做盘点的时候，挺直身板，双手塞在大衣下，只说"一个苏"。有的日子，他会考虑要不要相信《圣经》。

主人：为什么？

雅克：因为他听不得把话翻来覆去地说，他会认为你是个唠叨鬼，愧对圣灵。他说那些喋喋不休，把听他们唠叨的人当成傻子的家伙才是真正的傻瓜。

117

主人：雅克，你在祖父家嘴巴封了十二年，就算你想对漫长的沉默做出补偿，在老板娘讲话的时候你……

雅克：我又讲起我的风流事？

主人：不是，是另一个故事，你也没给我讲完，是你队长朋友的故事。

雅克：哎呀！主子，您的记性忒毒了！

主人：雅克，我的小雅克……

雅克：您笑什么？

主人：以后且有的笑呢，我笑的是看到了你少年时在爷爷家封住嘴巴的样子。

雅克：家里没人的时候，奶奶就给我拆封，爷爷发现不高兴了，对奶奶说：你继续这么干吧，将来这小子会成为世上从未有过的最肆无忌惮的唠叨鬼。

主人：行了，雅克，我的小雅克，还是讲你队长朋友的故事吧。

雅克：我不反对，但是您又不相信这故事。

主人：确实有点匪夷所思！

雅克：不对，另外有个人就有这样的经历，也是个法国军人，我记得他叫做德·盖尔谢[①]先生。

主人：那好！这让我想起一个法国诗人，他写了一首出色的讽喻诗，有人当他的面冒充诗作者，他对那人说："为什么先生就

---

① 指德·盖尔谢伯爵（Claude-Louis Regnier, comte de Guerchy），路易十五时期的军官。

118

不能写这样的诗呢？既然我，我已经写了同样的一首诗……"我要学这位法国诗人说，为什么雅克的故事不可能发生在他队长朋友身上呢，既然它已经发生在法国军人德·盖尔谢身上？不过，你讲这个故事，可以一石二鸟，你等于让我同时知道了两个人的故事，因为我都没听说过。

雅克：您没听过就更好了！但是您得向我起誓。

主人：我发誓没听过。

看官，我心里痒痒的，很想叫您也来起个誓，然而我只让您做一件事，就是注意一下雅克秉性中的一个怪癖，这个怪癖显然来自他沉默寡言的旧货商祖父詹森，那就是尽管雅克爱唠叨，但是和许多话痨相反，他很讨厌重复。因此他好几次对主人说："先生您在葬送我的未来，有朝一日我没东西可说了，那我如何是好？"

"你从头再来一遍呀。"

"雅克，从头再来！可那上边写的正相反，假如我真要重新开始，我肯定禁不住要对自己喊道：'啊！如果祖父听到你！……'那时我会怀念封嘴巴的日子了。"

雅克：在圣日耳曼和圣罗朗的集市有人赌牌的时代……

主人：这两个集市在巴黎，而你队长的朋友是边界要塞的司令。

雅克：先生，看在上帝的分上，让我说下去……几个军官进了一家店铺，看见另一个军官正在跟老板娘聊天。那几个军官中有一人向这个军官提议一起玩"十点过"——必须告诉您，我队长去世之后，他的朋友不但成了阔佬，而且成了赌徒，这个军官，或者是德·盖尔谢先生，同意了。运气让骰子罐一直捏在对手的手里，对手过了又过，过了又过，赢起来没个完。赌局变得白热化了。第三盘押上了赌资的一半，第四盘又押上了赌资的全部，然后又是小半，大半，全部，全部的全部。这时一个观战的军官壮着胆子劝德·盖尔谢先生或者我队长的朋友最好就此收手，别再赌下去，因为对手门道更精。这句话本来无非一句戏言，但是我队长的朋友或者德·盖尔谢先生听了，以为是说自己遇到了老千。他突然把手插进兜里，抽出一把锋利的匕首，在对手伸手抓骰子揻回罐子的瞬间，匕首扎进了对方的手掌，钉死在桌面上。他说道："如果这些骰子有名堂，你就是个老千，如果没有鬼，那我认罚……"结果骰子完全正常。德·盖尔谢先生说："我非常惭愧，愿意按您的要求补偿……"我队长的朋友不会这么说，他说的是："我丢了钱，我刺穿了一位绅士的手，作为报应，我愿意在我乐意的时候找回决斗的愉快……"刺穿手的军官离开店铺，找人包扎。待他治愈之后，他来找扎穿他手的人，要求给个说法。扎穿他手的人或者德·盖尔谢先生认为理所当然，另一位即我队长的朋友，则上前搂住他的脖子说："我一直在等你，焦急的心情无法表达……"他们找了一块草地，扎人的德·盖尔谢先生或者我队长的朋友，身上结结实实挨了一剑，被扎的将他扶起，叫人把他送回去，并且对他说："先生，咱们后会有期……"德·盖尔谢什么也没说，我队长的朋友回答："先生，我等着。"于是他们决斗了第二回、第三回，直到八九十来回，结果总是被扎的那位屹立不倒。这两个人都是出色的军官，都是有头有脸的人，他们的事闹得满城风雨，部里出面干涉了。一个留在巴黎，另一个被限制待在营地。德·盖尔谢服从部里的指令，我队长的朋友则因此闷闷不乐，这就是二人的差异。性格上都是正直之士，但是一个明智，另一个有点疯狂。

讲到这里，德·盖尔谢先生的经历与我队长朋友的经历仍旧是他们共同的经历：这是同一个故事；我之所以同时提到他们两个人，原因就在于此，您明白了吗，主子？从现在起我要把他们分开了，我只跟您讲我队长朋友的事，因为剩下的故事只跟他有关。唉，先生，讲到这里你才能够发现，我们对自己命运的掌控是何等无力，写在那个伟大长卷上的事情，有一些是何等离奇！

我队长的朋友，或者说扎伤人的那位，提出申请，要求在省内走一走：申请获准。他的行程经过巴黎。他搭乘一辆公共马车。凌晨三点马车驶过歌剧院；这个点正赶上舞会结束，三四个戴着假面的愣小子打算跟马车的乘客们一块儿去用早餐。天亮时分，车到了用早餐的地方，大家互相端详。谁被吓了一跳？被扎穿手的那位，他认出了扎穿他手的这位。这位向那位伸出手，拥抱他，表示幸运的相会让他无比激动。片刻之后，他们到了一座仓房后面，二人各自举剑，一个穿着大衣，另一个披着斗篷。跌倒在地的又是扎穿别人手掌的那位，就是我队长的朋友。他的对手把他送去救治，与他的朋友和其他乘客一起回去吃饭，兴高采烈地又吃又喝。一部分人继续赶路，其他人戴假面骑驿马，返回都城。这时老板娘出现了，雅克的讲述戛然而止。

她又上楼来了。看官，我先打个招呼，我没法再请她走——那是为什么？——因为她是带着两瓶香槟进来的，一只手攥一瓶。那上边写得分明，任何一位以这样的开场对雅克演说的人，雅克必然洗耳恭听。

她进来了，将两瓶酒搁在桌上，然后说："得了，雅克先生，咱们和解吧……"老板娘过了韶光华年，已经是个妇人，高大、丰腴、矫健、气色红润，全身肉墩墩的，嘴巴偏大，但牙很好看，脸颊饱满，眼球有点凸出，额头平广，肌肤白净，面部开朗、生动、喜庆，胳膊粗了点，但是一双手却是极品，值得入画或者做成雕塑。雅克拦腰搂住她，紧紧拥入怀中，对于美酒与佳人，他的怨恨是不会长久的。这一点那上边也是写好的，雅克如此，看官您也如此，我以及诸多人等都如此。"先生，"老板娘对主人说，"您打算让我们两个单独喝？听着，您走出方圆百里地，也别指望在路上能喝到更好的酒了。"她一边说，一边将一个酒瓶夹在双膝之间，拔出瓶塞。她用拇指堵住瓶口，动作之迅捷世所罕见，而且居然一滴酒都没有洒出。"别愣着，"她对雅克说，"快点，快点，您的杯子。"雅克将酒杯挪近，老板娘的拇指稍稍松开，空气流入，雅克的脸上一下子喷满了酒沫。对这个恶作剧，雅克预先料到。老板娘立刻乐了，雅克与主人也乐了。他们连续喝了几个满杯，以保证酒瓶归于平静。然后，老板娘说道："谢天谢地，他们都上床了，没有人再来打扰我，我可以继续讲我的故事了。"雅克望着老板娘，在香槟的作用下，雅克的那双眼睛比平时愈发炯炯有神，他对她或者对主人说："咱们的老板娘曾经美得像天使，您怎么想，主子？"

主人：曾经？胡说八道，雅克，她现在也美得像天使！

雅克：先生，您说得对。我不是拿她与别的女人比，我是拿她与她自己比，和她年轻的时候比。

老板娘：如今人老珠黄啦。当年我的腰身不足一握，真应该让你们看看！好多人绕道三四十里，就为了到这里来住店打尖。罢了，那些被我戏弄过的好人和坏人都不去说了，还是来讲德·拉鲍姆莱夫人。

雅克：我们是不是先为那些被您戏弄过的坏人，也为我的健康干一杯？

老板娘：非常乐意。其中有的人是值得为他们干杯的，可以算上你，也可以不算你。你们知不知道，我给军人们在财力上和面子上充当了整整十年的后援？好多人我都帮过一把，没有我，他们很难在军队里待下去。这些人都是厚道人，对他们我没什么好埋怨的，他们对我也没什么好埋怨的。字据是从来没有过的，有时候他们让我好等，两年，三年，四年，不过最后我的钱倒是都收回来了……

接着，老板娘开始列举那些赏脸把她的钱包当摇钱树的军官，某地驻军上校某先生……某地驻军的队长某先生……讲到这里，雅克叫起来："我的队长！我可怜的队长！您认识他？"

老板娘：我认识他？一个高大的汉子，一表人才，有点瘦，气宇轩昂，神情严肃，腿绷得笔直，右太阳穴有两颗红痣。您在他手下干过？

123

雅克：那还用说！

老板娘：我越发喜欢您了。您当兵时的好品质现在应该还保持着。为您队长的健康干杯。

雅克：假如他还活着的话。

老板娘：死也罢活也罢，这有什么关系么？当兵不就要准备丢性命么？就是经过十次围困，五六场激战，到头来却死在无名黑衣鼠辈①面前，这真够丧气的！……还是回过头来说我们的故事，再来一口。

雅克：说得好，老板娘，您说得有理。

老板娘：您这么想，我太高兴了。

主人：那是因为您的酒真是好酒。

老板娘：哦，您是说我的酒？好吧，您说得也对。我说到哪儿了，您还记得吗？

主人：记得，讲到那场虚情假意的推心置腹结束了。

老板娘：戴阿西侯爵与德·拉鲍姆莱夫人怀着对彼此的敬意互相亲吻，然后道别分手。当着侯爵的面，夫人竭力克制着自己，侯爵一走，夫人的悲伤便爆发了。她哭叫着："我猜得一点没错，他不再爱我了！"……我就不向你们详细描绘我们被人抛弃时是何等疯狂，跟你们说了也白说。我只告诉你们，这个女人是很高傲的，另一方面她又是睚眦必报的。当最初的怒火熄灭了，她从愤怒的情绪中平静下来之后，她开始考虑报复，琢磨用什么足以让

————————

① 当指做临终忏悔的神职人员。

124

将来所有企图勾引欺骗良家妇女的人心惊胆战的残酷手段进行报复。她报复了，狠心地报复了，她的报复轰动一时，但是没有任何人吸取教训，我们女人还是照旧遭遇可耻的引诱与欺骗。

雅克：其他女人就不说了，关键是您！……

老板娘：别提了！上当受骗我是头一个。唉！我们女人太笨了！谁叫这些不要脸的男人喜新厌旧还总有便宜占呢！不说这个了。将来究竟怎么办？此时她自己也很茫然，她需要动脑筋，她正在动脑筋。

雅克：既然她还在动脑筋……

老板娘：说的是，不过两瓶酒都空了……（约翰。——夫人。——拿两瓶酒，尽里头柴火堆后面那一格里的。——知道了。）她左思右想，一个念头在她脑子里闪过。德·拉鲍姆莱夫人认识一个外省妇女，因为打官司到了巴黎，她带了一个女儿，年轻漂亮，很有教养。夫人听说这个女人官司输了，弄得倾家荡产，不得不靠聚赌为生。客人聚在她府上，赌牌、吃喝，通常会有一两个客人由那母女挑出来，留下与她们过夜。夫人派了手下去打探这对母女，找到她们，邀请她们去她们勉强还记得的德·拉鲍姆莱夫人府上做客。这两个女人，别人称呼她们戴斯农夫人和戴斯农小姐，没拿什么架子，第二天那母亲就登门拜会德·拉鲍姆莱夫人。见面寒暄之后，德·拉鲍姆莱夫人问戴斯农太太做过什么，官司输掉之后一直在忙什么。

"我对您坦率讲吧，"戴斯农太太回答，"我干的事有风险，不入流，不挣钱，我不喜欢，但是生活所迫，身不由己呀。我倒是很想送女儿进歌剧院，但是她天生小嗓子，在家唱唱还凑合。跳舞吧，才能也平平。打官司期间和官司结束之后，我曾经带她出去见世面，法官、达官贵人、上层教士、金融家，都拜访过，周旋一阵都不了了之。原因倒不是她没有天仙般的美貌，也不是她不够伶俐，不够娇媚，而是因为她竟然完全不解风情，把无聊到麻木的男人唤醒过来的手段她一样也没有。不过，最坑人的是，她迷上了一个小神父，出身不错，但是不信神，不守信用，吊儿郎当，假仁假义，不信哲学，他的尊姓大名我就不说了，不过，为了最终坐上主教宝座而选择走这条最是稳妥也最是不需要才干的道路的人，有一个算一个，这个小神父是最没出息的。我不知道他念给我女儿听的是些什么玩意儿，他每天上午过来，把在别人家晚餐、夜宵上写的那些小诗长诗，读给我女儿听。也许有朝一日他会当上主教，也可能当不上，谁去管它？亏得他们俩闹掰了。有一天我女儿问他认不认识他写文章攻击的那些人，小神父回答说不认识。又问他对那些人除了嘲讽之外，有没有其他感觉，他回答说没有。这把我女儿彻底惹火了，她对他讲，他这样子，说明他是世上最恶毒、最虚伪的男人。"

德·拉鲍姆莱夫人问戴斯农太太，她和女儿是不是声名远播。

"名声太响了，很不幸。"

"在我看来，您并不很看好你们目前的处境。"

"一点都不看好。我女儿整天跟我抱怨，说再糟糕的生活也比她目前的生活好。她因此愁眉不展，最终还因此让她远离了……"

"倘若我惦记着给你们，给您和您女儿，安排一个光明的前程，您会同意么？"

"就算比您说的差很多我都同意。"

"不过关键得看您是否能够向我保证，你们能不折不扣按照我的意见去做。"

"不管什么意见我们都照办，您尽管放心。"

"你们能够一旦需要就来听命？"

"静候驱使。"

"这就足够了。现在您可以回去了，不要多久您就会收到我的指示。在收到指示之前，您把家具都处理了，把东西都卖掉，如果你们有惹眼的衣裳，一件不要留。所有这些都逃不过我的眼睛。"

雅克听出兴致来了，他对老板娘说："咱们为德·拉鲍姆莱夫人的健康干一杯如何？"

老板娘：好啊。

雅克：也为戴斯农夫人的健康。

老板娘：干。

雅克：您也不会拒绝为戴斯农小姐的健康干杯吧，她有一副动听的小嗓子，没有什么舞蹈天赋，排解不了忧郁，只好可怜兮兮地答应每天晚上接受一个新情人。

老板娘：休得取笑，这是非常难堪的。您不可能体会在没有爱的情况下那种折磨！……

雅克：为戴斯农小姐，为她受的折磨干杯。

老板娘：喝吧。

雅克：老板娘，您爱您丈夫吗？

老板娘：一如其他人。

雅克：那您值得同情，因为他看起来很健康。

老板娘：闪光的不一定就是金子。

雅克：为老板的健康干杯。

老板娘：您自斟自饮吧。

主人：雅克，雅克，好朋友，你喝得太急了。

老板娘：先生，不必担心，酒是正宗好酒，明天就没事了。

雅克：既然明天就没事了，既然今晚我的脑瓜子不好用，主子，老板娘，让我们再为一个人的健康干杯，他的健康叫我牵肠挂肚，这个人就是戴斯农小姐的神父。

老板娘：去你的，雅克先生，一个伪君子，野心家，小心眼，不学无术，造谣诽谤。有些人遇到想法不同的人就恨不得掐死人家，我想这些称呼对他们正合适。

主人：老板娘，您有所不知，您眼前这个雅克好歹算个哲学家，对于那些自取羞辱的小白痴，还有他们胡乱维护的那一行，雅克都心存无限敬意，他说过，他的队长把这些白痴称为于埃①、尼柯尔②、博须埃③之流的解毒剂。他并不明白个中的含义，您也不会明白……您丈夫他睡了吗？

老板娘：睡了老半天了。

主人：他允许您这么聊大天？

---

① Pierre-Daniel Huet（1630—1721），法国主教，学者。
② Pierre Nicole（1625—1695），詹森派神学家。
③ Jacques-Bénigne Bossuet（1627—1704），法国主教，著名演说家。

老板娘：他已经不以为怪了……德·拉鲍姆莱夫人坐上她的马车，在远离戴斯农母女家的郊区奔忙，寻了一座很体面的房子，租了一个小套间，配上尽可能简单的家具，请戴斯农母女赴晚宴，把她们安顿好，当天，要不就是几天后，把今后母女应该采取的行动原原本本交代给她们。

雅克：老板娘，咱们忘记为德·拉鲍姆莱夫人的健康、为戴阿西侯爵的健康干杯了，这不厚道。

老板娘：得了，得了，雅克先生，地窖还没空哩。行动的细节是这样的，或者说我记得是这样的：

"公众散步的大道不要常去，那会让人家发现你们。"

"不能接待任何人，包括邻居。不论男女一概不行，因为你们必须假装完全与世隔绝。"

"自明天起穿着必须像信徒，因为必须让人家认为你们真是信徒。"

"家里只能有传教书，因为周边不能有任何泄露你们身份的东西。"

"对教区的各种礼仪活动，你们必须克勤无怠，无论假日还是工作日。"

"略施小计成为修道院会客厅的常客，修女们的谈话对你们兴许有用。"

"与本堂神父和教区的神父们多多交往，因为我可能需要他们的见证。"

"平时谁也不见。"

"必须去做忏悔，领圣体，一个月起码两次。"

"恢复娘家的姓氏，因为这个姓氏清清白白，而且有人迟早会去你们家乡调查情况。"

"不妨时不时施舍小恩小惠，但是不论什么理由，都不能接待任何人，要让人家觉得你们算不上贫穷，却也不算阔绰。"

"自己纺线、缝纫、编织、刺绣，把你们的制品交与做慈善的女人出售。"

"生活尽量简朴，两个人住客栈的简单开销，仅此而已。"

"没有您的陪伴，女儿不出门，没有她的陪伴，您也不出门。但凡成本低收效快的办法，一条也不要放过。"

"最要紧的是，我再重复一遍，绝对不要让神父、修士、信女到家里来。"

"走在街上眼光低垂，在教堂里眼睛只望着上帝。"

"我承认，这样的生活很艰苦，不过不会太久，而且我向你们保证，报酬是很可观的。就这样，你们自己考虑一下：倘若这些要求超出了你们的能力，你们跟我直说，我既不会生气，也不会诧异。我忘了跟你们讲，你们有必要学会一套玄而又玄的空话，把《旧约》和《新约》里的故事记得滚瓜烂熟，让人家把你们当作有资历的信徒。你们可以装作詹森教徒，或者莫利纳教徒，随你们的便，不过最好与本堂神父的见解保持一致。不论在什么场合，不管三七二十一，都不要错过怒斥哲学家的机会。大声叫骂伏尔泰是基督的敌人，把你们那个小神父写的东西熟记在心，必要时拿出来卖弄一下……"

德·拉鲍姆莱夫人又说道："我绝对不会去你们家看望，我不配与这样虔诚的女人交往，不过你们完全不必担心，你们有空可以悄悄地到我这里来，我们小范围地为你们清苦的生活做些补偿。不过在假扮虔诚的同时，不要作茧自缚，缩手缩脚。至于你们小家庭的开销，那是我的事。设若我的计划成功了，那时你们就不会再需要我；设若失败了，但不是你们的过错，我有足够的钱财，可以保证你们有堂堂正正的生活，好于你们为我放弃的境遇。关键是服从，对我的意志绝对服从、无限服从，否则对你们现在的生活我不能保证，对于未来我也不能做出任何许诺。"

主人（敲打他的鼻烟盒，拿表看看时间）：女人的头脑就是可怕！上帝保佑我别遇到这样的女人。

老板娘：沉住气，沉住气，您还没有认识这个女人呢。

雅克：在此之前，大美人，迷人的老板娘，咱们是不是先跟酒瓶说两句？

老板娘：雅克先生，有了我的香槟酒，连我人在你眼里也漂亮了。

主人：我憋了许久有一个问题想问您，可能有点唐突，但是我憋不住了。

老板娘：您请讲。

主人：我敢肯定您不是干客栈这一行出身。

老板娘：的确。

主人：我还肯定您是因为某种特殊遭遇，才离开了原来优越的地位。

老板娘：我认可您的看法。

主人：如果我们把德·拉鲍姆莱夫人的故事先放一放……

老板娘：万万不可。我乐于讲别人的事，不愿讲我自己的事。你们只需要知道，我曾经在圣西尔①学习，《圣经》读得不多，小说读了不少。从王家修道院到我现在开的这家客栈，中间有天壤之别。

主人：这些就足够了。就当我刚才什么也没说。

老板娘：两位信徒依计行事，她们的虔诚和操守，四邻有口皆碑。与此同时，德·拉鲍姆莱夫人在表面上维持着对侯爵的尊敬、友谊和充分的信任。侯爵在夫人府上一如既往受到欢迎，即使长时间不露面，也绝不曾受到责备和埋怨。他向夫人讲述情场小风头，夫人面子上显得真心欢喜听。万一有事不顺利，她就帮他出主意。有时候她会跟他提到结婚，但口气是那么随意，谁都不会想到与她自己有关系。倘若侯爵向她表白男人对熟识的女人免不了要说的那些温柔的讨好话，她或者淡然一笑，或者只当没听见。照她的说法，她的心境很宁静，连她自己也不曾预料到的是，她如今体会到有他这样一位挚友，生活就足够幸福了。再说她已经不再是青春少女，她的感觉已经迟钝了很多。

"什么话！难道您就没有什么心里话要对我说？"

"没有。"

"那么老朋友，对小伯爵呢？当年我是主宾的时候，他对您可

---

① 指路易十四的情妇曼德农夫人在圣西尔主持的一所女子修道院，专门培养贵族女子。

是穷追不舍啊。"

"我已经对他关上大门，不再见他。"

"这太匪夷所思了！为什么疏远他？"

"因为他不招我喜欢。"

"哦，夫人，我想我猜中了：您还爱着我。"

"有这个可能。"

"您希望重续前缘。"

"有何不可？"

"所以您就以无可挑剔的行为来争取一切优势。"

"我是这么考虑的。"

"倘若我有幸或不幸回头，您至少应该对我的过失保持体面的沉默。"

"您知道我是一个敏感而大度的人。"

"老朋友，您做过的一切，证明了任何壮举对您都不在话下。"

"您这样想我不生气。"

"天呐，我正在跟您一起冒天大的风险，我肯定。"

雅克：我也肯定。

老板娘：他们就这样周旋了三个月，然后德·拉鲍姆莱夫人认为启动她的计谋的时刻到了。一个夏日，天气晴朗，她等待侯爵来赴晚宴，同时打发人告诉戴斯农太太与小姐，叫她们到国王花园①去。侯爵到了，晚餐早早摆上，主客入席，吃得很开心。晚

---

① Jardin du Roi，即现在的巴黎植物园，那里的自然历史博物馆当时是"国王行宫"（Cabinet du Roi）。

餐后，德·拉鲍姆莱夫人向侯爵建议，如果他没有更有趣的事要做，不妨出去走走。那天歌剧院和喜剧院都没有演出，注意到这一点的是侯爵，既然没有一出轻松的大戏可看，作为补偿可以看一看有益身心的景致，于是侯爵神差鬼使般邀请夫人去参观国王行宫。正如您所想，他的提议没有遭到反对。于是备好车马，出发上路，抵达国王行宫；他们裹挟在人群中，与所有人一样，什么都看却什么都没看见。

看官，我忘记向你们描写一下这里的三个人物，雅克、主人与老板娘所待的地方，没了这点描述，你们就光听到他们说话，却完全看不见他们人。现在虽说晚了点，总胜似忘得干干净净。主人在房间左侧，戴睡帽，穿睡袍，懒洋洋地瘫在一张宽大的绣花躺椅里，手绢搭在椅子扶手上，手里捧着鼻烟盒。老板娘在房间尽里头，正对着房门，身边是桌子，面前放着酒杯。雅克在房间右侧，没戴帽子，双肘倚住桌子，脑袋耷拉在两只酒瓶之间，身边地上还放了两只酒瓶。

侯爵与他的好朋友出得国王行宫，来到花园散步，他们沿着进大门右手靠园艺学校的那条道一路前行，这时德·拉鲍姆莱夫人惊叫起来："我不会弄错的，我想是她们，就是她们。"

她立刻扔下侯爵，迎着我们的两个信徒跑过去。戴斯农小姐简朴的衣着毫不招眼，人们对她的顾盼完全是因为她漂亮。"哎呀！夫人，是您吗？"

"是，是我呀。"

"贵体无恙？好久不见，您现在做什么呢？"

"我们遭难了,您是知道的,只能认命啊。凭我们这点财产,只能躲起来过日子。既然已经不能在上流社会风光,那就索性隐退。"

"可是还有我呢,您忘掉我了。我不属于上流社会,而且我从来很清醒,看透了上流社会的可恨可恶!"

"没钱的难处就在于,没钱就没人信任。穷人就怕招人烦。"

"你们,你们会招我烦?您这样担心无异于骂我啊。"

"夫人,这个想法与我不相干,我跟妈妈提起您有十来次,但她总是说:德·拉鲍姆莱夫人……好女儿,没人会再惦记咱们的。"

"这话太不公平了!咱们坐下来好好谈谈。这是戴阿西侯爵,我朋友,他在这儿不会妨碍咱们。小姐长成大姑娘了,这么久没见,出落得好漂亮!"

"我们的处境也有它的好处,任何有害健康的东西都与我们无缘,您瞧她的脸庞,瞧她的手臂,这都得益于有节制有规律的生活,充足的睡眠,经常劳作,心地纯净;这还是挺起作用的……"

她们坐下畅叙友情。戴斯农夫人很健谈,戴斯农小姐则少言寡语。无论母亲或女儿,说起话来都透着谦和恭敬,却又大方自然,看不出扭捏作态。天色尚早,两位信徒却已站起身,夫人提醒她们时辰还不晚,戴斯农太太附在夫人耳边大声说,她们还要做祷告,不能久留。她们走出一段路了,德·拉鲍姆莱夫人责备自己没有问她们的住址,也没有把自己的住址告诉她们。"是我的错,"她说道,"过去我是不会出这种错的。"侯爵追过去弥补夫人的疏失,她们要下了夫人的地址,但是无论侯爵如何恳求,他也未能得到她们的住址。侯爵没敢请她们用自己的马车，不过他向德·拉鲍姆莱夫人承认他的确有这个意思。

侯爵抓住机会向德·拉鲍姆莱夫人打听这两个女人究竟是什么人。

"两个比我们幸福的人。您瞧她们多健康！她们的脸上洋溢着静穆的神情！言谈透着纯洁与循规蹈矩！这些东西，在我们的小圈子里完全看不到，完全听不到。我们可怜信徒，信徒却可怜我们，说到底，我倾向于认为是信徒们有理。"

"要这么说，侯爵夫人，莫非您想当信徒不成？"

"不行吗？"

"您想仔细了，我可不愿意看到你我分手——如果算是分手的话——使您走上这一步。"

"那您宁可看到我重新为小伯爵敞开大门？"

"那也好得多。"

"您劝我这么做？"

"毫不犹豫。"

德·拉鲍姆莱夫人把两位信徒的姓氏、籍贯、原来的身份以及她们打官司的情况统统告诉了侯爵，话里话外尽可能表现她的关切与同情，然后她说道："这两个女人节操之高，举世罕见，特别是那个姑娘。您能够想象，在这个世上，有她那样一张面孔，只要愿意靠脸蛋吃饭，什么都不会缺的。可是她们宁可过贫苦清白的生活，也不去过叫人脸红的好日子。她们手头极其拮据，说真话我不知道她们怎么做才能活下去。生于贫困而忍受贫困，这一点许许多多的人都能做到。但是从富足阔绰到捉襟见肘，却能够自我满足，而且自得其乐，这我就很难理解了。这就是宗教的作用。哲学家们说什么都白搭，宗教真是有益处的。"

"尤其对于受难的人而言。"

"又有谁或多或少不曾受难？"

"假如您成为信徒，我宁可去死。"

"这就是大不幸！与未来的永恒相比，今世的生活微不足道！"

"您这么说话，简直像个传教士了。"

"我这么说话，因为我是一个被点醒的女人。说到这儿，侯爵，您老实回答我，假如你我不是对财富充满渴望，对另一种生活的艰辛充满恐惧，那么你我目前的富足在我们眼里是不是无足轻重？勾引年轻姑娘，或者勾引爱恋丈夫的女人，同时信誓旦旦，说可以死在人家怀里，不在乎突然遭到天打五雷轰，您必须承认，这是天底下最大的鬼话。"

"这种事不是每天都在发生吗？"

"这是因为缺乏信仰，因为自甘沉沦。"

"是因为我们的宗教思想对心灵的影响微乎其微。不过，老朋友，我断定您正在大步跨向告解室。"

"这正是我努力在做的事情。"

"什么话，您疯了，您还有二十年风流日子可以过呢：千万莫要辜负了，然后您大可以后悔，匍匐在神父脚下为改邪归正侃侃而谈——如果这是您想要的……罢了，这个话题太严肃，您的思想阴暗得令人恐惧，这是您深陷可怕的孤独带来的后果。请相信我，把小伯爵找回来，越快越好，这样您就躲开了魔鬼，躲开了地狱，您就会如往日一样迷人。您担心若有朝一日咱们重归于好，我会拿这个来说事，然而首先，咱们估计不会重归于好；其次，您这种有来由或没来由的担忧，让自己失去了人生最大的乐趣，再说事实上，您要显得比我高尚也不值得做出这样的牺牲。"

"您说得不错。这么看，在这件事上我过于纠结了……"

他们又谈了许多其他的事，我想不起来了。

雅克：老板娘，咱们再喝一口，它能让您的脑袋清醒。

老板娘：喝一口……德·拉鲍姆莱夫人与侯爵在小道上溜达了几圈之后，登上了马车，夫人说道："时光把我催老啦！她到巴黎来的时候，还没有一棵白菜高哩。"

"您是说散步时碰到的那位夫人的女儿？"

"是的，这就好比在花园里，残败的玫瑰被新开的玫瑰取而代之。您没有注意她？"

"我怎会没注意。"

"您觉得她怎样？"

"她有拉斐尔圣母的面庞与《嘉拉提亚》① 女神的身体，而且说话的声音轻柔悦耳。"

"眼神谦和！"

"举止非常得体！"

"这个女子讲话很有分寸，让我刮目相看，像这个年龄的女

---

① 拉斐尔创作了许多圣母形象，面部秀美、肃穆而慈祥。《嘉拉提亚》（即《嘉拉提亚的凯旋》）中众多女神肌肤粉白、身姿绰约。

人，我没见过第二个。这便是教养的效果。"

"再加上先天条件好。"

侯爵将德·拉鲍姆莱夫人送到门口，而夫人急不可耐要做的一件事就是叫两位信徒知道，她对她们扮演角色的手段十二万分满意。

雅克：假如她们照开头这么做下去，戴阿西侯爵啊，就算您三头六臂，您也休想脱身。

主人：我很想知道这几个女人究竟有什么算计。

雅克：我呢，我要知道了反而恼火，这会把故事全糟蹋了。

老板娘：从这天起，侯爵往德·拉鲍姆莱夫人府上跑得更勤了，夫人看在眼里，却并不问缘由。她从不首先谈起那两位信徒，而是等侯爵将话头朝这方面引：在这一点上侯爵总是按捺不住，而且漫不经心的神情伪装得总是很拙劣。

侯爵：您见到您的朋友没有？

德·拉鲍姆莱夫人：没有。

侯爵：您知不知道这样可不太好？您有钱，她们有难处，您却连请她们有空来吃饭都做不到！

德·拉鲍姆莱夫人：我以为侯爵先生更了解我才是。过去你我相爱，我哪儿都好，现在只有友谊，您就挑毛病了。我邀请过她们不下十次，但是她们一次也没答应。她们因为一些古怪的念头，不愿意登我的门；我要去拜访她们，马车必须停在路口，而且必须穿便装，不能化妆，不能戴首饰。对于她们的小心，倒也无需大惊小怪，一种虚幻的关系可能足以改变某些善良人的心思，致使这母女失去救助。侯爵，做好事的代价显然是不低的。

侯爵：为信徒做好事更是如此。

德·拉鲍姆莱夫人：因为随便找个借口就可以剥夺她们的权益。如果有人知道我关心她们，那么很快就会有人说：德·拉鲍姆莱夫人在保护她们，她们什么也不需要……那么立竿见影，所有的救济便会一笔勾销。

侯爵：救济！

德·拉鲍姆莱夫人：是的，先生，救济！

侯爵：您与她们很熟，而她们却得依靠救济？

德·拉鲍姆莱夫人：您又来了，侯爵，我算看明白了，您不再爱我，您对我的敬重，一部分已经随着您的感情消失了。谁告诉您，这两个女人离不开教区的施舍是我的过错？

侯爵：抱歉，夫人，万分抱歉，我错了。可是，究竟有什么理由要拒绝一个朋友的好心呢？

德·拉鲍姆莱夫人：唉！侯爵，我们这些人养尊处优，我们理解不了这些处世谨慎的人为什么那么胆小，那么敏感。她们认为不加区别地接受任何人的帮助是不可思议的。

侯爵：如此一来，我们就失去了为自己的挥霍做补偿的最佳途径。

德·拉鲍姆来夫人：此言差矣。我设想，比如说，戴阿西侯爵，既然您对她们心怀怜悯，那么是不是可以通过更加合适的人来帮助她们呢？

侯爵：同时也就不那么靠得住。

德·拉鲍姆莱夫人：这倒也是。

侯爵：告诉我，如果我叫人送二十金路易给她们，您认为她们会拒绝吗？

德·拉鲍姆莱夫人：我有把握她们会拒绝，您是不是觉得一个母亲有这样可爱的孩子，没有道理拒绝？

侯爵：您知道吗，我一直很想去看望她们？

德·拉鲍姆莱夫人：这我相信。侯爵呀侯爵，您要当心了。您这种同情来得太快，很容易叫人有疑心。

侯爵：不管那么多了。她们会见我吗？

德·拉鲍姆莱夫人：肯定不会！就凭您的车，您的衣着，您的随从，再凭您年轻俊俏，足以给左邻右舍提供谈资，那她们就毁了。

侯爵：您这么说我很伤心，因为这样的结果非我所愿。这么说不能去帮她们，也不能去看望他们？

德·拉鲍姆莱夫人：我认为不能。

侯爵：我能不能借您的手帮助她们？

德·拉鲍姆莱夫人：我不相信您帮助她们毫无杂念，难以助一臂之力。

侯爵：您这么说真狠心！

德·拉鲍姆莱夫人：是，狠心，您说得对。

侯爵：您的看法太离谱！侯爵夫人，您在取笑我，一个我只见过一面的姑娘……

德·拉鲍姆莱夫人：可这姑娘属于那种见过一面就难以忘怀

的人。

侯爵：确实，这种人的面容总是萦绕在心头。

德·拉鲍姆莱夫人：侯爵，您要小心了，您在自寻烦恼。我觉得，与其解慰您于后，莫如提醒您防范在前。别把这个姑娘混同于您过去认识的那些女孩子。她们之间没有共同之处。这个姑娘，您甭想魅惑，甭想勾引，甭想接近，她不会听您的，结果是竹篮打水一场空。

话谈到这里，侯爵突然想起有一件要紧的事，他忽地起身，心事重重地走了。

在一段相当长的时间里，侯爵几乎没有一天不来看望德·拉鲍姆莱夫人。但是他进门落座，不说一句话，让德·拉鲍姆莱夫人唱独角戏，十五分钟后他就起身告辞。

接着有约莫一个月他没有露面，然后又出现了，很愁苦，很忧郁，无精打采。侯爵夫人见到他，说道："您怎么这副模样！从什么鬼地方出来的！难道您这些日子都在妓院里厮混？"

侯爵：说实话，差不多吧。我绝望了，索性放纵自己去鬼混。

德·拉鲍姆莱夫人：怎么！绝望？

侯爵：没错，因为绝望……

说到这儿，侯爵开始踱来踱去，一声也不吭。他走到窗前，仰望天空，又在德·拉鲍姆莱夫人面前停下；他跑到门口呼唤随从，却什么也不说就让他们退下；他回到夫人面前，她专心做活，眼皮子都不抬，侯爵想说什么，可是他不敢。最后，夫人可怜他，开口道："您怎么啦？一个月没见到您，这次回来脸色就像刚从坟地里爬出来似的，您这么晃来晃去，活像个受苦的幽灵。"

侯爵：我再也受不了了，我必须把一起都告诉您。我被您朋友的女儿迷住了，我尽了全力，我是说尽全力忘掉她。可我越是想忘掉，就越是想起。这个天仙般的女子让我寝食难安，希望您能帮我一个大忙。

德·拉鲍姆莱夫人：怎么帮？

侯爵：我必须再见到她，您务必要帮我。我在乡下布置了手下，她们来来回回走的路，就是从家到教堂，从教堂到家。在她们的路上我步行现身有十来回，她们却压根没瞧见我。我站在她们家门口，还是枉费心机。她们弄得我起先活像猥琐的色鬼，后来又规矩得像天使，这半个月来我连一次弥撒也没有落下。啊！朋友，您知道那是怎样的花容月貌！她实在太美了！……

其实，所有这些事德·拉鲍姆莱夫人早已知晓。"这就是说，"她回答侯爵，"您起先是想尽办法治病，后来却是不顾一切放任自己，这么做让您有了进展？"

侯爵：说到进展，我却说不上究竟有几分。您真就不可怜可怜我？真就不肯让我有幸与姑娘再见一面？

德·拉鲍姆莱夫人：说起来容易，做起来难。事情我可以管，不过有个条件：您要让那两个可怜的人过几天安生日子，别再去骚扰她们。不瞒您说，她们给我写信了，告诉我您去折腾她们，她们很苦恼。您看看她们的信……

夫人交给侯爵看的这封信是她与那母女商讨过的，用戴斯农小姐的口气写成，让人觉得是奉母之命：信里透着真诚、温柔、体贴、贤淑和才智，总之，叫侯爵感觉飘飘然的话应有尽有。因此，他觉得这封信字字珠玑，句句值得咀嚼回味。他激动得落下泪，对德·拉鲍姆莱夫人说："夫人，您得承认，这封信写得好得不能再好了。"

德·拉鲍姆莱夫人：我承认。

侯爵：字字句句都让人心中涌起对这种品性的女人的欣赏与敬重！

德·拉鲍姆莱夫人：理应如此。

侯爵：我一定信守承诺，但是，请记着——算我求您，您也不要食言。

德·拉鲍姆莱夫人：侯爵，说真的，我跟您一样疯了。肯定是因为您对我还有一种可怕的控制力，这真叫我不寒而栗。

侯爵：我什么时候能见到她？

德·拉鲍姆莱夫人：这可说不好。首先要考虑的是如何安排这件事，以及如何叫人不起疑心。这母女俩不可能不知道您的心思。假如她们猜出我和您联手，那我的好话在她们眼里是黑还是白，您想象得出来……可是，侯爵，咱们私下说，我干吗要招惹这个麻烦？您爱她还是不爱她，与我何干？您干不干傻事与我何干？自己的乱麻自己理。您叫我扮演的角色太难为人了。

侯爵：朋友，如果您不管我，我就完了！我要跟您谈论的不是我自己，谈我自己是对您不敬，我是替那两个可爱可敬而您又特别看重的人向您求情。您是了解我的，我什么蠢事都干得出来，别让她们深受其害。我要登门造访，没错，我就是要登门。我有言在先。我要强行开门，不管她们什么态度，我要进入她们家，我要坐下，我不知道会说什么、会干什么，因为以我现在的火爆性子，有什么叫您害怕的事我做不出来？……

先生们，你们一定看出来了，老板娘说道，这事从开头到现在，戴阿西说的话，没有一个字不像钢刀一样扎向德·拉鲍姆莱夫人的心。忿懑与狂躁压得她喘不过气来。她用颤抖的声音，断断续续地回答侯爵："您说的有道理。唉！如果我得到过这样的爱情，或许……不说这个了……我下面要做的不是为了您，但是，侯爵先生，我至少可以请求您给我点时间吧。"

侯爵：我能给您的时间很有限。

雅克：呀！老板娘，这个女人真恐怖！地狱也不过如此。我浑身哆嗦，得喝一口壮壮胆……我独斟独饮您允许吧？

老板娘：我倒没觉得有什么恐怖……德·拉鲍姆莱夫人心想：我好痛苦，但是我不会独自受苦。您这个负心汉！我不知道我会遭受多久的煎熬，但是我要让您永受煎熬……她让侯爵花了将近一个月的时间等待她许诺下的会见，也就是说，让他愁肠百转，让他神魂颠倒，同时她以排遣漫长的等待之苦为理由允许侯爵过来，往他的激情之火上泼油。

主人：以谈论爱情来强化爱情。

雅克：这个女人！好毒辣的女人！老板娘，我的恐惧又平添一倍。

老板娘：侯爵于是每天来同德·拉鲍姆莱夫人聊天，夫人拿一些花言巧语刺激他，让他铁了心，也就把他送上了不归路。侯爵对两个女子的籍贯出身、教育背景、家境财富乃至后来遭遇的打击，都详加探究并且反复议论，仿佛总觉得知之甚少，感触不深。夫人叫他注意感情的进展，同时要他把握住进展的度，据说是为了提醒他，感情如此发展实堪忧虑。侯爵，她对他说，您要小心才是，这样下去您会滑得太远。如今您肆意滥用我的友情，弄不好有一天，无论在您的眼里还是在我自己的眼里，这种友情都不可能成为让我得到宽宥的理由。这倒并不是说因为我们一天比一天疯狂，我强烈担忧的是，您若得到那姑娘，那条件势必不合您平素的趣味。

当德·拉鲍姆莱夫人认为侯爵已经被引入彀中，她便与那两位女子商量好，让她们来用晚膳，另一面她又同侯爵商量好，说为了瞒过那两个女人，让他身着乡下人的服装与她们猝然相遇。一切依计而行。

上第二道菜的时候，下人通报说侯爵到了。侯爵、德·拉鲍姆莱夫人和戴斯农家的两个女人都以高超的演技做出尴尬状。"夫人，"侯爵对夫人说道，"我从农庄来，想回家已经太晚了，家里人只等我到傍晚。我斗胆以为您不会拒绝我在这里用晚膳……"他一边说，一边已经拉过一张椅子入席坐定。餐具摆开，正好在那母亲的身边，与姑娘面对面。他向德·拉鲍姆莱夫人丢了个眼神，对她的精心安排表示感谢。两位女信徒起先有些慌乱，现在已经镇定自若。你一言我一语，甚至可以说谈笑甚欢。侯爵对那母亲殷勤备至，对姑娘则意味深长地客气。他谨言慎行，生怕惹三个女人不高兴，她们觉得这十分有趣，心中暗自发笑，而且她们居然忍心听侯爵连续三个钟头大谈信仰的忠诚。德·拉鲍姆莱夫人对他说："您盛赞令尊令堂，讲得真好，说明一个人的幼年教育受用终身。上帝之爱的精妙，您统统了然于胸，仿佛您的学识全都来自圣弗朗索瓦·德·萨尔①。您莫非曾经是静寂论②者?"

"我已经不怎么记得了……"

那两位信徒谈吐之间尽量表现得文雅、机智、妩媚动人、善解人意，这是不待说的。他们谈到了欲望，杜凯努阿小姐（这是她娘家的姓）认为只有一种欲望是危险的，侯爵赞成她的看法。六七点钟光景，两位女士离席，怎么劝都留不住。德·拉鲍姆莱夫人与杜凯努阿夫人都认为应该以履行自己的义务为先，否则就不会有快乐的日子，因为再多的甜蜜也会毁于懊恼。两个女人终于走了，留下侯爵暗自伤心，与德·拉鲍姆莱夫人面面相对。

德·拉鲍姆莱夫人：说说吧! 侯爵，我是不是够意思? 找遍全巴黎，您找一个可以做到我这样的女人给我看看。

侯爵（跪到夫人膝下）：我服了。您是独一无二的。您这样热心让我无地自容。您现在是我在这世上唯一的真朋友。

德·拉鲍姆莱夫人：您能肯定永远像现在这样意识到我这样做的代价吗?

侯爵：我若稍有轻慢，我就是个畜牲。

---

① François de Sales（1567—1622），瑞士主教，神学家，代表作为《论上帝之爱》。
② 基督教内部一个神秘主义教派，起源于西班牙，十七和十八世纪一度在西班牙、法国等地流行。主张在一种消极的"静寂"状态中体悟对上帝的"纯粹之爱"。后因被教廷多次谴责为"异端"而式微。

德·拉鲍姆莱夫人：咱们换个话题。您现在是什么心情？

侯爵：您要听肺腑之言？得不到这个姑娘，毋宁死。

德·拉鲍姆莱夫人：得到她没有问题，问题是怎么得到。

侯爵：会有办法的。

德·拉鲍姆莱夫人：侯爵啊，侯爵，我了解您，我也了解她们，一切都清楚了。

侯爵有两个月左右的时间没登德·拉鲍姆莱夫人的门。这期间他没闲着，他结识了母女二人的告解神父，这神父是我同你们说过的那位小个子神父的朋友。他起先依着平常对待诡计的态度，以百般为难假意推脱，给自己的职业操守开出了高得不能再高的价，然后就准备唯侯爵之命是从了。

这个神父干的第一件缺德事是向本堂神父进谗言，让他改变对德·拉鲍姆莱夫人所垂青的这两个女人的好感，叫他确信由于她们拿了教区的施舍，因而损害了比她们更可怜的穷人的生计。告解神父的用意是用窘境把她们逼进圈套。

此计即成，他开始在告解室里下功夫，在那里挑拨母女的关系。母亲如向他埋怨女儿，他便给女儿的毛病添油加醋，叫母亲愈发愤然。碰到女儿埋怨母亲，他便暗示姑娘，父母对子女的权力是有限的，一旦母亲对子女的管束超过某一程度，姑娘就难逃专制之苦。随后他便约姑娘继续来告解。

有一回他向姑娘谈起她的美貌，当然，话说得很巧妙。他说对女人来说花容月貌是上帝的恩赐，却又是很危险的恩赐，又说一位绅士为她的容貌所倾倒，绅士是谁没有指名道姓，但不用费力就能猜出来。由此他又说到上苍好生之德无边无垠，某种境遇下犯下的过失，上苍并不计较。又说到人性的弱点，弱点的来由每个人都能够在自己身上找到，说到男人无一可以幸免的某些强烈而普遍的喜好。他问姑娘她是不是真的清心寡欲，是不是情有所动便梦有所见，见到男人是不是心慌意乱。接着他讨论起一个问题，女人对于热恋中的男人究竟应该顺从还是应该抗拒，是否应该听任耶稣基督曾经为之流血的一个人断送性命、下地狱。神父说他自己不敢下结论，然后他唏嘘叹息，举目望着天空，祈祷受苦的心灵获得安宁……姑娘任他说，告解神父的话她已经都一五一十转告了母亲和德·拉鲍姆莱夫人，她们教她讲一些贴心话，目的只为了叫神父忘乎所以。

雅克：您的德·拉鲍姆莱夫人真是个恶毒妇。

主人：雅克，你说得倒简单。她是恶毒，但是因什么而起呢？是因为戴阿西侯爵。你尽管把侯爵想象成他立誓要做而应该去做的人好了，尽管在德·拉鲍姆莱夫人身上找毛病好了，待我们上路以后，你来声讨夫人，我来为她辩护。至于那个卑鄙的、拉皮条的神父，就随你怎么说他吧。

雅克：这家伙太坏了，我感觉知道了这件事，我是再也不会去做告解了。您怎么看，老板娘？

老板娘：我嘛，我还会去见我的老本堂神父，他不是那种包打听，你说什么他听什么。

雅克：那我们是不是应该为您的本堂神父干一杯？

老板娘：这回嘛，我赞成您的提议。因为他实在是个好人，礼拜天和节日里他准许姑娘们和小伙子们跳舞，男男女女都可以进我的客栈，只要他们出去的时候别醉醺醺的就行。为本堂神父干杯！

雅克：为本堂神父干杯！

老板娘：女人们料到不久神父就会试探地交一封信给他的忏悔者，果然如此，不过他费了好大的心思！他说不知道写信的是什么人，但毫无疑问是个好心人，满怀怜悯，看出母女俩生活困顿，有心出手相助。这类信件神父他是经常转交的。再说你们是聪明人，令堂老夫人做人又很小心，所以我请你务必当她的面拆看。杜凯努阿小姐接下信，把信交给母亲，母亲随即转交给了德·拉鲍姆莱夫人。夫人拿到信，派人把神父叫来，劈头盖脸一顿责骂，神父真是自找没趣。夫人还恐吓他说，要是再听说他干这种事，就要到上司面前控告他。

在这封信里，侯爵极尽自夸之能事，同时也把杜凯努阿小姐夸得一支花似的，他把自己的狂热和盘托出，提出许多大胆的设想，包括抢人。

教训过神父之后，德·拉鲍姆莱夫人把侯爵叫到家里，指出他的行径与正人君子的身份多么不相称，而她本人因此会受到多大的牵累。她把他写的信拿出来，警告说尽管她与侯爵有过一段温情，可是倘若他同那姑娘闹出什么绯闻来，她保不准会把信呈交法庭或者交给杜凯努阿夫人。"侯爵呀，"她对他说，"爱情把您腐蚀了，您生性不端，所以造物主给您的聪明都用到了鸡鸣狗盗上。这两个可怜的女人怎么得罪您了，您竟然要在她们的困苦之外再加上名誉扫地？难道因为那姑娘长得漂亮，想成为贞女，您就去给她找麻烦？叫她厌恶上天赐予的最好的礼物，这是您该做的事吗？我凭什么去做您的帮凶？好吧，侯爵，来跪在我面前，请求我原谅，发誓不去打扰我可怜的朋友。"侯爵承诺，夫人不点头就什么也不做，然而那姑娘，不管花多大代价也非得到不可。

侯爵把自己的承诺置之脑后，既然那母亲已经知情，侯爵便索性直接给她写信。他承认自己的盘算有点歹毒，他答应支付一笔可观的费用，作为日后事成的嫁妆。随信还附上了一个盛有珍贵宝石的首饰盒。

三个女人聚在一起。母女二人倾向于接受伯爵的心意，但是德·拉鲍姆莱夫人要算的不是这个账。她重提母女二人当初的许诺，吓唬她们说她可以公开全部真相。尽管两个女信徒很不情愿，姑娘摘下戴着很合适的耳坠实在心有不甘，但是首饰盒与侯爵的信还是退了回去，回信充满了傲慢与愤怒。

德·拉鲍姆莱夫人责备侯爵许下诺言又不算数，侯爵说他不可能将这样一件出格的事委托给夫人，他对此非常抱歉。"侯爵啊侯爵，"德·拉鲍姆莱夫人对他说，"我早已料到，现在我再说一遍，您是在缘木求鱼。不过现在已经不是跟您说道理的时候了，说了也是白费口舌。如今算是到穷途末路了。"

侯爵坦承他与夫人一样也是这样想，但他请求夫人让他做最后一次尝试。他准备给母女二人提供一笔可观的年金，与她们共享他的财产，将城里的一处房产和乡下的另一处房产划归她们终身使用。"随您怎么做，"夫人对他说，"我禁止的只有暴力。但是我的朋友，您必须相信，名誉与贞操，但凡名副其实，在那些以享有名誉与贞操为幸福的人看来，就是无价之宝，您这些新的馈赠，结果未见得会比原先好。我了解这两个女人，我可以同您打赌。"

侯爵的建议提出了。三个女人再次秘密会见。母亲和女儿静静等候德·拉鲍姆莱夫人拿主意。夫人来回踱步，沉默半晌。"不行，不行，"她说道，"这不足以弥合我内心的伤痛。"这句决绝的话刚出口，那两个女人便哭得泪人似的，她们扑倒在夫人脚下，诉说拒绝这样一笔巨大的财富对她们而言太惊骇了，她们接受下来是不会有什么负面后果的。德·拉鲍姆莱夫人冷冷地回答："你们以为我做这些是为你们？你们是什么人？我欠你们什么？把你们俩送回你们那个草窝，我怕什么？侯爵给你们的，你们觉得太多了，可我觉得太少了。夫人，照我说的回信，当我的面发出去。"两个女人返回家里，除了伤心，更多的是害怕。

雅克：这女人魔鬼附体了，她究竟要干什么？怎么着，她爱情遭到冷遇，别人搭上巨额财产的一半还不能补偿？

主人：雅克，你不曾做过女人，更不曾做过贵妇人，你判断事情是根据你自己的个性，而不是根据德·拉鲍姆莱夫人的个性！你想知道我怎么想？我担心的是，戴阿西伯爵与一个娼妓联姻是那上边写好的。

雅克：如果那上边写着，那婚姻就会成。

老板娘：侯爵很快回到德·拉鲍姆莱夫人家。"您来啦，"夫人对他说，"您那些新的馈赠怎么样啦？"

侯爵：我表示了，又被拒绝了。这叫我绝望之极。我真想撕碎心中那份悲惨的爱，我简直就想撕碎自己的心。可是我办不到。夫人，请看着我，您没有发现我与那个姑娘有几分相似？

德·拉鲍姆莱夫人：我没对您说过，不过我早就发现了。然而这不是重点，您有什么主意？

侯爵：我什么主意都没有，就想跳上一辆驿车，一直跑下去，直到世界的尽头。我感到整个身体一点力气也没有，好像已经化为烟尘。我的脑袋木了，仿佛是个痴呆，不知道自己会变成什么。

德·拉鲍姆莱夫人：我可不劝你去旅行。犯不上跑到犹太城^①再跑回来。"

第二天，侯爵写信给夫人，告诉她自己出发去乡下了，能住多久就住多久。他恳求夫人，如果有机会，务必在那母女面前为他美言。他离开的时间不长，回来的时候一定要娶那姑娘。

雅克：可怜的侯爵真让我同情。

主人：我不怎么同情。

老板娘：侯爵在德·拉鲍姆莱夫人府门下的车，夫人外出了。她回来的时候，只见侯爵斜倚在躺椅里，闭着眼睛，深深沉浸在幻梦之中。"哟，这不是侯爵吗？乡下的魅力看来不长久啊。"

"是不长久，"侯爵回答，"我哪儿也没去。我这次来，是要决定一件按我的身份、年龄和性格来说都可以说再荒唐不过的事。不过，与其苦苦受罪不如娶妻结婚，我要结婚。"

---

① Villejuif，巴黎南边的一座小城。

德·拉鲍姆莱夫人：侯爵，这是人生大事，您得三思而行。

侯爵：我只有一个念头，但它已经不可动摇，那就是，比起我现在的处境，不可能有更糟的情况了。

德·拉鲍姆莱夫人：有可能您还没想清楚。

雅克：这个刁婆子！

侯爵：所以，我的朋友，应该进行一次谈判了。我觉得可以光明正大地请您出山。您去探望那母女，询问母亲的意见，打探女儿的心思，并且把我的意愿告诉她们。

德·拉鲍姆莱夫人：别那么着急，侯爵。我自认为对她们足够了解，知道该怎么做。但是眼下的问题关系到我朋友的幸福，我岂能坐视不顾。我会到她们的省份去调查，我向您保证，对她们在巴黎居住期间的行踪也会顺藤摸瓜理清楚。

侯爵：我觉得，这样小心谨慎实在多余。处于穷困潦倒中的女人，对我抛出那样的诱惑都不为所动，绝对难能可贵。凭我现在的舍予，就算是个公爵夫人也得从了吧。再说，您亲口对我说过……

德·拉鲍姆莱夫人：是的，凡您爱听的话我都说过。不管怎么说吧，请您允许我自我满足一下。

雅克：畜牲！婊子！疯子！对这样的女人，为什么那么依恋？

主人：又为什么始乱终弃？

老板娘：为什么没来由地说不爱就不爱了？

雅克（手指朝天）：唉！主人！

侯爵：夫人，您为什么不嫁人？

德·拉鲍姆莱夫人：嫁给谁？请问。

侯爵：嫁给小伯爵呀。他出身高贵，头脑灵活，家境殷实。

德·拉鲍姆莱夫人：但谁能向我担保他一片忠心？您或许可以！

侯爵：我不行。但是我觉得男人是不是忠心，大可不必去计较。

德·拉鲍姆莱夫人：同意，但是我这个人可能有点古怪，我觉得不忠是对我的冒犯，我是睚眦必报的。

侯爵：好吧！您会报复，该做的自然会做。我的意思是，我们可以共同购置一所公馆，我们四个人组成一个美满的小社会。

德·拉鲍姆莱夫人：您说得美妙之极，但是我不会嫁人。唯一让我中意的男人一心要娶……

侯爵：您说的是我？

德·拉鲍姆莱夫人：我现在已经没有任何顾虑，不妨实言相告。

侯爵：为何不早点告诉我？

德·拉鲍姆莱夫人：事实证明，我不说是对的。对于您，马上要得到的姑娘无论从哪方面都比我更合适。

老板娘：德·拉鲍姆莱夫人的调查按她的意愿，进行得准确而迅速。她给侯爵编造了叫人欢喜的材料，有来自巴黎的，也有来自省里的。她要求侯爵再给她两周时间，然后他就可以亲自审查。这两周时间对侯爵来说简直漫无尽头，最后夫人不得不屈从于他的催促和恳求。首次商议在夫人那两个朋友府中进行，各项事宜都达成一致，结婚预告发了，婚约也签了。侯爵派人给德·拉鲍姆莱夫人送去一颗上等钻石作为酬礼，婚事玉成。

雅克：好歹毒的计谋，好狠心的报复！

主人：这女人不可思议。

雅克：快告诉我新婚之夜出了什么事，我总有点担心，到目前为止我还没看到有什么大麻烦。

主人：别说话，傻瓜。

老板娘：新婚之夜平安无事。

雅克：我还以为……

老板娘：您主人刚才说的话您得信……（她一边说，一边莞尔一笑；一边笑，一边伸手到雅克的脸上，捏住他的鼻子）……事情出在第二天。

雅克：第二天，莫非跟头一天不一样？

老板娘：不完全一样。第二天，德·拉鲍姆莱夫人给侯爵捎来一张短笺，说有要事，叫侯爵尽快到她府上去。侯爵自不敢怠慢。

夫人接见他，脸上的神情显示她愤恨到了极点。她的话并不多："侯爵，"她对他说，"了解一下我是怎样一个人吧。如果说换任何一个女人，但凡自尊自爱，都会像我一样怨天怼地，那么您这样的男人却实属罕见。您原本已经捕获一个正派女人的芳心，但是您没有珍惜。这个女人就是我。她对您实施了报复，让您娶了一个与您半斤对八两的女人。从我府上出去，到特拉维西埃大街的汉堡酒店走一遭，那里会有人告诉您，整整十年，您夫人和岳母顶着戴斯农这个名字，都干了什么腌臢营生。"

可怜的侯爵是何等惊愕，何等不知所措，任何言辞都无以表达，他不知如何反应。不过在从城市的一端到另一端走了一遭之后，他就不再迟疑了。一整天里他没有踏回家半步，游荡在大街小巷。这种情形使他岳母和夫人预感事情不妙，当门口传来第一声槌①声，他岳母便闪身进屋，把自己反锁在里面。他妻子独自等候他。丈夫走进来，女人从他脸上看出他心中的怒火。她扑倒在他脚下，面颊贴着地板，不说一句话。"出去，"他对她说，"离我远远的……"女人想站起来，却又脸朝下跌倒，双臂匍匐在地，伸到了侯爵双脚之间。"先生，"她对他说，"您尽管用脚踩，把我踏成碎片，我自作自受，随您怎么处置都行，但是请您放过我母亲……"

"出去，"侯爵又吼道，"快走！你们让我蒙受的羞辱已经够大了，别再逼我犯罪……"

可怜的女人保持原先的姿势，没有任何回应。侯爵在躺椅里坐下，双臂抱头，上身前倾俯向床边，他并不望那女人，只是间断地吼叫："出去！……"可怜的女人寂然无声，一动不动，这叫侯爵心中一惊，他愈发用力地又吼了一声："我让你出去，你没听到吗？……"然后他俯下身，粗暴地推她，这时他才意识到女人已经丧失知觉，甚至几乎已经丧失性命。他托起她的腰，让她平躺在沙发床上，他对她凝视片刻，目光中交替闪现悲悯与愤怒。

----

① 指悬挂门口敲铃的木槌。

他摇了铃，唤进来几个仆人，他们又唤来自己的老婆，他对这些女人说："过来抬一下你们的女主人，她身体不适，把她送回房间，照顾好……"稍顷，他悄悄差人打听她的情况，回复说第一次晕厥之后曾经苏醒，但是很快又再度陷入昏迷。由于昏死的次数越来越频繁，持续时间越来越长，会出现什么情况谁也不敢说。一两个钟点之后他又悄悄差人打听情况，人家告诉他，女人上气不接下气，有时突然发出好似打嗝的声音，在院子里都能听到。第三次探问，天已经亮了，回话说她哭了许久，打嗝已经平复，看似昏睡过去了。

又过了一天，侯爵吩咐驾车，然后足有两个礼拜不见踪影，没人知道他的下落。不过走之前，他把母女二人的生活必需品都备齐，还嘱咐要像听命于他那样听从太太的吩咐。

这期间只剩下两个女人面面相觑，彼此几乎不说话。女儿呜咽抽泣，时不时发出尖叫，拉扯头发，紧扣手腕，母亲却不敢近前宽慰。女儿一脸绝望，母亲则一脸冷峻。女儿无数次对母亲说："妈妈，我们离开这里，我们逃吧。"母亲则无数次反对，对女儿道："不行，闺女，必须留下来，必须看看下面会有什么事，这男人他不会杀我们的……""唉，上帝开恩，"女儿答道，"他杀了我们倒好了！……"母亲呵斥道："你最好闭嘴，别像个疯婆子似的胡言乱语。"

侯爵回府之后将自己关在书房里。他写了两封信，一封给太太，一封给岳母。岳母当天就出发，进了旁边那座城市的加尔默罗修女院，几天前她就死在那里。女儿穿戴好，在丈夫的屋里挨着时辰，显然是丈夫吩咐她在那里等候。房门一开，她即刻双膝跪倒。"起来。"侯爵对她说。

她没有起来，却用双膝挪到侯爵身前，全身上下瑟瑟发抖。她头发披散，上身微微前倾，双臂低垂在两侧，头却高高昂起，目光凝视着侯爵的眼睛，脸上热泪纵横。"我感觉，"她说，每吐一个字就哽咽一下，"您心中正当的怒火已经有所平息，随着时间的推移，我有可能得到宽恕。先生，天可怜见，不要匆忙原谅我。既然许多正经姑娘后来成了放荡妇人，那么我就有可能成为反例。我现在还不配在您身边，请您等待，只求给我留下获得宽宥的希望。把我打发得远远的，看我做什么，判断我做得好坏。倘若您勉强愿意召唤我几次，那就是我的万幸、万万幸了！告诉我您府上最晦暗隐蔽的角落是哪里，让我住到那里去，我不会有半句怨言。唉！若是我能够将人家强加在我头上的姓氏和身份连根拔除，然后就死掉，您应该会立时感到满足。我因为懦弱，经不起诱惑，受到压迫和威胁，被人摆布，做了下三滥的事。可是，先生，莫以为我就是个坏女人，我不是，所以您唤我，我没有犹豫就来了，所以我现在敢于抬起眼睛直对着您，与您讲话。啊！要是您能读到我心底的话语，知道我昔日的过失已经灰飞烟灭，昔日我们这些人习惯的生活对于我已经恍若隔世，那该多好啊？污点曾经溅到了我，可是并没有黏附在我身上。我了解我自己，我对自己的公正评价是，从我的素质、感情和秉性来说，嫁给您这份荣耀我是受之无愧的。唉，当时我若是能够与您自由相见，我有什么要讲，我想我是有勇气讲出来的。先生，您可以随意处置我。把仆人们叫来，剥去我的衣服，趁着夜晚把我扔到大街上，一切我都认了。不管您准备拿我怎么办，我都听您的，把我送到偏僻农村一座无名的修道院去，那样我就可以永远从您眼前消失，只要您张口，我立刻前往。您的幸福远未走上绝路，您可以忘却我……"

"你起来，"侯爵对她柔声说道，"我已经原谅你了。其实就是在我说难听话的时候，我也敬你为太太，口中不曾吐过侮辱你的字眼，至少那并非我的本意。既然夫人能想起让丈夫痛苦无异于自己痛苦，那么我可以保证绝不让你再听到一句难堪的话。清清白白做人，快快乐乐做人，让我也能清白快乐。我的夫人，请你站起来，侯爵夫人，站起来拥抱我，起来，你应该在自己的位置上，戴阿西夫人，起来……"

侯爵说话的时候，女人的脸一直埋在手掌间，头依在侯爵的膝间，但是当她听到"我的夫人"，听到"戴阿西夫人"，她蓦地跳起来，扑到侯爵身上，抱住他不放，一半因为痛苦，一半因为惊喜，她几乎背过气去。接着她松开侯爵，复又俯下身去吻他的脚。

"咦！"侯爵对她说，"我已经对你讲了，我原谅你了，我觉得你就是不信哪。"

"理应如此，"她答道，"我不敢相信是理当的啊。"

侯爵又开口道："我确实认为没有什么可懊悔的，这位德·拉鲍姆莱夫人想报复我，却是替我做了一件大好事。太太，你去穿衣打扮，我叫人准备行李，我们住到庄园去，什么时候，无论对你或者对我都无碍了，那时节我们再回来……"

他们几乎三年没在京城露面。

雅克：我敢讲，三年有如一日，而戴阿西侯爵是世上最棒的丈夫，他有世上最棒的老婆。

主人：我只赞成一半，不过说实话我也说不清为什么，反正在德·拉鲍姆莱夫人和她母亲弄手段的整个过程中这姑娘的表现，我不以为然。她没有一刻胆怯过，没有丝毫的迟疑，也没有内疚。我看到的是毫不反感地参与这个旷日持久的罪恶。人家叫她干什么，她毫不犹豫就去干，她去告解、去倾诉、玩弄宗教、玩弄告解神父。在我看来，她与另外两个女人同样虚伪、同样卑鄙、同样邪恶……老板娘，您叙述得很不错，但是您对戏剧艺术的理解还不够深。假如您希望这个姑娘得到同情，那么您就必须赋予她率真的性格，让我们看到她是无辜的受害者，是被她母亲和德·拉鲍姆莱夫人胁迫的。她必须是熬不过极其残忍的虐待才会在一年时间里百般不情愿地接连犯罪，只有如此，才能为这女人与她丈夫冰释前嫌做好铺垫。您将一个人物摆上舞台，他的角色就必须前后一贯，然而敢问您，可爱的老板娘，那个与两个贼婆娘沆瀣一气的姑娘与匍匐在丈夫脚下的女人是同一个人吗？您已经背离了亚里士多德、贺拉斯、维达①和勒博须②。

老板娘：我不认识什么"驼子""直子"，事情怎么发生，我就怎么说，不增一分，也不减一分。那姑娘心底里经历过什么，谁能知道？她行事看上去轻松自在，谁知道心里是不是压着悲戚？

---

① Vida（1480—1566），意大利主教，著有《诗论漫笔》。
② Le Bossu（1631—1689），法国教士，著有《史诗论》。"勒博须"这个名字的字面意义是"驼背""罗锅"。

雅克：老板娘，这一次，我得向着我的主人说话了，对此但愿他能体谅一二，因为我向着他的时候实在不多。我赞成他的那个什么"驼子"，尽管我根本不认识此人，赞成他列举的那些先生，尽管对他们我也是一无所知。如果杜凯努阿小姐，就是先头说的那个戴斯农，果真是个好姑娘，那应该能够看出来才对呀。

老板娘：是好姑娘也好，不是也好，反正是个了不起的女人，反正她丈夫与她在一起快活得像国王，哪个女人他都不换。

主人：为此我得祝贺他，他比哲人还幸福。

老板娘：我嘛，我得向你们道晚安了，天已经不早，第一个起，最后一个睡，对我是理当的。干这行真够倒霉！晚安，先生们，晚安。我早先答应过你们，因为什么答应来着我也记不得了，反正是答应讲一桩怪婚事，现在我的诺言兑现了。雅克先生，我想您入睡不会难，因为您的眼睛已经迷迷瞪瞪了。晚安，雅克先生。

主人：这么说，老板娘，真没法子了解您的经历了？

老板娘：没有。

雅克：您可真有故事瘾！

主人：确实，故事让我受益匪浅，而且心情大悦。故事讲得好的人不多见。

雅克：正因为如此我讨厌故事，除非我自己讲的故事。

主人：你宁可胡言乱语，也不愿意闭嘴片刻。

雅克：是这样。

主人：而我是宁可听人胡言乱语，也不愿意什么也听不到。

雅克：所以我俩各得其所。

我不知道老板娘、雅克以及雅克的主人都把心思花在哪里了，他们居然没有发现一件事，要想替杜凯努阿小姐说话，这件事是非说不可的。在结局之前，这姑娘是不是对德·拉鲍姆莱夫人的伎俩一点都没看透？她是不是宁愿接受侯爵的馈赠而不是求婚，宁愿做他的情妇而不是妻子？她是不是一直处于德·拉鲍姆莱夫人的胁迫与控制之下？我们能够因为她忍受不了悲惨的境遇而斥责她吗？倘若我们有心对姑娘的行为做出更正面的评价，是不是可以要求她在寻求解脱之道时更加周全、更加谨慎？

看官，您一定以为替德·拉鲍姆莱夫人辩解更加棘手吧？这个方面，您或许更乐意听听雅克和他的主人的高论，可惜他们有许许多多更有趣的事情要谈，所以他们显然已经把这个女人给淡忘了。那就让我在这上面花点时间吧。

您听到德·拉鲍姆莱夫人的名字便火冒三丈，厉声道："呸，恶毒妇！呸，女骗子！呸，下贱货！……"惊叹，愤怒，偏见。请冷静，更见不得人却又没有任何灵气可言的事天天在发生，对于德·拉鲍姆莱夫人，可以恨她，也可以怕她，唯独不能小看她。她的报复确实狠毒，但没有沾染半点肮脏的利益。侯爵送她的钻石被她掷回了，没人对您说过，不过这是真的，我的消息渠道绝对可靠。她的报复既不为敛财，也不为赚个好名声。唉，设想她为了得到报答而为某个做丈夫的出谋划策，设想她为了一条勋带或一个上校夫人的名头，委身于某个大臣甚至某个首席，为了一座财源广进的修道院而委身于一个圣职俸禄的管事，这些在您看来才是自然而然的，世俗之见也会站在你一边，然而当她对一个背信弃义的男人展开报复，您就跳起来反对了，您却未曾意识到，您之所以认为她的怨愤是小题大做，纯粹是因为您体会不到这种怨愤有多深，或者是因为您轻看了一个女人的羞耻心。您有没有稍稍考虑过德·拉鲍姆莱夫人为侯爵做出的牺牲？且不去说她的钱包对侯爵永远敞开着，且不去说很多年里侯爵除去她的府邸没有安身之地，除去她的餐桌没有果腹之处——听到这些您会不以为然，更重要的是她将就侯爵的一切奇思异想，将就他的一切兴趣爱好；她打乱了自己的人生规划，只为取得他的欢心。在上流社会，她曾经以冰清玉洁而享有盛誉，后来却自降身段，与俗流为伍。在她接受了戴阿西侯爵的追求之后，人们议论道：高不可攀的德·拉鲍姆莱夫人原来和我们是一路人……她留意到周围讥讽的微笑，听到那些冷言冷语，她经常为此而脸红，低下眼睛。循规蹈矩的女人对周围的浮浪习气长时间里不啻是一种讽刺，所以苦涩的毒酒早为她们备下，她，吞下了；以清正自诩的女人一旦失足，报复的丑闻便瞬时闹得满城风雨，她，忍下了；在她的贞操被人弃如敝屣之后，她宁可痛苦而死，也不愿以弃妇的身份在上流社会遭人嗤笑，她，孑然无助。她到了这样一种地步，失去情人的伤痛已经不能修复。依她的秉性，这件事情把她推向阴郁与孤独。一个男人，会因一个手势，因一次谎言被拆穿而拿匕首挥向另一个男人；难道一个遭受遗弃、玷污、背叛的女人，不能把负心汉推进一个娼妓的怀抱？哎呀，看官，您的赞美太轻巧，您的指摘又未免太苛刻。不过，您会对我讲：我非议的不仅仅是这样做，更是做事的手段。一腔怨恨居然如此旷日持久，一连串的诡计和谎言居然持续了将近一年，在我实在是匪夷所思。其实，我，还有雅克，他的主人，还有老板娘，都觉得不可思议。但是我对您讲，对于人的第一反应，您是应该谅解的。有的人第一反应可能很短暂，但是德·拉鲍姆莱夫人和其他与其秉性相仿的女人的第一反应却是漫长的，有时候，一旦受到羞辱，终其一生她们的心灵都处于第一反应中，这有什么不合适、不公平的吗？我从中看到的不过是非同寻常的表现而已。倘若有一条法律，把那些对高贵的女子始乱终弃的男人一律判给娼妓，那我举双手赞成：俗男配俗女。

我在这儿讲得头头是道，雅克的主人却已发出了鼾声，好像在回应我的话。雅克呢，尽管腿部筋肉已经拒绝工作，却还在房间里转悠，穿着衬衣，光着脚，碰到什么打翻什么，主人被吵醒，在帐子里对他说："雅克，你醉了。"

"没醉也差不多了。"

"你准备几点睡觉？"

"一会儿就睡，先生。因为有……因为有……"

"有什么？"

"这瓶里还剩点酒，好像在散发酒气。我最讨厌那种半干不干的酒瓶，一躺下那玩意就直冲脑门，没什么比这个更叫人难以合眼的。咱们的老板娘，说实话，真是女人中的极品，她的香槟真是酒中的极品，就让它这么冒酒气实在可惜……行了，快见底了……不会再冒气了……"

雅克穿着衬衣，光着脚，一边嘟囔着，一边灌了两三个满杯，不带停顿，用他的话说就是从酒瓶直接进酒杯，从酒杯直接进嘴巴。雅克灭灯之后的事情，有两种说法。有人说，他摸着墙走，却怎么也找不着自己的床。他说："天呐，床没了，要不就是床还在，可是那上边写了，我找不着床。不管哪种情况，都甭找了。"于是他决定拿几把椅子来睡。还有人说，那上边写了，雅克的脚绊住了椅子，他摔倒在地，就在那上面睡了。明天，后天，等您脑瓜子歇过来了，您可以从两个说法中挑一个您看着合适的。

我们的两个旅行者迟迟才睡，酒又令他们头昏脑涨，故而他们睡了个大懒觉。雅克睡在地上或者睡在椅子上——根据您偏爱的说法而定，他的主人则很惬意地躺在床上。老板娘上楼来，向他们宣布天气可能不怎么好，就算老天允许他们继续赶路，那也要么是去拿性命开玩笑，要么就必定望着横在路上的那条小河咆哮的流水叹气，好几位骑马的客人不相信她的话，结果还是不得不折返回来。主人对雅克说："雅克，我们怎么办?"雅克答道："咱们先跟老板娘一起用午餐，然后再看情况。"老板娘断言这是智者之选，于是开始张罗午饭。老板娘巴不得有乐子，雅克的主人也顺水推舟，然而雅克却开始觉得难受了，他吃饭面带苦相，不怎么喝酒，也不说话。"不说话"这个症状最叫人恼火，这是他睡觉的床太差，夜里没有睡好的结果。他自诉四肢酸疼，他嘶哑的嗓音说明咽喉肿痛。主人劝他上床，他死活不干，老板娘建议他喝一碗洋葱汤，他却叫人在他房间里生火，因为他觉得发冷。又叫人给他准备汤剂，还要了一瓶白葡萄酒，酒一上来立刻就下了肚。这会儿，老板娘走了，剩下雅克和主人面面相对。主人走到窗前说道："什么鬼天气！"看看怀表（这是他唯一信任的东西）是几点，嗅一下鼻烟。他每隔一个钟头就重复做一遍，每次都要大声道："什么鬼天气！"他又转身冲着雅克说："正是继续讲并且讲完你的风流事的好机会。可是，人生病的时候，不论爱情还是什么事，都讲不好。行啦，别说话，你要是觉得能说，你就说，不行的话，喝你的汤剂然后睡觉。"

雅克认为，沉默对他身体不利，他是个饶舌的动物，他的生活形态主要的也是生死攸关的长项，就是他可以自由地补偿在祖父家——愿上帝宽宥他——十二年钳口不言的痛苦。

主人：那你就讲吧，既然这让你我都高兴。你讲到外科医生的老婆提出什么鬼点子，我想应该是要把已经在庄园当差的那个人赶走，把她丈夫安插进去。

雅克：我想起来了。不过请稍等，先润润嗓子。

雅克倒了一大杯汤剂，加了一点白葡萄酒，然后一饮而尽。这是雅克向他队长学来的方子，蒂索①先生又从雅克那里获得这个方子，在他有关常见病的论文里作了介绍。按雅克与蒂索先生的说法，白葡萄酒让人小便增多，是利尿的，还可以改变汤剂苦涩的味道，健全胃肠。一杯汤剂喝完，雅克接着说道："就这么着我出了外科医生家，登上马车，到达庄园，住在庄园的人都围拢过来。"

---

① Simon-André Tissot（1728—1797），瑞士医生，著有《大众健康指南》。

主人：你在庄园是熟面孔？

雅克：那还用说！你还记得那个捧油罐的女人吗？

主人：记得太清楚了！

雅克：这个女人是给庄园总管和仆役们当采买的。冉娜将我为她做的好事满庄园一宣扬，最终就传到老爷的耳朵里，连我做好事却换得半夜在大路上挨了一顿拳脚他都听说了。他吩咐下去，必须找到我，把我带回庄园。就这样我到了庄园，大家打量我，问长问短，表示钦佩。冉娜抱住我，连连道谢。"让他好好安顿下来，"老爷对下人说，"什么都不许短缺。"他又对总管说："你常去看望他……"一起按部就班地安排下去。嗨，主人，谁知道那上边写着什么呢？您说说看，散财是招福还是惹祸，挨揍是霉运……要是没这两件事，戴格朗先生永远也不会听说我雅克。

主人：戴格朗先生，德·米尔蒙老爷！你去的是德·米尔蒙庄园？我的老朋友，省督察戴福热的父亲家？

雅克：正是。而那个黑眼褐发、身材苗条的姑娘就是……

主人：就是丹妮丝，冉娜的女儿？

雅克：就是她。

主人：你讲的不错，方圆百里内最漂亮最正派的姑娘，她算一个。我，还有戴格朗庄园常客中的大多数人，都曾经费尽心机勾搭她，却都白费劲。为了她，我们没人不曾做出许多荒唐事，求的是她能为自己小小荒唐一下。

听得这话，雅克缄口不语，他主人问他："想什么呢？你在干吗？"

168

雅克：我在祈祷。

主人：你也祈祷？

雅克：有时候。

主人：那你说什么呢？

雅克：我说："是您创造了伟大的长卷，无论您是谁，是您亲手书写了全部长卷，您一向每时每刻都知道我的需要，愿您的意志必成。阿门。"

主人：你要不说，难道就有什么不同了？

雅克：也许有，也许没有，我祷告完全是随机的。我要是能管住自己，那随便发生什么事，我都既不会洋洋得意，也不会怨天尤人，可是偏偏我喜怒无常，脾气暴躁，会把自己定的规矩，还有队长的教诲丢到脑后，像傻子似的又哭又笑。

主人：你的队长难道压根不哭，从来不笑？

雅克：反正很少……有天早上，冉娜带她女儿过来，起初她是跟我说话。她讲："先生，您现在住在一座漂亮的庄园里，比在外科医生家肯定觉得舒服一点，开头几天更是这样，嗯，您会得到细致入微的照料。不过我知道这些仆役，对他们的了解不是一天两天了，天长日久他们的殷勤就会懈怠，老爷们也不会再惦记您。假如您的伤病老治不好，您就会被忘掉，忘得干干净净，您要是一根筋想做个饿死鬼的话，那十拿九稳可以做到……"接着，她转向她女儿。"听着，丹妮丝，"她说道，"我要你来探望眼前这位正直的先生，一天四次，早上，午餐时分，五点前后，晚餐时分。我要你听从他像听从我一样。就这些，不许有闪失。"

主人：你知道可怜的戴格朗后来出了什么事吗？

雅克：不知道，先生。不过，假如我祝他前途似锦落了空，那不能怪我的祝福缺乏诚意。戴格朗先生把我交给拉布莱[1]的司令官，司令官在去马耳他的路上死了。司令官把我交给他哥哥，一个上尉，现在可能已经死于肛瘘；上尉把我交给他最小的兄弟，图卢兹的代理检察官，检察官后来疯了，家族因此绝后。图卢兹的代理检察官帕斯卡尔把我交给德·图维尔伯爵，这人唯恐性命有什么闪失，宁可蓄起胡须，躲进方济各会的袍子里。德·图维尔伯爵把我交给杜贝鲁阿侯爵夫人，她同一个外国佬溜到了伦敦。杜贝鲁阿侯爵夫人把我交给她的一个表弟，这人玩女人破了产，跑到海岛上去了。表弟把我交给一个叫埃利桑的人，以放高利贷为业，他让索邦大学的博士德·鲁塞先生发了财。因为他我又到了伊斯林小姐家，小姐是靠您养着的，于是我又到了您这儿。我的余生残年就靠您给口面包了，这您可是答应过的，只要我忠于您。再说也没有迹象说明你我要分手。如果雅克是为您而生的，那么您就是为雅克而生的。

主人：不过，雅克啊，你换府邸像走马灯啊。

雅克：是的，我是被打发过几回。

主人：为什么呢？

雅克：就因为我生来饶舌，这些人都想叫我别说话。他们和您不一样，假如明天我不说话，您肯定请我走人，我只有一个毛

---

① La Boulaye，法国中部小城。

病，这个毛病偏偏对您的脾气。还是讲讲戴格朗先生究竟出什么事了，您慢慢讲着，我来尝一口汤剂。

主人：你在他庄园住过，从没有听说过他的膏药？

雅克：没有。

主人：这事留到路上说，先说一件简单的。他是靠赌博发家的，后来他迷上了一个女人。这个女人你在庄园一定见过，很精明，板着面孔，话不多，个色生硬。有一天女人对他说："你要么爱我胜于爱赌博，如果这样，你以名誉向我担保，永不再沾赌；要么爱赌博胜于爱我，如果这样，你就别再跟我讲什么爱情，你想赌就去赌……"戴格朗以名誉担保，从此戒赌。"大的小的都不赌？""大的小的都不赌。"他们在你熟悉的那个庄园共同生活了十年左右，直到有一天戴格朗因为一桩利益相关的事进城，神差鬼使地在公证人家遇到了往日的一个赌友，这个人硬拉他到一家赌场去吃饭，一场豪赌叫他输光了全部家财。他那个女人可不是省油的灯，她很有钱，却只给了戴格朗几个小子儿，然后彻底分道扬镳。

雅克：这太叫人生气了，戴格朗是个君子。

主人：你嗓子怎么样啦？

雅克：还疼。

主人：因为你说话太多，喝水太少。

雅克：因为我不喜欢汤药，喜欢说话。

主人：哼哼，雅克，你在戴格朗府里，跟丹妮丝在一块儿，丹妮丝母亲答应让她每天看望你四回。这个小女子，竟然喜欢一个雅克！

雅克：一个雅克！先生，一个雅克和您一样也是人！

主人：雅克，你错了，一个雅克与另一个人完全不一样。

雅克：有时候胜过另一个人。

主人：雅克，你不知道自己几斤几两了。还是说说你的风流事吧，但是记住了，你仅仅是，而且永远只能是一个雅克。

雅克：我们在茅店里遭遇歹人，如果不是雅克比他的主人强那么一点儿……

主人：雅克，你的嘴巴太损，别蹬鼻子上脸。我把你要来是做了件傻事，可是我照样可以把你送回去。雅克，拿着你的酒瓶和茶壶，下楼去。

雅克：先生，您也就这么一说，我在这儿挺好的，我不下去。

主人：我说了，你给我下去。

雅克：您不是动真格的，我心里有数。怎么啦，先生，习惯跟我平起平坐十年之后……

主人：我想到此为止。

雅克：我各种胆大妄为您都忍了……

主人：我忍够了。

雅克：让我同桌用餐，称我为朋友……

主人：你根本不懂上司把手下人叫做朋友是什么意思。

雅克：大伙儿都知道，您的吩咐，如果雅克不认可，那就是听个响，你我的名字绑在一起这么长时间，谁也离不开谁，大伙儿都说雅克和他的主人，如今您突然想把它们分开！不，先生，这不对头。那上边写好的，有雅克在，就有雅克的主人在，就算他俩都死了，大伙儿还是会说雅克和他的主人。

主人：我要说的是，雅克，你给我下楼去，立马就下去，因为我命令你。

雅克：先生，除非您让我干别的事，否则难以从命。

话到这份儿上，雅克的主人站起身，拎住雅克的领口，气呼呼地说：

"滚下去。"

雅克冷冷答道：

"我不下去。"

主人使劲推搡他，说道：

"滚下去，混账东西！我说了算。"

雅克依旧冷冷回敬他：

"您爱骂混账东西您就骂，混账东西不会下去。听着，先生，正如常言说的，我做事是用脑子，不是用脚跟。您再激动也没有用，雅克就待在他待的地方，不会下去的。"

雅克与他的主人一直都比较克制，这会儿却同时爆发了，开始声嘶力竭地喊叫：

"你下去。"

"我不下。"

"你下去。"

"我不下。"

听到这边嘶喊，老板娘跑上楼来问发生了什么事。不过开始那二人根本不理睬她，他们继续吼叫："你下去。""我不下。"主人气哼哼地在房间里踱步，咬牙切齿低声道："真是岂有此理！"老板娘站在那里，莫名其妙："先生们，说说看，到底为什么事？"

雅克若无其事地对老板娘说："我主人他脑袋发昏，疯了。"

主人：你是想说"愚蠢"吧？

雅克（对老板娘）：您听见了？

老板娘：他错了，不过请安静，安静；一个一个说，这样我才能搞清楚是怎么回事。

主人（对雅克）：你说，混账东西。

雅克（对主人）：您自己说。

老板娘（对雅克）：得了，雅克，你主人叫你说，你就说。说到底，主人就是主人。

雅克对老板娘把事情讲了一遍。老板娘听罢，对二人说："先生们，我来为你们仲裁，你们乐意吗？"

雅克与主人（异口同声）：太乐意了，太乐意了，老板娘。

老板娘：那么能以名誉担保服从我的裁决？

雅克与主人：以名誉担保，以名誉担保……

老板娘于是在桌前坐定，拿着一个大法官的威严和腔调说道：

"本人既已闻雅克先生陈述，事实足证其主实为善主，大善主，极善之主，而雅克亦非恶仆，然于绝对、不可移易之权益与暂时、无伤大雅之妥协二者之区别，略失分辨。有鉴于此，本人欲将日前二人间已存之平等关系予以废止并即刻再建之。雅克须下楼，下楼后即可返回，重获迄今为止固有之权益。其主人须欣然伸手，谓之：'善，雅克，再睹君容，不胜欢悦……'雅克须答：'先生，在下回侍鞍辔，深感欣慰……'禁止旧事重提，禁止主人与仆人的权益日后受到干扰。本庭希望，主人支使，仆人听从，各自恪守其职。本庭亦希望可行之事与必行之事二者之间保存过往已有之模棱两可状态。"

这个判决词，老板娘是从当时一部书里抄袭来的，这书的出版，正值王国发生了从南到北无人不知而且与眼下场面相似的一场争吵，主人对仆人吼道："你给我下去！"仆人也吼道："我就不下去！"[①] 老板娘结束宣判，对雅克说："得了，把胳膊伸过来，别再讨价还价了……"

雅克（痛苦地叫道）：谁让那上边写着我得下去呢！……

老板娘（对雅克）：那上边写着，一个人认了主人，他就得下楼，上楼，前进，后退，原地不动，不论什么情况，脚从来都不能随意拒绝听从脑袋的吩咐。把胳膊伸给我，照我的吩咐做……

雅克把胳膊伸给老板娘，可是俩人刚走到门口，主人便扑过来搂住雅克，又松开雅克抱住老板娘，他和二人拥抱了一通，说道："那上边写着我绝对离不开这个怪家伙，只要我还有一口气，他就是我主子，我就是他仆人……"老板娘接着说："这么看起来，你们俩都不再为这件事闹别扭了。"

老板娘平息了这场风波，她以为这风波是头一遭，其实类似的争吵已经不下百回。她把雅克撵回座位便去忙乎自己的事了。

---

① 影射国王与国会的争吵。

主人对雅克说："现在我们俩都心平气和了，能够理智地看问题了，你同意吗？"

雅克：我同意的是，许下诺言就必须兑现。既然我们俩都在法官面前以名誉担保不重提这件事，我们就不要再讲它。

主人：你说得对。

雅克：然而不再提是不再提，我们是不是应该商量个合理的办法，预防这种事情接二连三地发生？

主人：我觉得可行。

雅克：我们做出如下规定：第一，既然那上边写着我对于您至关紧要，既然我感觉到也认识到您绝对缺不了我，那么只要有机会，我就可以不限次数地充分利用我的这个优势。

主人：但是雅克，你这般的规矩从来没人定过。

雅克：定过没定过，反正过去一向是这样，现在是这样，将来只要世界还存在就还是这样。您以为其他人没跟您一样千方百计想回避这规矩，您以为您比他们都机灵？丢掉这个念想吧，在您没有能力摆脱的这个需求规律面前低头认输吧。

还有。第二，既然对雅克而言，不可能认识不到他对于主人的影响与威势，既然对其主人而言，既不可能无视自己的弱点，也不可能改变自己的宽宏大度，那么雅克就必须傲慢无礼，而为安宁祥和计，主人必须泰然处之。所有这些规定都非你我意志，而是自然在造就雅克与其主人时在那上边一锤定音。所以，您有名，我有实，这是不能改变的。如果您想对抗自然的意志，那您只会竹篮打水一场空。

主人：可是，要这么分成，你那份比我的强多了。

雅克：没人抢您那份啊？

主人：要这么分成，我只能抢你的位置，把我的位置给你。

雅克：您知道那么做的后果吗？您丢了名却得不到实。还是老实待在自己的位置上吧，那样你我各得其所，而你我今后的生活可以创造一句谚语。

主人：什么谚语？

雅克：雅克引路，主人走路。你我二人是这句谚语的起源，以后会被成千上万比你我优秀的人口口相传。

主人：我听了觉得刺耳，很刺耳。

雅克：主子，亲爱的主子，莫要尥蹶子反抗，那样只会被棍尖刺得更疼①。咱们就这么说定了。

主人：我们的约定与必然法则能扯上什么关系？

雅克：关系大了去了。您认为，一劳永逸，明确清楚地知道该满足于什么没有用处？到目前为止，我们之所以一次又一次争吵，都是因为我们一直没有把话说清楚，您自称我的主子，而我其实更像是您的主子。好了，现在说定了，下面我们一路上这么办就行了。

主人：你在什么鬼地方学的这一套？

雅克：在那部大书里呀。哎呀，主子，人思考得再多，沉思得再久，就算读遍了全世界的书，如果不曾在那部大书里学习，

---

① 西方俗语有言："倔驴硬不过棍尖。"

那永远就只能当个小修士……

午饭后，阳光渐渐明朗，有旅客信誓旦旦，说溪水已经可以蹚过去。雅克下楼来，主人慷慨地向老板娘付了账。只见客栈门口聚集了大群旅客，他们都是被坏天气滞留在店里的，现在准备继续赶路。人群里有雅克和他的主人，还有婚姻奇特的那个人和他的同伴。步行的抄起了手杖和褡裢，其他人坐上大车或者厢式马车，骑马的都已经在马背上饮下出发酒。老板娘笑容可掬，手里举着酒瓶，递上酒杯，先后斟满，同时没忘记给自己倒一杯。众人纷纷道谢，她喜盈盈礼貌作答。大家撒开缰绳，互相致意，渐行渐远。

雅克和他主人恰好跟戴阿西侯爵和他的同伴一路。这四个人里面，唯有最后这位看官您还不认识。此人不过二十二三岁光景，脸上透着一丝羞怯，脑袋总歪向左侧，默默的，一副初见世面的样子。他表示客气的时候，整个上身向前倾斜，双腿却纹丝不动。他每次坐下，都习惯地掀起外衣的下摆，交叉置于大腿上，双手插在摆缝间一动不动，双目微合。雅克凭这奇特的举止做了一番猜度，他凑近主人的耳朵说："我打赌，这小伙子当过修士。"

"为什么，雅克?"

"您等着瞧。"

四人一路同行，聊阴雨，聊阳光，聊老板娘和老板，还聊到了戴阿西侯爵因为妮可儿而吵架。那只饥肠咕噜又脏兮兮的母狗不断地在侯爵胳膊上蹭，他用餐巾轰了多次都不起作用，他急了，相当狠地踢了一脚……于是乎，谈话立刻转到女人对动物莫名的宠爱。每个人都说了自己的看法。雅克的主人冲着雅克说："雅克，你呢，你怎么看？"

雅克问主人是否注意到，小民无论怎样穷，即便自己吃不上面包，也要养狗；他是否还注意到，这些狗都会转圈，用两只爪子走路，跳舞，把扔出去的东西叼回来，在国王或王后经过时欢喜跳跃，还会装死。学会了这些本领，它们就成为世上最悲惨的畜牲。由此雅克得出结论说，人都有管控他人的欲望，而狗直接从属于被社会其他所有阶级辖制的最下层公民组成的阶级，这个阶级的人养狗是为了有某个他者供自己辖制。所以呢，雅克说，每个人都有他的狗。大臣是国王的狗，首席幕僚是大臣的狗，女人是丈夫的狗，或者丈夫是女人的狗；面首是女人的狗，娼妓就是皮条客的狗。实际上，我不想说话的时候，主人偏叫我说——这事很少发生，雅克接着说，当我想说话的时候，他偏不让我说，这事就非常别扭。他叫我讲我的风流事，而我更想讲别的事，或者我想开始讲我的风流事，他却来打断我，在这种情况下，我不是他的狗又是什么？弱者都是强者的狗。

主人：不过呢，雅克，我注意到，宠爱动物的可不只是小民，我认识一些贵妇人，她们身边总围着一群狗，更别说什么猫啊、鹦鹉啊、小鸟啊什么的。

雅克：这对于她们，还有她们身边的这些动物，都是一种讽刺。她们任谁都不爱，任谁也都不爱她们。她们的情感无处发泄，便放到了狗身上。

戴阿西侯爵：喜爱动物，把心思放在狗身上，这毕竟是个别的。

主人：她们在这些动物身上的花费，足够养活两三个穷人。

雅克：您现在被惊住了？

主人：没有。

戴阿西侯爵把目光转向雅克，雅克的见解让他咧嘴一笑，然后他对雅克的主人说："您的仆人真非常人哪。"

主人：我的仆人？您太客气了，说我是他的仆人才对。就在今天上午——不必等将来，他已经算是正式向我证明了这一点。

一路闲聊，不觉太阳落山。四人住进一间客房。雅克的主人与戴阿西侯爵同桌用膳，雅克与年轻人在另一桌。主人三言两语向侯爵讲了雅克的来历与他的宿命论奇谈怪论，侯爵介绍了跟随他的年轻人。此人原是普雷蒙特雷①教士，因一桩奇遇而离开修道院，有朋友将他推荐给侯爵，暂且给侯爵当秘书，将来再谋更好的前程。雅克主人说："有意思。"

戴阿西侯爵："此言何意？"

主人：我在讲雅克。我们刚住适才离开的那家客栈，雅克就悄悄对我说："先生，仔细瞅瞅那个小伙子，我打赌他当过修士。"

侯爵：给他猜中了，我也不知道他根据什么。您喜欢早睡？

主人：不，通常不早，今天就赶了半日的路，自然更加不着

---

① Prémontré，法国埃纳省的一个市镇。十二世纪初，圣瑞拜（saint Norbert de Xanten）在这里建立一个修道院，遵循圣奥古斯丁的神学思想，修士着白衣，被称为普雷蒙特雷修士。

急休息了。

戴阿西侯爵：您要是没有更要紧或者更有意思的事情做，我可以给您讲讲我秘书的经历，那可不一般哪。

主人：洗耳恭听。

我听见您嘀咕了，看官，您在说："那雅克的风流事呢？"……您以为我不是跟您一样着急？您莫非忘了，雅克是个饶舌的人，还特别喜欢讲自己的事，他那样地位的人大都有这个癖性。凭着这个癖性他们从卑微中脱颖而出，凭着这个癖性他们登上大雅之堂，摇身一变成为公众瞩目的人物？依您之见，是什么把一众小民吸引到行刑场去的？缺乏同情心？您错了，人民一点也不缺乏同情心。把断头台团团围住的人民，只要做得到，一定会将断头台上那个可怜虫从司法权力的手中抢下来。他们去葛莱夫广场①，为的是返回城郊以后有景好说，至于是此景还是彼景，这对他们来说无所谓，要紧的是他们是其中的一个角儿。他把邻居们招呼过来，让大伙听他说。倘若您在林荫大街上搞一场喜庆活动，那您瞧吧，行刑场就会空无一人。人民贪图大场面，对大场面趋之若鹜，因为场面好玩就有乐趣，还因为回来之后讲述场面乐趣更大。人民愤怒起来是骇人的，然而人民的愤怒不持久。人民因为自己贫穷而充满同情心，他们跑去看热闹，但看到残忍的场面会把眼睛转过去，他们心里发酸，回去一路走一路哭……

---

① Place de Grève，即现在的巴黎市政厅广场，大革命后曾在这里立起断头台。

我说的这些，看官，都是从雅克那里趸来的。这个我得承认，因为我这个人不掠人之美。雅克既没有罪的概念，也没有德的概念，他认为不幸或者幸福都是天生的。他听到"奖赏"或者"惩罚"这类词，会耸耸肩，在他看来，奖赏就是对好人的鼓励，惩罚就是对坏人的恐吓。他说，还能是别的什么呢，既然我们的命运都在那上边写着，没有一星半点的自由？他认为，一个人是走向高尚还是走向卑贱，就跟一个球会顺着山坡往下滚一样，都是必然的；既然因果间的勾连形成了一个人从出生到咽气这整个一生，那我们就深信，这个人所做的，不过是必然要做的罢了。我曾经多次反驳他，结果都不占上风，无功而返。事实上，对您讲下面这些话的人，您如何驳斥？"不管我是由哪些元素构成的，反正我是一个，然而一个因只有一个果，我从来就是唯一的一个因，所以我永远只能产生一个果，所以我的一生也就只能是一系列必然的果。"雅克跟他队长学的就是这样的推理。物质世界与精神世界的差异在他看来毫无意义。他的队长往他脑子里灌输的就是这套理论，而这套理论，队长本人是从斯宾诺莎的著作里汲取的，斯宾诺莎的著作他烂熟于心。依据斯宾诺莎的理论，我们可能认为，雅克既不会因为什么而高兴，也不会因为什么而沮丧；然而事实并非如此。他行事举止与您与我，基本上一样。有恩于他的，他千谢万谢，盼着以后还有好处。遇到办事不公道的，他会勃然大怒，你要责备他，说他活像一只被石头砸中的狗拼命撕咬那石块，他会说："不对，石块被咬了还是老样子，但是不公道的人在棍棒下是会变的。"与你我一样，他常常自相矛盾，一不小心就忘掉了自己的行为准则，除非显然是受到他的哲学支配的时候，这时候他会说："事情就该如此，因为那上边这么写着呢。"他尽可能祛邪避祸，他时时小心翼翼，却又对谨慎小心显得很不屑。万一出了事，他就端出他的口头禅，接受事实，并聊以自慰。还有呢，他人好、坦率、诚实、正直、爱钱、忠诚，非常固执，饶舌更是了得，对于已经开始讲自己的风流事却没有心思讲完感到难受，这和您和我的感觉也一样。因此，看官，我劝您拿个主意，既然听不到雅克的风流事，那就不妨听听戴阿西侯爵秘书的经历吧。再说了，可怜的雅克，我看他脖子上系了一条大手绢，以往盛满酒的酒壶现在只有药汤；他不断咳嗽，咒骂分别不久的老板娘，咒骂老板娘的香槟，假如他能重新想起，这些都在那上边写着，连他伤风也在内的话，那他理应是不会这样做的。

其次，看官，咱们一直在讲爱情故事，已经给您讲了一、二、三、四，四段爱情故事了，还有三四段在等着您；爱情故事够多的了。然而从另一方面说，确实，书是写给您的，要么不在乎您叫好不叫好，要么就得顺着您的嗜好写，而同样确定的是，您已然决定要听爱情故事。您读过的诗体或散文体小说都讲爱情故事，所有的抒情诗、悲歌、牧歌、田园诗、武功诗、书信诗、喜剧、悲剧、歌剧，几乎统统是爱情故事，您欣赏过的绘画和雕塑也无一不与爱情故事有关。自打您呱呱落地，您就以爱情故事为滋养，而且乐此不疲。男人和女人，大人和孩子，你们被固定而且长久固定在这样一个体系里，却不见你们厌倦，说来实在很神奇。照我的意思，戴阿西侯爵秘书的故事最好也是爱情故事，但是恐怕它与爱情沾不上边，会叫您不耐烦听。戴阿西侯爵、雅克的主人、看官您，还有我，就认栽吧。

在某个时段里，姑娘们和小伙子们几乎都会陷入忧郁，困扰于一种莫名的不安，这种不安游移于万物，无一物能使之平息。他们寻求孤独；他们哭泣；修道院的宁静让他们感动；座座修道院好似笼罩着祥和之气，使他们心驰神往。他们将心性在形成中头角初现当成了上帝的召唤。恰恰是因了本性对他们的撩拨，他们拥抱了与本性的愿望相反的生活。不过，失误不会长久，本性的呈现逐渐清晰：他们看得明白，在封闭的生活中坠入了悔恨、消沉、神志不清、癫狂或者绝望……以上是戴阿西侯爵的开场白。理查（他秘书的大名）十七岁上对世界感到绝望，他逃离父亲家，穿上了普雷蒙特雷修士服。

主人：当普雷蒙特雷修士？我赞赏之至。这些修士洁白有如天鹅，创立这个修会的瑙拜在他的规则里只忽略了一件事……

戴阿西侯爵：给每个修士指定一个"一对一"①。

主人：惯常上情人相聚若不是赤身裸体，那普雷蒙特雷修士的装束对他们就最为相宜②。这个修会的规矩很奇怪，修士见公爵夫人、侯爵夫人、伯爵夫人、院长夫人、顾问夫人都无妨，金融家夫人也凑合，就是不允许见女性市民，不管生意人的老婆如何

① 侯爵这句话语义隐晦。"一对一"可指一种常见的马车，仅有相对的两个座；"一对一"也常表示两个人结对的伙伴。由于普雷蒙特雷修道院分男修士部与女修士部，而许多人认为这个修道院风气相当世俗化，以绯闻多而著称，因此侯爵此语又似乎有这方面的影射。下面"主人"的话便与这种影射相呼应。
② 据说普雷蒙特雷修士的白色修道袍下不穿内衣。

有姿色。所以在店铺里碰到一个普雷蒙特雷修士那是很稀罕的。

戴阿西侯爵：理查也是这么告诉我的。理查原想两年见习期满就发愿入会，无奈双亲不答应。父亲要他回家，在家里花一年时间想想有什么专长，同时揣摩修道院生活的规矩；父子双方都不折不扣地履行了协议。一年体验期在家人的眼皮底下过去了，理查要求发愿，老父答道："为做最后的决定，我给了你一年时间，我希望你不会拒绝也给我一年时间，我只答应你到你想去的地方待一年。"修会的长老把理查留在身边，只候着第二个期限结束。就在这期间，理查卷入了一桩唯有修道院才会发生的事件。当时修会的一座修道院，院长是个性格古怪的神父，唤作于德松。于德松神父的容貌非同一般：宽额头，椭圆脸，鹰钩鼻，碧眼溜圆，双颐丰满，嘴巴很好看，牙齿也好看，面露浅笑，满头浓密的白发使他生动的脸庞显出高贵的气质。他聪明，有学识，开朗，举止谈吐极有分寸。他喜欢井井有条，喜欢做事，但是他在情感上恣肆任情，对床笫之欢，对寻花问柳，样样兴致勃勃。他要起手段来无所不用其极，作风极度放荡，在修道院专横跋扈。修道院由他接手的时候，辖制管理被一种浅薄的詹森思想所侵蚀，进修敷衍了事，庶务混乱，职责被轻慢，庄严的日课做得吊儿郎当，多余的房间被一帮下流的住院进修生占据。对詹森教徒，于德松叫他们或者改宗，或者滚蛋。他亲自主持进修，整顿院内庶务，重新建立严格的规章，赶走臭名昭著的住院进修生，日课仪式循规蹈矩，按部就班。亏得他，这个修道院的口碑得以名列前茅。可是，严苛的规矩，他要求别人遵循，他自己却并不受约束。他叫下属戴上铁枷，自己却很滑头，不同他们共担。因此，底下人对于德松神父，心里都藏着一股怨气，这股怨气愈来愈激烈，危害也愈来愈大。人人都是他的敌人，是窥伺他的眼睛；个个都偷偷摸摸打探他的阴暗行径，手里都握着他放浪混乱生活的一个片断，所有人都暗下决心要把他扳倒。他的措施没有一条有人照办，他的阴谋每每刚策划就已经有人知道。

院长有一栋房子与修道院相连。房子有两扇门，一扇开在街上，另一扇开在修道院里。于德松把门锁砸开了，于是院长公馆成了他过夜的温柔乡，主持的床榻成了他的欢乐窝。夜深人静时分，他亲自把各种各样的女人，通过街上那扇门带到主持的房间里，在那里有美味的晚餐招待。于德松在房间里有一间告解室，来做告解的女人，于德松看着值得的，就把她勾引到手。这些做告解的女人，其中有一个男人是做糖果生意的，这女人小巧玲珑，其美貌与风骚在街坊四邻中常是茶余饭后的话题。于德松不能动不动就往她家跑，便索性将她带进自己的"后宫"。这么做很有点抢人的味道，不能不令女人的双亲和男人疑窦丛生，他们跑来见于德松。于德松接见他们，做出很惊讶的模样。正当几个家人向他讲述如何伤心的时候，钟声敲响，时辰到了晚六点：于德松叫他们安静，他摘下帽子，立起身，划了一个大大的十字，用造作但坚定的声音说：Angelius domini nuntiavit Maria①... 这一下，糖果商老丈人和兄弟顿感羞惭，下楼的时候他们对商人说："孩子，

---

① 拉丁语，天使给马利亚传信。

你真是个呆子……兄弟，你不脸红么？一个嘴里念诵天使的人，一个圣人！"

冬天里的一个晚上，于德松回修道院，途中被一个女人拦住，她是那种专门在街上拉活的，于德松觉得她美艳可人，便随她而去。他刚进门，巡逻队便找过来。换作别人，遇到这种事笃定身败名裂。可于德松是个机灵人，经过这件事，他反而得到了警察局长的优待和保护。于德松被带到局长面前，他讲了这么一番话："我叫于德松，是修道院的院长。我刚到修道院的时候，那里是一团糟。既不精研教义，也不讲规矩，也没有好风气；精神境界被抛弃，结果闹出丑事；院里的庶务管理混乱，修道院面临破产的危险。我扭转了这一切。可是，我是个男人，我不太喜欢与正经女人打交道，更喜欢与放荡女人来往。现在您可以随意处置我，全随您的便……"局长叫于德松以后当心点，答应帮他将这件事压下来，还向他表示很乐意与他进一步交往。

然而，于德松如今是四面受敌，敌人根据各自的消息，都往修会长老那里递状子，陈述他们所知道的跟于德松有关的恶行。所有的状子相互印证，令这些状子都有千斤分量。长老是个詹森教徒，因此早就有心报复对詹森教的信徒进行迫害的于德松，如果对既维护教皇敕谕又维护道德堕落的这个人伤风败俗的谴责能够推及整个派别，长老更是求之不得。于是他将有关于德松行为表现的状子统统交到两个心腹手里，他将二人秘密派出，吩咐他们对状子里的材料进行审核，并给予正式确认。他还特地嘱咐他们，整个事情务必做得极其谨慎，只有这样才能给有罪的人出其不意的一击，也才能躲过宫廷和弥普瓦主教对于德松的庇护。这个弥普瓦主教认为，詹森教才是万恶之首，而遵从通谕《唯一天主子》则堪称首善。派出的这两个人，有一个就是我的秘书理查。

两名调查员从初修院动身，进了于德松的修道院，不声不响着手调查。很快，他们搜集到于德松的重大罪状，这些罪行让五十个修士终身监禁还绰绰有余。他们在修道院待的时日不算短，不过他们行事非常机敏，没露出半点蛛丝马迹。尽管于德松为人很鬼，但是大难将至他却未起一点疑心。不过这两个新来的很少向他献殷勤；他们来得很蹊跷；他们时而结伴外出，时而分头行动；他们时常与其他修士会面；他们拜访的人或者来拜访他们的人很特别，凡此种种都在于德松心里勾起丝丝不安。他开始跟踪他们，或者派人盯梢，不久就把他们此行的目的摸得清清楚楚。然而他毫不慌乱，思忖如何应对，办法不是躲避即将到来的风暴，而是将风暴引到两个调查员头上。他如此这般拨拉他的如意算盘：

他勾引了一个姑娘，把她藏在圣梅达镇一座小屋里。他跑去见那姑娘，对她这般说道："我的孩子，我们的事彻底露馅了，我们完了，一周内你会被囚禁，我会被如何处置还不得而知。不过，不必绝望，不要哭泣，不用紧张。听我说，照我说的去办，要办得漂亮，余下的事我来做。明天我去乡下，趁我不在，你去见两个修士，我会告诉你他们的名字（他把两个调查员的名字告诉她）。你要求与他们秘密会面，单独和他们在一起，你跪到他们膝下，恳求他们帮助，恳求他们主持公道，恳求他们在长老面前为你求情，你知道他们对长老的思想很有影响。你一边流泪，抽泣，撕扯自己的头发，一边讲你自己的经历，讲的时候一定要让他们对你产生怜悯，对我产生厌恶。

"怎么，先生，我要对他们讲……"

"对，你对他们讲你是谁，是谁家的，你说我在告解室勾引了你，将你从父母手中夺走，带到现在的房子里。你跟他们讲，在坏了你的贞节，把你推进罪恶之后，我抛弃了你，任你受苦受罪，你不知道自己前途何在。"

"但是，神父……"

"我现在的嘱咐以及以后对你的嘱咐，你照着做就是了，要不你我就都死定了。那两个修士会为你抱不平，保证帮助你，要你再来见他们，你要答应。他们会打问你的情况、你父母的情况，你说的没有一句不是真话，所以他们不会对你有任何怀疑。这两次见面之后，我再告诉你第三次见面应该怎么办。你要考虑的，就是怎么演好你的戏。"

事情的进展全如于德松所料。他再次到乡下去，两个调查员传信给姑娘，她再次来到修道院。他们叫她把不幸的遭遇再说一遍，她讲给一个人听，另一个人在小本子上记录。他们为她的命运而颤栗，向她转达了她父母的悲伤——这是再真实不过的，向她保证她的人身安全，保证尽快让勾引她的人受到惩罚，条件是她必须在她的声明上签字。起初，这个要求似乎令姑娘很不高兴，他们坚持，姑娘也就应承了。接下来的问题便是什么日子、什么时辰、在什么地方订立声明，这需要时间与合适的机会……"在这里肯定不行，如果神父回来，发现了我……在我那里吧，我又不大敢提这样的建议……"姑娘与两个调查员分手时，彼此都同意找时间解决这些难题。

当天于德松就知道了事情的经过。你瞧他兴奋得要上天，胜利已经唾手可得；要不了多久，他就要让那两个菜鸟知道，他们是在和谁斗法。"拿笔过来，"他对姑娘说，"把会面的地点，按我说的地方告诉他们。这个见面地点他们肯定觉得合适，我有把握。那栋房子是正经人家的，现在住在里面的女人，在左邻右舍和其他的房客中间，口碑很好。"

事实上，这个女人属于那种表面虔诚却有一肚子坏水的女人，这些女人削尖脑袋往正经人家钻，做出温顺、恭敬、谄媚的样子，骗取母亲或者女儿的信任，勾引她们走上邪路。于德松利用的正是这一点，她就是他的虔婆。他是不是让这个虔婆知晓他的秘密，这个我就不知道了。

长老的两个使者果真同意了会面地点。这会儿正同姑娘在一块儿呢。那个坏女人退下了，他们开始商量，正在这时，房子里起了大响动。

"先生们，你们找谁？——我们找希米翁太太（这是坏女人的名字）。——这就是她家。"有人猛烈地敲门。

"先生们，"姑娘对两个修士说，"我应吗？"

"应。"

"开门？"

"开门。"

外面说话的是警察局长，于德松与他来往密切。有谁是于德

190

松不认识的呢？他向局长讲了自己的困境，并且安排了局长要扮演的角色。"噢嘀，噢嘀，两个修士与一个姑娘交头接耳！姑娘长得不赖嘛！"姑娘衣着不太得体，叫人很难不对其身份产生误解，对她与两个修士在一起要干什么产生怀疑。修士中年长的一个也不过三十来岁，二人声明自己是清白的，局长冷冷地笑着，一面托起姑娘的下巴，姑娘已经跪到他脚下，请求他宽恕。"我们待的是个正经地方。"两位修士说。

"是，是，正经地方。"局长说。

"他们来这里是有重要的事要办。"

"重要的事，在这里办，这种事我们太懂了。小姐，说吧。"

"局长先生，这些先生跟您说的是事实。"

与此同时，局长那边已经开始作笔录，仿佛审讯笔录不过就是陈述简单纯粹的事实而已。两个修士被迫在笔录上签字。下楼的时候，他们发现房客们全都聚集在各自楼层的楼梯口。大门口聚集了更多的老百姓，那里还停着一辆马车，车里几个警察的枪口正对着他们，周围一片斥骂和嘘叫。他们以袍遮面，心情沉重。局长幸灾乐祸，嚷嚷道："我的神父，干吗老往这种地方跑，见这种女人？不过，不会有什么事的，警察局方面有命令，让我把你们交到你们院长手上，他是个文质彬彬的人，好说话，他不会小题大做的。我相信，你们修道院不会照狠心的嘉布遣会那样大做文章。你们要是落到嘉布遣会手里，那说实话，我真替你们担心。"

局长一路聒噪，马车往修道院驰去，围观的人愈来愈多，他们簇拥着，在车前车后奔跑。只听这边有人道：怎么啦？……那边有人道：几个修士……他们干什么了？在窑姐家被抓了……普雷蒙特雷修士找窑姐！正是，他们要同加尔默罗会修士与方济各修士比高低……他们抵达修道院，局长下车，上前敲门，又敲第二次，又敲第三次，门终于打开，有人送信给于德松，他拖延了至少半个钟头，为的是叫丑闻尽量曝光。最后他露面了，局长同他耳语几句，局长似乎在为俩人求情，于德松粗暴地回绝了。最后于德松沉下脸，用决绝的口气说道："我的修道院里没有轻狂修士，这俩人是外来的，我根本不认识，说不定是两个冒牌货，您可以随意处置。"局长上得车来，两个可怜虫已经吓得半死，局长对他们说："我能做的都做了，没想到于德松竟如此不讲情面。真是的，你们他妈干吗跑到妓女家去？"

"就算您发现同我们在一起的那人确实是妓女，我们到她家也不是为了寻欢作乐的。"

"嗬，嗬，我的神父，你们跟一个老警察玩这一套！你们究竟是干什么的？"

"我们是修士，这衣服就是我们自己的。"

"你们想好了，明天你们的事就会水落石出，说老实话，我或许能帮上你们。"

"我们说的就是实话……我们这是去哪儿？"

"小夏特莱宫。"

"小夏特莱宫？蹲监狱？"

"我很抱歉。"

事实上，理查与他的伙伴真被关进了小夏特莱宫。不过，于德松的目的并不是要让他们在监狱里蹲下去。他已经登上一辆驿车，到了凡尔赛宫，找到大臣①，把事情按照自己的需要陈述了一遍。"事情就是这样，这就是整顿一个腐烂的修道院，赶走那些异端邪说者之后，我所面临的处境。没过多久，我就被泼了脏水，名誉受到玷污。对我的迫害不会就此停止，可以给一个正直的人抹黑的各种诬陷之词，都可能传到您耳朵里，我希望，大人，到时候您能想起我们长老……"

"我知道，我知道，我很同情您。您对教会以及修会的贡献，大家不会忘记。上帝的选民随时要有失宠的准备，他们都深谙忍辱负重之道，您应该有他们那样的勇气。要相信国王仁心宽厚，素有舐犊之情。僧侣！僧侣！我当过僧侣，有实际体验，知道他们能干出什么事。"

"托教会与国家之福，只要有阁下您为小人说话，小人万死不辞。"

"为您解困，我自不会耽搁。您去吧。"

"不可，大人，不可，没有得到释放这两个狗修士的特谕，小人尚不能离开……"

"看得出来，教会的荣誉感，您这身服装的荣誉感，对您影响至深，个人宠辱已经置于脑后。这是基督徒的本色，也正是我的为人之道，所以您这样做，我并不惊讶。您放心，这件事一定会

——————————
① 即弥普瓦前主教布瓦耶，时任王国税务总监。

悄然平息的。"

"哎呀,大人,有您这句话,小人心里彻底舒坦了!当下小人最担心的就是这个。"

"我会关照的。"

当天晚上,于德松就得到命令释放两个修士。翌日天刚放亮,理查与伙伴就由一个警员押解,送进距离巴黎一百多里的一座发愿院。这名警员捎了一封信,敦促长老停止类似的行动,并且以院规处分这两名修士。

这场风波把于德松的一众敌人搞得灰头土脸,修道院的僧侣,没有一个看到于德松的眼神不哆嗦的。数月后,于德松又主持了一座富裕的修道院。长老气得要死。他年事已高,而且他十分担心于德松会取他而代之。他很疼爱理查,他对理查说:"可怜的朋友,万一哪天那个混蛋于德松成了你的上司,你如何是好?我想到这一点就忧心忡忡。你还根本算不上入了修道院,你要是听我的话,你就脱掉这身衣服……"理查听从长老的建议,回到父亲家,他家距离于德松把持的修道院并不远。

理查常去的人家,于德松也常去,他们很难不碰面,事实上他们果然相遇了。有一天,理查在一位太太的庄园,庄园位于夏隆和圣狄济埃之间,离圣狄济埃近,离夏隆远,与于德松的修道院也就一射之地。太太对理查说:"您过去的院长就在我们这儿,他很和气,不知他为人究竟怎么样?"

"最好的朋友,最狠的敌人。"

"您不想见见他?"

"一点不想……"

理查话音刚落，就传来了马车声，一辆双轮马车驶进庭院，但见从车上下来于德松与当地的头号美人儿。"不管您怎么看他，您非见他不可了，他来了。"

庄园的太太与理查去迎双轮马车里的太太与于德松。太太们互相拥吻。于德松走向理查，认出他来，高声大嗓地说："嗨，是你吗，我亲爱的理查？你想扳倒我，我却原谅了你！对于那一趟小夏特莱宫之行，你也应该原谅我。咱们让这事过去吧！"

"神父先生，您得承认，您真是个无赖。"

"可能吧。"

"假如有人主持公道，那么去小夏特莱宫的就不会是我，而应该是您。"

"可能吧……我想，多亏上次逢凶化吉，我才有了新的生活。哎呀，我亲爱的理查，我想了很多，也变了很多。"

"那个女人，同您一道来的，很迷人哪。"

"我的眼睛已经不在意女人的姿色。"

"身材真好！"

"好不好都已经与我不相干。"

"她很丰满。"

"一个人早晚会不再对高耸的东西感兴趣，而会关心随时掉脑袋的危险。"

"她的手很美。"

"她的手如何如何，我不在意。一个正常的头脑应该反思自身的本质，反思唯一的真福。"

"她朝您暗送秋波哩，您是行家，您得承认，您瞧她的眼神也从来没有这般顾盼流光，这般温情脉脉。她举手投足，她的身段，何其优雅，何其轻盈，何其尊贵！"

"我不再想这些虚空的东西，我潜读福音，思考圣徒的教诲。"

"同时经常想着这位太太完美的容貌。她住得离蒙塞兹远吗？她丈夫年轻吗？"

于德松被理查的问题搞得心烦意乱，他确信理查不会认他作圣徒，便急忙说道："我亲爱的理查，你拿我当个屁……算你有理。"

亲爱的看官，这句话格调不高，请多多原谅。不过您必须承认，在这里就像在许多高雅的故事里一样，比如，像庞隆与已故神父瓦特利的谈话[1]，雅词有损于整个故事。——庞隆与瓦特利神父的谈话，这是什么？——问出版商就知道了，他不敢白纸黑字写出来，不过您用不着拎他耳朵他就会告诉您的。

我们这四个人物又在庄园相见[2]。晚餐吃得很好，吃得兴致勃勃。睡前大家分手，约定再见面……戴阿西侯爵与雅克的主人谈话的时候，雅克与秘书理查在一起嘴巴也没闲着。雅克觉得理查

---

[1] 庞隆（Piron）是法国诗人，瓦特利神父（abbé Vatri）是法国古希腊文化学者。所谓"对话"当是虚构。

[2] 这里故事交代得不清楚。他们在什么庄园重见？原文用了定冠词，可是前文并未提到任何庄园。或许可以理解是侯爵的庄园？上文说到他们在一家客店投宿，这里又突然说"在庄园又相见"，需要脑补。

这个人很有个性，照理说有个性的人应该不少，但首先是教育，然后是社会习俗，把他们的棱角都磨平了，好比那些银币，经过不断流通被磨损了。天色已晚，挂钟告诉两个主人和两个仆人，该是睡觉的时候了，于是众人依从了挂钟的劝告。

雅克一边为主人宽衣，一边说："先生，您喜欢绘画吗？"

主人：喜欢，但我喜欢的是文字的描绘。用油彩与画布绘出的，虽说我也能像一般爱好者那样言之凿凿地加以评价，但是我向你承认，我其实一窍不通。要我分清这个流派那个流派，我会昏头转向。我会把一幅布歇的画当作鲁本斯的或者拉斐尔的；把一幅拙劣的赝品当作杰出的原作；把一幅只值六法郎的涂鸦当作价值连城的精品，把价值连城的精品当作六法郎的涂鸦。我自己只会在圣母院桥一个叫特朗布兰的店里买画，这地方当时是贫困之源或者放浪之源，范洛①的青年学生的才能在这里都被糟蹋了。

雅克：这是怎么回事？

主人：与你何干？讲讲你的画吧，不过简短点，我瞌睡上来了。

雅克：您设想置身于圣婴喷泉②之前，或者靠近圣德尼门的地方，这是这幅画的背景，这样画面比较丰富。

主人：我已经到那里了。

---

① Jean-Baptiste Vanloo（1684—1745），法国画家。
② 位于巴黎老市场附近，圣德尼街口，雕像是文艺复兴时期艺术家让·古戎（Jean Goujon，1510—1572）的作品。

雅克：您朝街心瞅，一辆马车，固定车厢的皮带断了，车子侧翻。

主人：我看见了。

雅克：打车里出来一个僧侣和两个姑娘①，僧侣撒腿狂奔，车夫赶紧从他的座上下来。车上的一只卷毛犬追着僧侣撵，咬住了他的衣摆，他玩命地想甩掉这只狗。一个姑娘衣衫不整，露出了胸脯，笑得撑住两胯。另一个姑娘，额头撞出个大包，斜倚着车门，双手抱头。这时候，老百姓呼啦啦围上来，街上的小混混都往这边跑，还打着嗯哨。商人们和他们的妻子挤到店铺门口，窗洞里全是看客。

主人：好生奇怪！雅克，你的构图井然有序，画面丰富生动，多彩多姿，充满动感。等我们回到巴黎，你把这个设想告诉弗拉戈纳尔②，你看看他会创作出怎样的作品来。

雅克：在您将您的绘画观传授给我之后，我可以接受您的称道，没什么不好意思了。

主人：我打赌，这一定是于德松神父的经历。

雅克：的确如此。

看官，趁着这两个好人在睡觉，我有个问题问您，您倚着枕

---

① 原文 deux filles。Fille 这个词通常意义是"姑娘"，但在某种语境中指"风尘女子"，这里应该正是此义。
② Jean-Honoré Fragonard（1732—1806），法国洛可可风格画家，擅长含有情色意味的风俗画。

头想一想。问题是：倘若于德松与德·拉鲍姆莱夫人生个孩子，这孩子会是什么人？——可能是个正派人。——可能是个大恶棍。——您明天早晨告诉我。

说话间，早晨就到了。我们的旅行者要分手了，因为戴阿西侯爵不再与雅克和他的主人同路。——咱们是不是该继续讲雅克的风流事啦？——我希望如此，然而现在能够确定的是，主人已经知道到什么时辰了，他嗅了一下鼻烟，然后对雅克说："我说，雅克，你的风流事怎么样啦？"

雅克非但不回答，反而说道："这不是见鬼吗！他们从早到晚诅咒生活，可是从来下不了决心告别生活！这是因为生活，把一切都算上，代表了一种坏透了的东西，还是因为他们害怕未来的生活更糟糕？"

主人：二者都有吧。既然说到这儿，我就问你，雅克，你相信未来的生活么？

雅克：我既信又不信。我没有想过这个问题，我尽可能享受作为"生前遗赠"得到的东西①。

主人：我呢，我觉得自己似乎是一只蛹，我喜欢对自己说，蝴蝶，或者说我的灵魂，有一天会撞破蛹壳，飞向神圣的正义。

雅克：您这个形象很生动。

主人：这个形象不是我的发明，我是从书里读到的，我想，应该是意大利的诗人叫但丁的，他写了一本书，题目是《地狱、

① 意为现世生活是由前世（生前）决定了的，是前世的一种"馈赠"。

炼狱与天堂之喜剧》①。

雅克：喜剧起这么个名字真叫怪。

主人：但是，里面确有许多美妙的描写，《地狱篇》里尤其多。作者将异教徒关在火的坟墓里，火焰喷射，吞噬掉大片地方；背信弃义的人关在巢穴里哭泣，泪珠在脸颊上凝成冰珠；好吃懒做的人关在另外的巢穴里，血从他们的血管里涌出，被蠕动的虫子残忍吮食……不过，你刚才数落我们轻视生活又害怕失去生活，这些话从何说起？

雅克：还不是因为戴阿西侯爵的秘书跟我讲了双轮马车上那个美妇人的丈夫。

主人：那是个寡妇！

雅克：有一次她去巴黎，途中丈夫死了。那个鬼男人就是不愿意让人来做临终圣事。是理查遇到于德松的那家庄园的太太说服他与小帽子②讲和的。

主人：小帽子是什么意思？

雅克：小帽子就是给新生儿戴的帽子！

主人：我明白你的意思。他们怎么做到让他接受小帽子的？

雅克：他们在炉火边围成一圈，大夫给病人搭了脉，发现脉搏很微弱了，他在其他人旁边坐下，我们刚才说的那位太太走到

---

① 即《神曲》。"曲"，文中后来多半意指"喜剧"，其实在中世纪前，这个词与戏剧意义相近，十七世纪后才专指"喜剧"。因此所谓《神曲》，即"神之曲"，这里汉译的"曲"也是取其戏曲（如元曲）之义，即神的戏剧。这里不依惯例而译为"喜剧"是为了与下面雅克的话相对应。
② 十三世纪时人们对某些教派人士的戏称，这里就指天主教徒。

床边，向病人提了几个问题，她没有特别提高声音，但保证大家说的话病人不会漏掉一个字。然后，太太、大夫还有另外几个人议论起来，我给您学学。

太太：那个，大夫，您不给我们讲讲德·帕姆太太的情况？

医生：我刚离开一家诊所，人家说她病得很重，没什么希望了。

太太：这位王妃一直给人以虔诚的印象，她一旦感觉自己到了生死关头，便要求做忏悔和临终圣事。

医生：圣罗什的本堂神父今天从凡尔赛宫给她带来一件圣物，可惜迟了。

太太：像王妃这样做的不止一位。德·谢弗勒公爵病重了，没等别人提，他自己就吩咐做圣事，这叫全家人好生欣慰。

医生：这样做好多了。

一位谈话人：可以肯定，这样做不是催命，恰恰相反。

太太：其实，一旦命在旦夕，谁都应该履行自己的这种义务。显而易见，病人往往想不到建议做圣事对身边的人有多痛苦，然而对病人来说这又是多么必要！

医生：两天前，我离开一个病人家，病人对我说："大夫，您认为我情况怎么样？""先生，热度很高，发作的次数很频繁。""您认为很快又会发作？""不，我担心的仅仅是今夜。""既然如此，我必须通知一个人，我同他之间有一点小纠葛，我要趁头脑清醒来了结它……"他做了忏悔，接受了全部圣事。晚上我回到他家，一次也没发作，昨天他有了好转，今天竟痊愈了。在我从医生涯中，做圣事的这种效果我见得多了。

病人（对仆人）：我要吃鸡。

雅克：鸡端上来，他想切开，却没有气力，仆人帮他把鸡翅切成小块；他要面包，趴在上面，好不容易咬下一口，却咽不下去，吐到盘子里；他要纯酒，却只用嘴唇抿了抿，他说："我身体很好……"是很好，过了半小时他就没了。

主人：不过，那太太干得还是不错的……说你的风流事吧？

雅克：您答应的条件呢？

主人：我心里有数……你在戴格朗庄园住下来，负责采买的老婆子冉娜叫她的姑娘丹妮丝一天探望你四回，照顾你。在往下讲之前，你告诉我，那时丹妮丝还保持着童贞么？

雅克：我想是的。

主人：那你呢？

雅克：我的童贞？我走南闯北的日子已经不少了。

主人：你当时不是初恋？

雅克：为什么这么问？

主人：因为一个人爱的是向他献出童贞的女人，而他也被自己夺走童贞的女人所爱。

雅克：有时候如此，有时候不尽然。

主人：你是怎么失去童贞的？

雅克：我不曾失去，我拿它凑合做了一笔交易。

主人：那就说说你的交易。

雅克：如果从第一个女人讲到最后一个女人丹妮丝，那就会像《路加福音》的第一章，没完没了的 genuit①。

主人：哪个女人认为得到了你的童贞，哪个女人没有？

雅克：在丹妮丝之前，我家那间茅屋有两个女邻居。

主人：哪个让你失身，哪个没有？

雅克：都没有。

主人：跟两个女人，却都没有失身，那可不算很能干啊。

雅克：得了吧，主子，看你右嘴唇上翘，左鼻孔扭动，我就猜出来，我心甘情愿做事，与三请四邀再做，其实都一样。我感到嗓子难受加重了，下面的爱情故事又还长，所以我的勇气就只够讲几个小段子。

主人：假如雅克愿意让我一乐……

雅克：他该怎么做？

主人：他就从失去童贞那一刻讲起。你当真要我告诉你，我向来喜欢听这样的大事？

雅克：为什么？能告诉我吗？

主人：因为同类的事，只有这一件最刺激，其他都是老一套，雷同而乏味。

雅克：主子，主子，我发现您脑袋瓜烂坏了，您临死的时候，魔鬼一定会在您面前出现，和它出现在费拉古斯②面前一模一样。

主人：有可能。管它呢，我打赌，凭你过去在村子里那几件

① 拉丁语，生育，繁衍。实际上讲耶稣家谱的不是《路加福音》，而是《马太福音》。
② 弗提盖拉《李夏岱》中的人物，一个虚伪的隐士，误被人阉割，临死前魔鬼执其阳具出现在他面前。

203

风流事，肯定是丹妮丝叫你失了身。

雅克：您别打赌，会输的。

主人：那是本堂神父的女仆？

雅克：您别打赌，您还是输。

主人：那就是他的侄女。

雅克：他侄女脾气坏得要命，又虔诚得要命，这两个性格彼此倒是口味相投，但是不合我的口味。

主人：这回我想我猜中了。

雅克：我压根儿不信。

主人：一天，逢会或者赶集……

雅克：那天既不逢会，也不赶集。

主人：你进城的时候。

雅克：我从没进过城。

主人：那上边写着的，你在一家小酒馆碰到一个那种忒招人的女人，你醉眼蒙眬……

雅克：我还饥肠辘辘呢，那上边写的是，此时此刻，您的胡乱猜测应该已经抖落完了，您大概还染上了您曾经纠正我的毛病，就是猜谜瘾，而且永远是乱猜。先生，您瞧我这样子，我是做过洗礼的。

主人：就算你一出洗礼盆就想失去童贞，咱们也不该那么快就到那一步。

雅克：做过洗礼，我就有了教父教母。毕格师傅，我们村名气最响的车匠，他有一个儿子。他是我教父，他儿子是我朋友。

十八九岁光景，我们俩都爱上了一个小裁缝，叫朱丝蒂娜。她并不叫人觉得特别凶，但是她一上来喜欢摆出瞧不起人的样子，以此引人注意。她挑中了我做那个倒霉蛋。

主人：女人就是这样古怪，叫人猜不透。

雅克：车匠毕格师傅，就是我教父，他的房子总共就一间店面和一间阁楼。师傅的床在店铺尽里头，小毕格睡在阁楼，上阁楼要爬一个小梯子，梯子正好在师傅的床和大门中间的地方。每当我教父毕格睡着了，我朋友毕格就轻手轻脚打开房门，朱丝蒂娜就爬上小梯子，钻进阁楼。第二天天蒙蒙亮，趁老毕格还没醒，小毕格下了阁楼，打开房门，朱丝蒂娜便溜之大吉，静悄悄就如她进屋那般。

主人：然后去拜访你的阁楼，或者其他什么阁楼。

雅克：有何不可？毕格与朱丝蒂娜的关系原本很甜蜜，但是偏偏被搅和了，那上边写好了的，事情当然就发生了。

主人：被他父亲搅了？

雅克：不是。

主人：被他母亲？

雅克：不是，他母亲死了。

主人：被情敌？

雅克：妈呀，不是，不是！见着一窝鬼了！不是。主子，看起来那上边写了，您的余生，这毛病跟定您了；但凡有口气，您就要猜。我再说一遍，您是在胡猜乱猜。

有一天早上，我朋友毕格，要么是因为头天干活累的，要么是因为夜里快活过了头，反正他比平时更疲倦，正舒舒服服躺在朱丝蒂娜的肘弯里，这时梯子下炸雷般地一声响："毕格！毕格！该死的懒虫！晨钟响了，五点半了，你还在阁楼上！你打算一直在上面待到中午不成？是不是要我上去，把你骨碌碌地揪下来？毕格！毕格！"

"干吗，老爸？"

"农场那个坏脾气老头正在车轴边上等着呢，你想让他再跑一趟，再发一次火？"

"他的车轴修好了，用不了十五分钟他就可以拿走……"

朱丝蒂娜与我可怜的朋友毕格如何提心吊胆，您自个儿去判断吧。

主人：我断定，朱丝蒂娜发誓再不去阁楼，但是当天晚上她又在阁楼上了。不过，那天早上她是怎么脱身的？

雅克：如果您自告奋勇猜测的话，我就不说了……当时，小毕格跳下床，光着双腿，抓着裤衩，夹着衬衫。他这边忙着穿衣服，那边老毕格在牙缝里嘟囔道："自打他迷上这个疯姑娘，什么都乱了套。必须有个了断，不能再这样下去了，我受够了。要是个值当的姑娘就罢了，却是这样一个女人！什么女人哪，老天才知道！唉！我那可怜的老太婆，周身上下透着正气，她要是看到这个，早就叫儿子吃棍棒，对另一个，会在弥撒做完之后，在教堂大门口，当着乡亲们的面抠出她的眼珠子，谁也甭想拦住她。我到如今一直忍着，可是他们如果觉得我还会忍下去，那他们就大错特错了。"

主人：这些话，朱丝蒂娜在阁楼听得到吗？

雅克：应该听得到。小毕格扛着车轴去农场老头家了，老毕格忙开自己的活。他刚刚砍了几刀，鼻子想嗅嗅鼻烟了，他寻烟盒，可是衣兜里床头上都没找到。"准定是那个混小子拿走了，"他说，"平日就爱这么干；去瞧瞧，他会不会搁在上面了……"于是他爬上阁楼。过了一会儿，他发现烟斗和砍刀不见了，又爬上阁楼。

主人：那朱丝蒂娜呢？

雅克：她早已把衣服拢起，一骨碌翻到床下，趴在那里，大气都不敢出。

主人：那你的朋友小毕格呢？

雅克：他把车轴送还装上，收了钱，便飞跑到我家，将他恐怖的处境告诉我。我乐了一阵子，然后说："听着，毕格，你到庄子里去逛游，爱上哪儿上哪儿，我来帮你搞定。我只要求一点，你得给我点时间……"您笑了，先生，怎么啦？

主人：没什么。

雅克：我朋友毕格走了，我赶紧穿衣服，我当时还没起床哩。我到了他父亲家，他父亲起先没看到我，后来他发出一声惊喜的叫声，说道："嗨！教子，是你啊！你这是打哪儿冒出来的？这么大清早干吗来了？……"我教父毕格对我实在太好，所以我老老实实回答："重要的不是我从哪里来，而是我怎么回家。"

"哈！教子，你变坏了。我很担心你是不是在和毕格演双簧。你在外头过夜了。"

"我老爸在这一点上是不跟人讲理的。"

"教子，在这件事情上不讲理是有道理的。来，我们吃饭，一醉方休。"

主人：雅克，这人倒是识大体。

雅克：我答道，喝酒也好，吃饭也好，我都不需要，也没有胃口，我烦得要死，困得要死。老毕格年轻时，在伙伴面前就得理不饶人，这会儿他冷笑道："教子，她很俊，你很会找乐子。听着，毕格不在，你爬上阁楼，到他的床上睡会儿……不过，趁他没回来，我有话先跟你说。他是你哥们，你跟他单独在一起的时候，跟他说我很恼火，非常恼火。一个叫朱丝蒂娜的小姑娘，你应当认识的（村里有哪个小伙子不认识她?），她把毕格带坏了，你要是能够给我把毕格从这女人身边拉回来，那你真是帮了我的大忙。过去他是人家说的那种正经小伙子，自打他认识了这个丧门星……我说话你没听啊，眼睛都眯缝了，睡觉去吧。"

我上了阁楼，脱掉衣服，掀开床罩和毯子，四下摸索，哪有什么朱丝蒂娜。这时就听得教父毕格在说："这些孩子！都不是东西！这不又一个不叫老爹省心的?"既然朱丝蒂娜不在床上，我疑心她是在床下。这间破屋子里黑魆魆的，我把手探到床下，碰着她一条胳膊，我抓住她往外拽，她战战兢兢地从铺底下钻出来。我吻她，安慰她，比划着让她躺下。她双手合拢，扑倒在我脚下，抱住我腿弯。假使无声无息的这一幕发生在亮处，我或许会心软的，但是黑暗要么叫人畏首畏尾，要么叫人胆大妄为，再说了，她往日瞧不上我，我心里还记着呢。我不理会她，径直朝通向店铺的楼梯推搡她，她吓得发出一声尖叫。毕格听见叫声，说道："小子做梦呢……"朱丝蒂娜昏过去，双膝发软，昏昏沉沉之中有一声没一声地说："他要来了……他来了……我听见他上楼了……我完了！……""没有，没有，"我压低嗓子回答，"醒一醒，别说话，睡下……"她依旧百般不从，我也毫不退让。她最终认了，于是乎我们并肩而卧。

主人：骗子！流氓！知道你要犯的是什么罪吗？你是要奸污一个姑娘，就算不是使用暴力，也是通过恐吓。你会被带到法庭上，尝尝惩治强奸犯律条的厉害。

雅克：我是不是奸污了她，我不知道，不过我很清楚，我没有伤到她，她也没伤我半分。我上来要亲她，她的嘴却闪开了，凑近我耳朵低声说："不，不，雅克，不……"听到这话，我假装下床要朝楼梯走，她拽住我，仍旧在我耳边说："我真没想到你这么坏，我看出来了，甭指望你可怜我，但是你起码得向我保证，向我发誓……"

"什么？"

"不让毕格听到一点风声。"

主人：你保证了，你起誓了，一切顺当。

雅克：然后也很顺当。

主人：然后的事也很顺？

雅克：您说得就像您当时在场似的。不过，我朋友毕格耐不住了，心里不踏实，在我家四周溜达烦了也不见我回去，便返回父亲家。老爹气恨恨对他说："这么点小事，你去了那么久……"

毕格回答得比他老爹气性还大："那倒霉的车轴，两头太粗，不削小了能成么？"

"我提醒过你的，可是你干事总有自己的主意。"

"大了可以削，小了就没辙了。"

"拿这个轮箍到门外去，把它弄完。"

"干吗到门外？"

"家伙什儿声音大，会把你朋友雅克吵醒。"

"雅克！……"

"是雅克，他在上面阁楼里，正睡着哩。唉！可怜天下父母心啊！不是这事，就是那事！好啦，你怎么不动啊？你这么像傻子似的杵在那儿，低着头，张着嘴，垂着手，活儿是干不出来的……"我朋友毕格火冒三丈，冲向楼梯，我教父抓住他说："到哪里去？让那个可怜的家伙睡一会儿，他累坏了，换作你，别人搅了你的觉你高兴么？"

主人：这些朱丝蒂娜都听到了？

雅克：就像您现在听我说话一样清楚。

主人：那你怎么办？

雅克：我乐了。

主人：朱丝蒂娜呢？

雅克：她扯下睡帽，拽住头发，两眼望天——起码我这样感觉——紧扼双腕。

主人：雅克，你就是个野蛮人，铁石心肠。

雅克：不对，先生，不对，我是有感情的。不过我的感情要择机使用。有些人拿感情这种财富来挥霍，明明该省着用吧，偏偏大手大脚，待到该用的时候，却手头吃紧……这工夫，我穿上衣服下楼。老毕格对我说："你需要的就是这个，这对你大有好处。你刚才来的时候，满脸土色，这会儿你就像刚吃了奶的娃娃，白里透红。睡觉就是好哇！……毕格，去地窖拿瓶酒来，有酒好吃饭。教子，这会儿想吃饭了吧？""太想了……"酒来了，搁在工作台上，我们围台而立。老毕格把他和我的酒杯斟满，小毕格却把酒杯推开，生硬地说："我，这一大早我不渴。"

"你不想喝？"

"不想。"

"嗯，我知道这是什么意思。教子，跟你说，这里面有朱丝蒂娜的事。他应该去了朱丝蒂娜家，不是没见着，就是发现她跟别的男人在一起。跟酒闹别扭不正常，无非就是我跟你说的这事。"

我：您猜得也许八九不离十。

小毕格：雅克，少说笑，正经的还是不正经的，我都讨厌。

老毕格：他不喝就不喝，咱们喝咱们的。祝你健康，教子。

我：祝您健康，教父。毕格，好朋友，来喝一杯吧。别为一点小事闷闷不乐。

小毕格：跟你说了，我不喝。

我：行啦！就算你老爹猜对了，见鬼，你还可以去找她，你们互相解释一下，你会发现闹别扭没意思。

老毕格：嗨，随便他。他叫我遭的罪，这女人用来教训他，倒也不坏，是吧？这个，再干一杯。现在该谈你的事了。我估摸着，我得送你去见你老爹了。你想叫我跟他说什么？

我：您想说什么就说什么。他把您儿子送回来的时候，您听他说了千遍万遍的话，都可以再说给他听。

老毕格：那走吧……

他前脚走，我后脚跟，来到我家门口。我让他独自进了屋，我闪到一个角落里，急切地想知道他跟我老爹谈些什么。我躲在一道板墙后面，听得真真切切。

老毕格："嗨，伙计，这次还是得饶过他。"

"饶过他，为什么事？"

"你揣着明白装糊涂。"

"不是装糊涂，是真不明白。"

"你上火了，你有理由上火。"

"我没上火。"

"你火了，我说。"

"你要盼我上火，那我巴不得上火哩，可你得先让我知道他到底干了什么傻事。"

"好吧。有这么三四回，还谈不上经常吧，一群小子和姑娘，一块儿喝呀，笑呀，跳呀，一眨眼几个钟头过去了，这当口，房门关上了……"

老毕格压低声音又说："他们根本不听咱们的，可是话又说回来，咱们在他们这个年纪的时候，比他们听话吗？你知道什么样的老爸是坏老爸？就是忘了自己年轻时做错事的老爸。你说，当年我们没有在外面睡过？"

"毕格，老伙计，你说，咱们就没有喜欢过叫咱爸妈头疼的女人?"

"所以嘛，我的办法是头不疼也要大声叫唤。你也这么办。"

"但是，雅克没有在外面过夜，起码昨天夜里没有，这我有把握。"

"好吧，不是昨天夜里，就是另外一天夜里。不管怎么说你不对儿子生气吧?"

"不生气。"

"我走了，你不会骂他揍他吧?"

"绝对不会。"

"你不骗我?"

"不骗你。"

"说话算话?"

"算话。"

"该说的都说了，我回去了……"

教父毕格走到门口，我老爹在他肩头轻轻拍了一下，说道："毕格，老伙计，这背后有鬼。我儿子跟你儿子，两个人都精灵古怪，我担心今天他们是在捉弄我们。没关系，早晚会露馅的。伙计，回头见。"

主人：那你朋友毕格与朱丝蒂娜的事怎么了结的?

雅克：该怎么了就怎么了呗。他生气了，她比他还气。她哭了，他心软了。她咬死了说我是最好的朋友，我咬死说她是村子里最正经的姑娘。他信了我们的话，我们请他谅解，我们越发相爱，也越发相互珍重了。这便是我失去童贞的起因、经过和结局。先生，现在有劳您来告诉我，我这段奇遇有怎样的道德教训。

主人：可以更好地了解女人。

雅克：换作您，这个教训有用么？

主人：可以更好地了解朋友。

雅克：那您真见过一个朋友，在您老婆或者闺女投怀送抱的时候，会板起面孔来？

主人：那就说可以更好地了解老爹和孩子。

雅克：拉倒吧，他们会轮流被对方蒙骗，过去如此，将来也永远如此。

主人：你说的这些吧，固然都是事实，不过不宜老挂在嘴边。讲完这段故事，你答应要讲的故事不管是什么，你放心，都不会毫无教益，除非听的人是白痴。你继续讲。

看官，说到这里我突然迟疑起来。有一些想法可能依法应属于您，我抬举雅克与他主人，安到他们身上了。如果真是这样，您尽管拿回去好了，雅克与他主人不会生气的。我还察觉到，"毕格"① 这个词好像让您感到不快，我很想知道原因何在。这是老车匠的真实姓名，洗礼证、死亡证、结婚证，签的都是这个名字：毕格。如今拥有这家店铺的毕格的后人依然叫毕格。这家的孩子们——个个都很精神——打街上过，大家都会说："瞧，这些小毕

① Bigre，感叹词，表示惊叹或轻蔑或不满等情绪。

格。"当您说"小球"这个词，您会想到您知道的那位最杰出的木工布勒①。如果您在毕格的家乡，您说"毕格"，您就不可能不想起那位杰出的车匠，大家对他记忆犹新。您在本世纪初每一本日课经的最后都能看到勒·毕格这个名字，毕格就与此人沾亲带故。设想日后毕格的哪个后人干出大事业，一举成名，那么毕格这个名字就会如恺撒或者孔岱②一般叫你肃然起敬。因为，毕格与毕格不一样，就好比纪尧姆与纪尧姆③是不一样的。如果我单说"纪尧姆"，那就既不是说大不列颠的征服者④，也不是说《帕特兰律师》中的那个地毯商⑤，单单"纪尧姆"这个名字，既无英雄精神可言，也无市井气息可言。毕格也是如此，单单"毕格"这个名字，既不是指那位名车匠，也不是指这位车匠哪个平庸的先人或者平庸的后人。咱们实话实说，莫不成一个人的姓氏真的有顺耳或不顺耳之分？被叫做庞贝的街里，到处是小混混在游荡。因此，别纠缠于您那些破讲究了，否则我就要学查塔姆伯爵⑥的样子对付您了，他曾经对议会的议员们说："苏克，苏克，苏克⑦，这名字究竟有什么可笑的？……"而我则要对您说："毕格，毕格，毕格，为什么人家不能叫毕格？"因为正如一个军官对他伟大的将军孔岱

---

① Charles-André Boulle（1642—1732），著名王室木工。这个姓氏的发音与"球"（boule）相同。

② Condé，法国大贵族姓氏。

③ Guillaume，欧洲常见名字，即英语中的威廉（William）。

④ 指英王威廉一世，曾是诺曼底公爵，一〇六六年征服大不列颠。

⑤ 指中世纪的市民剧《帕特兰律师的闹剧》。其中的地毯商叫纪尧姆·卢索姆。

⑥ 指老威廉·皮特（William Pitt, 1708—1778），英国辉格党政治家，曾任英国首相。

⑦ Sucre，原义为"糖"。

讲的，有高傲的毕格，比如车匠毕格，也有善良的毕格，比如您和我，还有平庸的毕格，比如其他千百个毕格。

雅克：有一天办婚礼，约翰神父为一位邻居的女儿主婚，我充当招待。吃饭的时候，我坐在教区两个口无遮拦的男人中间。我摆出呆头呆脑的样子，其实并不像他们想的那么傻。两个人拿洞房夜的事问我，我的回答傻里傻气，他们哈哈大笑。桌子另一头，两个活宝的老婆叫道："怎么回事？你们那边这么高兴？""我们乐是因为太逗了，"一个汉子回答他老婆，"我晚上跟你说。"另一个汉子的老婆，好奇劲头不逊于头一个，向丈夫提出相同的问题，丈夫用同样的话回答。饭席继续，问题、愚蠢的回答、大笑、女人的诧异，也在继续。饭后跳舞，跳舞之后新婚夫妻入洞房，分新娘的吊袜带①，我上我的床，活宝们上他们的床，跟老婆讲那件不可理喻、不可思议的事，说的是像我这样一个已经二十二岁、身强力壮的小伙子，容貌端正，做事利索，一点也不傻，却那么天真，天真得像刚出娘胎。汉子们觉得真神奇，他们的老婆也觉得真是神奇。第二天苏姗娜便冲我打个手势，对我说："雅克，你没什么事要做吧？"

"啥事也没有，邻居，您需要我做什么？"

"我想……我想……"她一边说着"我想"，一边拉起我的手，特别奇怪地打量我，"我想请你拿镰刀，到官田②帮我割几捆柴禾，这活儿我一个人干太累了。"

---

① 一种风俗，新郎将新娘的吊袜带剪成小块，分给来宾，挂在上衣扣眼里。
② 指一个村社或若干村社共有的土地。

"小事一桩，苏姗娜太太……"

我抄起镰刀，我们便往官田走。路上，苏姗娜不停地将头倚靠到我肩头，摸摸我的下巴，拉拉我的耳朵，掐掐我的胯。到了地方，那是一个坡地，苏姗娜往坡顶上四仰八叉地躺倒，两腿分开，双手举过头顶。我在她下方，挥动镰刀砍向小树丛。苏姗娜将两腿蜷起，脚跟靠向臀部，高高抬起的膝盖使裙子缩短了，我一个劲地挥刀砍树，眼光却没落在下刀的地方，不时砍歪。终于苏姗娜开口说："雅克，你还没干完？"

"您想叫我停我就停，苏姗娜太太。"

"你看不出来，"她柔声柔气地说道，"我想叫你停吗？……"于是我停下活，我喘了喘气，然后停下另一件活，苏姗娜……

主人：夺走了你并不存在的童贞？

雅克：是这样，但是苏姗娜并没有甩脸给我看，而是笑眯眯地对我说："你向男人们藏了一手，够滑头的。""您想说什么，苏姗娜太太？""没什么，没什么，再说你懂我的意思。照这样再骗我几次，我就不同你计较……"我将她的柴禾打成捆，驮在背上，我们一起往回走，她回她的家，我回我的家。

主人：路上没有歇歇脚？

雅克：没有。

主人：从官田到村子不远么？

雅克：不比从村子到官田远。

主人：她就值这个价？

雅克：换个人，换个日子，可能值更多：时候不同，价也不同。

过了不久，玛格丽特太太，就是另一个口无遮拦家伙的老婆，她有粮食要磨，可是没有时间去磨坊，她就来央求我老爹，要我们兄弟几个中间找一个替她跑一趟。我是老大，她断定差事会落到我头上，事实也果真如此。玛格丽特太太出门，我跟出去，把粮食口袋举上驴背，独自赶驴到了磨坊。粮食磨好，我跟驴子，我们一同往回走，相当垂头丧气，因为我原以为这趟苦差事不能白干，没料到想错了。从村子到磨坊要过一片林子，就在林子里，我遇到了玛格丽特太太，她正坐在路边。这时日头已经西沉。"雅克，"她说道，"你终于来了！我已经等你难熬的一个钟头了，你知道吗？……"

看官，您真是够娇情的。同意，"难熬的一个钟头"是城里太太的话，玛格丽特太太应该说"整整一个钟头"了。

雅克：就怪河水太低，磨子转得慢。还要怪磨坊主喝醉了，我没少使劲，还是回来迟了。

玛格丽特：坐在这儿，咱们聊聊。

雅克：玛格丽特太太，好啊……

我在她身边坐下，说是要聊聊，可是我俩谁也不开口。我忍不住道："玛格丽特太太，您对我一句话也不说，那我们可没法聊。"

玛格丽特：我不说话，是因为我在想我男人说你的那些话。

雅克：您丈夫的话，您绝对不能信，他净胡说八道。

玛格丽特：他跟我担保说，你从来没有碰过女人。

雅克：啊，这个，他说的是真的。

玛格丽特：什么！从来没有？

雅克：从来没有。

玛格丽特：怎么会！你这个岁数了，还不知道女人是怎么回事？

雅克：不好意思，玛格丽特太太。

玛格丽特：一个女人是什么？

雅克：一个女人？

玛格丽特：对，一个女人。

雅克：我想想……一个女人就是穿衬裙，戴软帽，有大胸的人。

主人：呸！下流！

雅克：上次那个女人没被蒙骗，这个女人，我估摸会上当。听了我的回答，玛格丽特哈哈大笑，而且笑个没完，我不知所措，问她有什么东西那么好笑。玛格丽特说，她笑我天真。"怎么！你这么大人了，真不知道更多了？

"不知道，玛格丽特太太。"

我的话一出口，玛格丽特沉默了，我也沉默不语。我说，玛格丽特太太，我再次开口道，我们坐下来是要聊天，可是您瞧您也不说话，我们这哪是聊天呀。玛格丽特太太，您怎么啦？您做梦啦？

玛格丽特：是啊，我做梦了，做梦，做梦……

她嘴里说着"做梦"，胸脯同时挺起来，嗓音低沉下去，四肢在颤抖，双眼紧闭，双唇微启；她深深吐了口气，瘫软下去。我假装以为她死过去了，用惊恐的声音喊道：玛格丽特太太，玛格丽特太太，您说话呀！玛格丽特太太，您不舒服啊？

玛格丽特：孩子，我没有不舒服，让我缓一缓……我也不知道怎么了……突然就这样了。

主人：她撒谎。

雅克：是的，她撒谎。

玛格丽特：都怪我做梦了。

雅克：您夜里在丈夫身边也这么做梦？

玛格丽特：有时候。

雅克：他一定吓得不轻。

玛格丽特：他习惯了……

玛格丽特渐渐恢复，她说："我梦到的是一星期前的婚礼，我男人与苏珊娜的男人取笑你，我心里有几分怜悯，而且不知怎么就陷进这情感了。"

雅克：您真好。

玛格丽特：我讨厌取笑别人。我一旦想到他们一有机会就会变本加厉，我气就不打一处来。

雅克：他们会不会变本加厉，那就全看您了。

玛格丽特：怎么讲？

雅克：只要您教我……

玛格丽特：教什么？

雅克：教我不懂的东西，就是叫您男人和苏珊娜的男人试开心的东西，让他们笑不起来。

玛格丽特：啊！不不，我知道你是个老实孩子，不会跟什么人说，但是我还是不敢。

雅克：为什么？

玛格丽特：就是不敢。

雅克：哎，玛格丽特太太，教我吧，我求您了，我会对您感恩戴德的，教我吧……我一面求她，一面抓住她的手，她也攥住我的手，我吻她的眼睛，她吻我的嘴巴。这时候，天完全黑了。我对她说：我瞧出来了，玛格丽特太太，您不愿意做好事，不想教我这些，我真的好伤心。那好吧，咱们起来，回去吧……玛格丽特太太一声不吭，她抓住我一只手，她把我的手往哪里拉，我也说不好，不过说实话，我当时惊叫起来："什么也没穿！什么也没穿！"

主人：下流！下流加下流！

雅克：说实话，她脱得够干净，我脱得同样干净。说实话，我的手一直放在她什么也没穿的地方，她的手放在我身体上与平时不一样的地方。说实话，我发现被她压在身下，所以她是在我身上。说实话，她非但没有少费力，反而必须全力以赴。说实话，她那么一门心思要教我，弄得我一度觉得她小命就此休矣。说实话，我当时与她一样昏头涨脑，嘴里说什么自己都不知道，我叫着："苏姗娜太太，你弄得我好舒服！"

主人：你是想说玛格丽特太太。

雅克：不不，说实话，我当时张冠李戴了，想说玛格丽特太太，却说成了苏松①太太。说实话，我等于向玛格丽特太太招认，她教我的，苏松太太已经教过我了，大同小异，就在三四天前。说实话，玛格丽特太太冲我说："你说啥？苏松？不是我？……"说实话，我的回答是"不是您也不是她"。说实话，就在她嘲笑自己，嘲笑苏姗娜，嘲笑两个男人，对我嘻嗔笑骂的时候，我却到了她上面，就是说呢，她就到了我下面，她坦言这样很爽，但是不及刚才的样子舒服，于是她又到了我上面，就是说我又到了她下面。说实话，稍事休息并且沉默之后，我发现，现在她不在下面，我也不在上面，她不在上面，我也不在下面，我们俩都侧卧着，她头朝前伸，两个屁股蛋子紧贴着我的两条大腿。说实话，倘若我不够老到，热心的玛格丽特太太会倾其所能教给我。说实话，我们花了很大气力才回到村里。说实话，我嗓子疼的毛病愈发严重，明摆着半个月说不了话。

　　主人：你没有再去找这两个女人？

　　雅克：请您见谅，找了不止一回。

　　主人：两个都找？

　　雅克：两个都找。

　　主人：她们没有争风吃醋？

　　雅克：她们各得其所，所以关系更亲密了。

　　主人：我们身边的那些女人应该学学她们，不过每个女人和她男人……你笑了。

———————————

① Suzon，即苏姗娜，称苏松有亲昵之意。

雅克：我每每想起那个小男人吼叫着、咒骂着，口吐白沫，用脑袋、手脚以至整个身体去扑打，准备从草垛上一跃而下，也不怕伤着自己，我就禁不住地想笑。

主人：你说的这个小男人是谁？苏松的男人么？

雅克：不是。

主人：玛格丽特的男人？

雅克：不是……真应了那句老话：只要没咽气，就是这脾气。

主人：到底是谁？

对主人的问题，雅克不吐一个字。主人接着说："就告诉我小男人是谁就行了。"

雅克：一天，一个男孩坐在一个女裁缝的台子前声嘶力竭地喊叫。女裁缝不胜其烦，对他说："小朋友，你为什么叫？""他们要我说一。""你为什么不愿意说一？""因为我刚说了一，他们就会要我说二……"这就是说，我要是告诉您这个男人的名字，接下来我就得告诉您更多的事。

主人：或许。

雅克：肯定。

主人：甭兜圈子了，雅克，我的朋友，告诉我小男人的名字吧。你自己想说得要命，对不对？那就别憋着了。

雅克：这人可以说是个侏儒，罗锅，内翻腿，结巴，独眼，好吃醋，好野食，好女色，有可能是苏松的相好。他是村里本堂神父助理。

雅克与女裁缝店那个男孩简直就是一个模子出来的，不同的

223

是，打从他嗓子有了毛病，让他开口说话便难上加难，但是一旦他话匣子打开了，他就会自觉来个竹筒倒豆子。

雅克：那时我在苏松的谷仓里，只有我和她两个人。

主人：你跑到谷仓，总不会是闲的吧？

雅克：当然不是。但是神父助理来了，他大为光火，咆哮如雷，狠巴巴地质问苏松，跑到农舍最背静的地方，和全村最下流的小伙子耳鬓厮磨，她究竟想干什么。

主人：看起来，你那时已经臭名远扬了。

雅克：而且名不虚传。助理是真火了，又说了许多更加不中听的话。我也火了，我一句他一句，骂到最后厮打起来。我抄起叉子，朝他小腿中间扎过去，一个叉尖在腿这边，一个叉尖在腿那边，然后把他像草捆一般抛出去，不偏不倚正好落进草堆。

主人：草堆高么？

雅克：起码有十尺高，这个小男人要想下来非摔断脖子不可。

主人：然后呢？

雅克：然后嘛，我拉开苏松的胸衣，握住她的乳房，轻轻抚弄，她半推半就。旁边正好有一副驴子的驮鞍，那玩意儿的好处大家都知道。我把苏松推倒在驮鞍上。

主人：把她裙子掀起来了？

雅克：把她裙子掀起来了。

主人：那神父都瞧见了？

雅克：像我这会儿瞧见您一样清楚。

主人：他一声不吭？

雅克：怎么会，您想想。他在愤怒之余吼叫道："杀……杀……杀人啦！救……救……救火啊！抓……抓……抓小偷！"不一会，我们以为隔着老远的她老公却奔过来。

主人：真叫人扫兴：我讨厌神父。

雅克：如果在神父的面前做……您的兴致就来了。

主人：我承认。

雅克：苏松已经翻身起来，我立马整整衣服，溜之大吉。后来的事，是苏松告诉我的。她老公见神父蹲在草堆顶上，放声大笑。神父冲他一个劲地说："笑……笑……好好笑，傻……傻……傻瓜，你真是个傻瓜。"她男人索性依了神父的话，越发放肆地笑，还问神父是谁把他弄上去的。神父说："让……让我下……下……下去。"那男人笑得更凶了，反问神父他该怎么做。神父说："就……就……就像我被弄……弄……弄上来那样，用……用……用草叉……""哎哟喂，您说的有道理，有学问的人就是不一样……"那男人拿起草叉，举到助理面前，助理照我刚才叉他的法子，将叉子夹住，男人用牲口棚的这个工具举着神父，在谷仓里转了一两圈，嘴里嗡嗡地哼着小曲。神父喊着："放……放……放我下来，坏……坏……坏蛋，你放……放……放不放我下来？……"男人答道："神父助理先生，我凭什么不让您在村里的街道上转一转？大家还没见过这样好玩的仪仗呢……"神父却已经吓得半死，于是男人将他放下。我不知道他对男人说了什么，因为那时苏松已经溜了，不过我听到那个小个子说："你……

你……你个挨千刀的！你……你……你竟敢打……打……打神……神……神父，我……我……我要把你赶……赶……赶出教会，你……你会下……下地狱……"这是男人在用草叉一记一记追打助理。我与众人一起过去，男人老远地瞅见我就放下叉子，"过来，过来。"他冲我说。

主人：苏松呢？

雅克：她逃脱了。

主人：吃了点亏？

雅克：没有，只要没被抓现行，女人总是能全身而退的……您笑啥？

主人：与你一样，我觉得好笑就笑，想起那个小男人被举在叉子尖上，我就好笑。

雅克：这件事传到我老爹耳朵里，他也乐了，不久以后，我跟您说过的，我就参军了……

有人说，一段沉默之后或者是雅克咳嗽一阵之后，还有人说，是他们又笑了一阵之后，主人望着雅克说："你的风流事呢？"

雅克点点头，却什么也没说。

一个智者，一个风度翩翩还自诩懂得哲学的人，怎么会以讲这种下流故事为乐？看官，首先，这不是故事，而是真事，其次，我讲的是雅克干的荒唐事，比起转述提庇留①荒淫生活的苏埃托尼

---

① 即史上以暴虐荒淫著称的尼禄皇帝。

乌斯①，我并不显得更龌龊，甚至可以说我比他是小巫见大巫。您读过苏埃托尼乌斯的书，却没人说他有什么不是。您读卡图卢斯②、马尔提阿利斯③、贺拉斯、尤维纳利斯④、佩特罗尼乌斯⑤、拉封丹等其他许多作家，没见您蹙眉顿足，那是为什么？您为什么不质问禁欲主义者塞内加，他描写在凹面镜前面淫荡作乐的奴隶，对我们有何益处？您为什么只对死人宽宏大量？对您这种偏心眼，您只消稍加思考，就可以发现它来源于一种恶念。如果您心地单纯，您就不会读我写的东西；如果您心术不正，那您读了我的东西也不会受伤害。如果我这样说，您还不满意，那就请您去读一读让-巴蒂斯特·卢梭⑥的序言，我的申辩就在其中。您这伙人中有谁胆敢指责伏尔泰，说他不该写《贞女》⑦！谁也不敢。那就是说，你们看待人事是有两杆秤的？但是，你们要说，伏尔泰的《贞女》是旷世杰作嘛！——所以读的人越来越多，无可奈何呀。——而您的《雅克》仅仅平淡无味地复制一些事件，真真假假，没有文采，不讲章法。——所以我的《雅克》不会有很多读者，谢天谢地。但是不论你们站在哪个方面，你们都错了。如

① Suetonius（约67—约122），古罗马传记作家。
② Catullus（约前87—前54），古罗马诗人，擅长爱情诗。
③ Martialis（约40—约104），古罗马诗人。
④ Juvenalis（约60—约140），古罗马讽刺诗人。
⑤ Petronius（约27—66），古罗马作家。
⑥ Jean-Baptiste Rousseau（1669—1741），法国诗人、剧作家，当时被称作"伟大的卢梭"。舆论指责他亵渎宗教、侮辱同仁，议会决议将他驱逐出境。他著文为自己辩护，狄德罗这里说的序言即指他的辩护词。此卢梭与后来的让-雅克·卢梭没有关系。
⑦ 全名《奥尔良的贞女》，是一首诙谐的叙事诗，主角是圣女贞德。

果我的书是好书，它能叫你们高兴；如果它是本烂书，它也没什么坏处。最无伤大雅的书就是烂书。我用化名人物写你们干的蠢事。你们干的蠢事，我觉得可笑，而我把它们写下来，你们就一肚子怪话。看官，跟您坦率地说，我发现你我二人中，我不算最不厚道的那位。我的书，无聊或有毒，你们都可以轻易化解，而你们对我的诽谤，我若能同样轻易化解，那真是我的福分了！你们这些道貌岸然的无赖，别在我耳边聒噪了。你们尽管像卸了磨的驴那般发情好了，不过请允许我也说一声"我操……"。我让你们做，你们总要让我说吧。你们说出杀害、抢夺、背叛这些词，毫无忌惮，可是那个字眼，你们却羞于启齿！你们在言谈中越是避讳你们所谓的脏字，在你们的脑子里这些脏东西是不是就越多？性交这个再自然不过、再必需不过的行为究竟怎么惹着你们了，叫你们交谈时避之唯恐不及，生怕它污了你们的嘴巴、眼睛、耳朵？大家用得最少、写得最少、经常三缄其口的词汇，却是大家最熟悉、知道的人最多的词汇，这应该是好事。唯其如此，就普及程度而言，这个词比起"面包"毫不逊色，不论年龄大小，无人不晓；便是白痴，也无人不知。在所有的语言里，这个词都有成千上百的同义词，每种语言都有它的印记，却偏偏看不出来，无声又无形。最热衷于此事的某性别的人，就是在此事上口风最紧的人。不过我又听到您在嚷了："操，玩世不恭的！操，不要脸的！操，假模假式的！……"好胆量，您这是在臭骂一位可敬的作家，这位作家的书您经常拿在手里，而我不过是步他的后尘。对我而言，恰恰是他的油腔滑调为他正直的人品做了担保。我说

228

的是蒙田。Lasciva est nobis piginat，vita proba[1]．

这一天余下的时间，雅克与他的主子谁都没有开口。雅克每咳嗽一声，主人就说："这咳嗽真厉害！"一面就看怀表上的时间，其实什么也没看见；还心不在焉地打开鼻烟盒，嗅了一下鼻烟，对自己的动作却毫无意识。我的证据是，这些事他连续做了三四回，而且先后次序回回都一样。过了片刻，雅克又咳了一声，主人道："这咳嗽真厉害！怪就怪客栈老板娘的酒你灌到嗓子眼，昨天晚上同秘书喝酒，你越发放肆，上楼的时候摇摇晃晃，满口胡话。今天赶路你停了不下十次，我打赌，你那酒壶里是不是一滴酒也不剩了？……"然后，主人从牙缝里吐出几句抱怨，又看怀表，又犒劳鼻孔。

看官，我忘了跟您说，雅克不把酒壶灌满好酒是不上路的。酒壶就往马鞍架上一挂。当他说什么事，只要主人一提出一个比较啰嗦的问题，他就取下酒壶，仰脖痛饮，主人什么时候不说了，他什么时候才把酒壶挂回去。还有一件事我也忘了讲，就是每当需要动脑筋的时候，雅克做的第一件事便是叩问他的酒壶。不论是要解决道德难题，还是澄清事实，是走这条路而不是另一条路，是应该接触、追踪还是应该放弃一个事件，是权衡某项政治措施、商业或金融投机的利弊，某条法规是明智的还是愚蠢的，某个战争的结局如何，选哪家客栈，在客栈里拣哪个房间，房间里睡哪张床，凡此种种，雅克的第一句话一定是："请教酒壶。"最后一

---

① 拉丁语，话虽轻浮，活得正直。

句话一定是："这就是酒壶和我本人的意见。"万一命运之神在他脑子里沉默不语，他便仰仗酒壶来自圆其说，酒壶就好比随身携带的皮提娅①，而这个皮提娅一旦空空如也他便不再出声。在德尔斐神庙，皮提娅撩起长裙，光屁股坐在她的三腿木椅上，自下而上获得神启。雅克呢，他跨在马上，仰面朝天，摘掉酒壶的盖子，把酒壶口斜对着嘴巴，他是自上而下获得神启。不论皮提娅还是雅克，二人宣布神谕的时候都醉醺醺的。雅克认为，圣灵附着在使徒们身上，下到了酒壶里，所以他把圣灵降临节②唤作酒壶节。他还留下了一本小册子，讨论各种预言，一本有点深度的小书，对"神瓶"③的预言或者说借酒壶得到的神谕，不吝溢美之词。尽管他对默东的本堂神父④敬重有加，但是他对后者求教神瓶时叩击瓶肚子很是反感。"我爱拉伯雷，"他说，"但我更爱真理。"雅克认为 Engastrimute⑤是邪门歪道。他引用了无数证据，一条比一条有说服力，说明神瓶或者酒壶传达真神谕不是通过瓶肚，而是通过那一滴又一滴的酒。他自己跻身神瓶的杰出信徒之列，与近几个世纪真正从酒壶中获得灵感者为伍，例如拉伯雷、拉法尔、夏佩

---

① Pitija，古希腊神话中阿波罗的女祭司，能够预知未来，居德尔斐神庙。亦译作媲亚、琵西雅。
② 据《圣经·新约》，耶稣复活四十天后升天，又过了十天，耶稣的使徒们正在耶路撒冷聚集，耶稣遣生灵降临，附在使徒们身上，由他们在人间传播福音。
③ 出自十六世纪法国作家拉伯雷的小说《巨人传》，小说里巨人庞大固埃为寻找神瓶而游历四方，得到神瓶后获启示曰"痛饮吧"。
④ 拉伯雷曾任默东的本堂神父。
⑤ 这个词流行写法是 Engastrimythe，意为"腹语"，engastrimute 是古写法，狄德罗有意采用古词，是为嘲笑某些守旧的学究。

尔、舒里约、拉封丹、莫里哀、帕纳尔、加莱、瓦岱①。柏拉图与让-雅克·卢梭虽然为美酒唱赞歌，却不喝酒，照雅克的意见，他们算不得酒壶的真兄弟。酒壶是有过几处著名圣地的，有"松果"酒家、"神殿"以及"甘盖特"②，雅克给它们一一编史。他将如今神瓶派或者酒壶派身上依旧可以看到的那种热情、亢奋与癫狂绘声绘色地描写出来。杯盘狼藉之际，酒徒们双臂扶桌，这时节，神瓶或者圣壶就登场了，居中而立，呼啸长鸣，盖子横飞，富有预知力的酒沫喷注在酒徒们身上。在雅克的手稿上还配有两幅装饰头像，下面写道："阿那克里翁③与拉伯雷，一是古人的酒壶教皇，一是今人的酒壶教皇。"

雅克会用 Engastrimute 这样的字眼吗？……为啥不会呢，看官？别忘了，雅克的队长就是一个神瓶派，他一定知道这个词，而他不管说什么，雅克都记在心里，如今就想起来了。好吧，事实上，这个词是我说的，雅克原文说的是 Ventrilogue④。

说得天花乱坠，您会说，可是雅克的风流事究竟怎么样啦？——雅克的风流事嘛，那只有雅克自己知道，而他这会儿正

---

① 均为法国作家，除去较为著名的拉伯雷、拉封丹与莫里哀，其余人等：拉法尔（La Fare, 1644—1712）、舒里约（Chaulieu, 1639—1720）、帕纳尔（Panard, 1689—1785）、加莱（Gallet, 1700—1757）为诗人，夏佩尔（Chapelle, 原名 Claude-Emmanuel Luillier, 1626—1686）为作家，瓦岱（Vadé, 1720—1757）为剧作家。

② "松果"酒家在巴黎圣母院附近，是一些嗜酒的作家经常光顾的地方，"神殿"指拉法尔、舒里约等作家组成的小团体，"甘盖特"（Guinguette）意思是小酒店、小咖啡馆，舒里约等作家经常在诗里写到。

③ Anacreon, 公元前六世纪古希腊诗人，题材多为女人与酒。

④ 法语，腹语者。

闹嗓子疼，他主人也只有看表、吸鼻烟来打发时间，那种百无聊赖的痛苦与您差不多。——那我们怎么办呢？——说实话，我也不知道。或许此时此景之下正应该问问神瓶或者圣壶。然而雅克的信仰已经过时，那些圣地也都荒废了。自打我们神圣的救世主诞生以来，多神教的神谕就终止了，加莱去世之后，神瓶的神谕就静默了。因此，再也听不到伟大的诗篇，再也听不到壮美演说的片段，再也看不到不起眼处富于酒意和天赋标志的产品。一切都合情合理、条分缕析、中规中矩，因此也就平淡无味。啊，神瓶！啊，圣壶！啊，雅克的灵性！快快回到我们身边来吧！……看官，我真的想好好跟您说说神瓶的诞生，以及诞生时与诞生后的种种奇迹，说说神瓶当道时的祥瑞吉兆，以及神瓶消失之后接踵而至的天灾人祸。倘使我们的朋友雅克的嗓子一直这么疼下去，而他的主人又铁了心一声不吭，那么您还真应该听我讲讲这些事，我会尽量讲全了，直到雅克的嗓子痊愈，自己回过头来讲述他的风流事。

雅克与主人的谈话在这里确实有一段悲催的空白。不定哪一天，瑙铎，德·布罗斯议长，弗莱恩施海姆，或者布罗蒂埃神父[①]的某位后人会来填补这段空白，而雅克或者雅克主人的后人，作为雅克手稿的持有人，则可能因此而笑掉大牙。

雅克嗓子疼得说不出话，他的风流事一时没了下文，他的主

[①] 瑙铎（François Naudot，生卒年不详），德·布罗斯（Charles de Brosses，1709—1777），弗莱恩施海姆（Freinsheim，1608—1660），布罗蒂埃神父（Gabriel Brotier，1723—1789），此四人都曾研究古代典籍残本或空白，试图把文本补充完整。

人看起来可以开始讲自己的风流事了。不过这只是我按常理做出的猜测。在表示此处是空白的几行虚点后，您读到："世上的伤心事莫过于当白痴……"这句名言是雅克讲的，还是他主人讲的？这个问题讨论起来，又耗时，又棘手。尽管雅克很粗鲁，很可能对主人说这样的话，但是他主人却也相当直率，很可能对自己说这样的话。不管怎么说吧，事实是，很明显的事实是，主人接下来说话了。

主人：那是她命名日的前一天，我身上一文不名。我的好朋友德·圣乌安骑士是个什么也难不倒的人，他对我说："你一点钱也没有了？"是。""那好！得去弄点钱。""你有办法弄钱？""那还用说。"他穿上衣服，我们一道出门。他领着我曲里拐弯地穿过几条街，走进一栋黑魆魆的房子，沿着狭窄的楼梯上到四层，然后进入一个宽敞的房间。里面的陈设很古怪，中间有三个立柜，当中那个立柜的后面是一扇带柱头的大镜子，镜子太大，天花板不够高，下面便被立柜挡去足有半尺。立柜上堆着各种各样的商品，还有两副六子棋。房间四周放了许多椅子，都相当精致，却没有一张是相同的。有一张床，不带帷幔，床脚下放了一张"公爵夫人"①。一扇窗户下有一个簇新的大鸟笼，但是里面没有鸟。另一扇窗户下是一个多枝烛台，用一根扫把吊住，扫把的两头搭在两张草垫椅子的靠背上。左右两侧全是画，有的挂在墙上，有的摞在一起。

① 当时时髦的说法，指休闲躺椅。

雅克：隔着十里地就能嗅出买卖人的味道。

主人：你猜对了。只见骑士与勒·布伦先生（就是这位旧货商兼高利贷掮客的名字）立刻扑进对方的怀里……"哎哟喂，怎么是您啊，骑士先生？""没错，就是我，勒·布伦先生。""那您怎么样？我可是很久没见到您了。世事艰难哪，是不是？""很艰难，亲爱的勒·布伦。不过我来不是为这个，听着，我有话对您讲……"

我找个地方坐下，骑士与勒·布伦躲到角落里窃窃私语，他们的谈话我只能断断续续捕捉到几个字。

"他可靠吗？"

"绝对可靠。"

"成年了？"

"成年了。"

"良家子弟？"

"良家子弟。"

"您知道我们最近的两笔生意？……"

"低声点。"

"他老爹？"

"阔佬。"

"上岁数了？"

"奄奄一息。"

勒·布伦提高声音："您听着，骑士先生，我什么事也不想掺和了，麻烦事太多。他是您的朋友，好嘛！先生看起来倒像个正经人，但是……"

"勒·布伦先生！"

"我一个子儿也没有！"

"可是您有路子！"

"都是些癞皮狗，狐假虎威的骗子。骑士先生，您领教他们的手段还嫌不够啊？"

"这叫饥不择食。"

"您所谓饥就是吃喝玩乐，玩纸牌，赌大小，泡小妞。"

"老朋友！……"

"老是来找我，可我就是一草芥小民。您呢，我不知道您对谁的起誓曾经兑现过。不说了，打铃吧，看看福尔若在不在……别，别打铃，福尔若会领您去找迈瓦尔。"

"干吗不是领您去？"

"领我去！我发誓，这个可恶的迈瓦尔从来不替我办事，也不替我朋友办事。所以，您必须为您的朋友担保，他有可能——很有可能——是个正经人，我呢，在福尔若面前替您担保，福尔若呢，他在迈瓦尔面前替我担保……"

说话间，女佣进来说道："叫福尔若？"

勒·布伦对女佣说："不是，谁也不叫……骑士先生，我心里完全没有底，没有……"

骑士搂住他，安抚他道："亲爱的勒·布伦！老朋友！……"我上前附和道："勒·布伦先生！您是好人！……"

勒·布伦只好依了我们。

女佣对我们这番虚情假意露出哂笑，一边就出门去，一眨眼工夫她又折回来，领来一个小个子男人，跛足，黑衣，口吃，手执拐棍，干瘦的脸庞爬满褶子，目光却炯炯有神。骑士朝这个人转过身，说道："您看，马蒂厄·德·福尔若先生，我们一刻也不能耽搁，快领我们……"

福尔若仿佛没听讲话，慢慢打开一个小麂皮袋。

骑士对他说："您小瞧我们了，这是我们的事……"我挨身过去，抽出一埃居小钱，悄悄递给骑士，他一面摸摸女佣的下巴，一面就把钱给了她。这时勒·布伦朝福尔若发话了："我不准你去，不准引见这两个先生。"

福尔若：勒·布伦先生，这是为何？

勒·布伦：那是个骗子，是条癞皮狗。

福尔若：我当然知道，德·迈瓦尔先生是……不过呢，大人不记小人过，再说眼下我认识的人里面只有他有钱。

勒·布伦：福尔若先生，您想怎么做就怎么做吧。您二位，这件事我不插手。

福尔若（对勒·布伦）：勒·布伦先生，您不跟我们一道去？

勒·布伦：我去！上帝都不答应。这个混蛋，我这辈子都不想再见他。

福尔若：可是你要不去，什么也谈不成。

骑士：真是这样。好啦，亲爱的勒·布伦，就算是为了我，就算体恤一个身处困境的绅士，您别驳我的面子，去吧。

勒·布伦：去这个什么迈瓦尔的家！我去！我去！

骑士：好的，您看，就算为我去……

勒·布伦经不起哄劝被拉出了门，于是勒·布伦、骑士、马蒂厄·德·福尔若，我们一群人上路了。骑士一路亲切地拍着勒·布伦的手，一边对我说道："大好人，这些人古道热肠，最好的朋友啊……"

勒·布伦：我感觉骑士先生是要逼我造假币……

一行人到了迈瓦尔家。

雅克：马蒂厄·德·福尔若……

主人：怎么，你有什么想说的？

雅克：马蒂厄·德·福尔若……我想说，这些人，圣乌安骑士先生不但知道他们姓什么，还知道他们的名字，我想说，他跟这些痞子厮混，他是一个精明的无赖。

主人：你说得也许没错……反正要想结识比德·迈瓦尔先生更温和、更彬彬有礼、更坦诚、更客气、更讲人情、更有怜悯心、更无私的人，那绝对不可能。在证实了我是成年人，而且具备偿还能力之后，德·迈瓦尔显出十分恳切而忧伤的神情，用歉疚的声调说道，他万分抱歉，就在那天上午，他一个朋友有十万火急的需要，他不能不相助，现在他自己也已经囊中羞涩。接着，他面朝着我说道："先生，您不必后悔没有早点来。不好意思，即便您早来，我也还是会拒绝您，因为友情高于一切……"

此言一出，我们目瞪口呆，骑士、福尔若，乃至勒·布伦，齐刷刷扑到德·迈瓦尔膝下，德·迈瓦尔忙说道："先生们，我这个人你们都了解。我是乐于助人的，而且我不要别人央求，那就把好事办坏了。我拿名誉担保，我这屋子里现在连四个路易都没有……"

在这么一群人中间，我的处境就好比犯人听到了判决，我对骑士说："骑士，咱们走吧，这些人谁都没办法……"骑士将我拽到一旁："你想都别想。明天就是她命名日，我告诉你，我已经知会她了，她期待你识得风趣。你是了解她的，她不是什么尤物，不过同所有的女人一样，不高兴看到期望落空。她可能已经向父亲、母亲、姑婶、朋友炫耀过了，到时候如果你手里空空如也，那岂不羞煞人……"说罢，他回到迈瓦尔身边，愈发卖力地纠缠。迈瓦尔敌不过死缠烂打，终于说道："我的耳根最软不过，我看不得别人遭罪。我这么胡思乱想啊，脑子里蹦出个主意。"

骑士：什么主意？

迈瓦尔：你们干吗不拿点实物呢？

骑士：您有？

迈瓦尔：我没有，但是我认识一位女士她可以提供。她讲义气，心肠很好。

勒·布伦：是很好，不过她给我们的那些破烂，卖的可都是金价，我们一点赚头也没有。

迈瓦尔：岂有此理，那都是上好的布料，金银首饰，各种绸缎，珍珠，还有宝石，凭这些东西的价值，亏本是不会的。她是个好女人，只要她觉得事情稳当，有点赚头就高兴。那些东西都是女人常用的，进货价格便宜得很。再说了，你们可以去看看，瞄一眼又不需要破费什么……"

我告诉迈瓦尔与骑士，以我的身份，卖东西怕不妥当，而且就算这桩买卖我并不反感，我也没有时间交易。殷勤的勒·布伦与马蒂厄·德·福尔若异口同声道："如果您担心这个，我们可以替您卖，难就难在只有半天工夫……"于是约好下午在德·迈瓦尔先生家再碰面。迈瓦尔先生和蔼地拍拍我的肩膀，用温软而又坚定的声音说道："我很高兴为您效劳，不过，请相信我的话，这样的借贷还是少做为妙，最后难免叫人倾家荡产。在我们这个地方，您办事能碰上像勒·布伦与马蒂厄·德·福尔若两先生这样的厚道人，那真是撞上大运了……"

勒·布伦与福尔若·德·马蒂厄或者马蒂厄·德·福尔若自己对他又鞠躬，又致谢，说他心宅宽厚，说他们生意虽小，但是至今为止都凭良心做事，还说他们自己实在不值一提。

迈瓦尔：你们错了，如今这个时候，谁还讲良心？你们问问德·圣鸟安骑士先生，这方面他应该是有一点心得的……

我们离开迈瓦尔家，他站在楼梯上问，他是不是可以相信我们，是不是要通知女商贩。我们回答可以，然后在附近找了一家酒店吃饭，等待碰面的时间。

饭菜是马蒂厄·德·福尔若点的，点得很不错。用餐后甜点的时候，两个萨瓦女人拿着古弦琴挨到我们桌子边，勒·布伦招呼她们坐下，给她们灌酒，逗她们讲话，叫她们弹奏。就在他们三个津津有味地与一个女人打趣的时候，坐在我身旁的另一个女人压低声音对我说："先生，您这几位伙伴不怎么地道啊，没有一个不在红名单①里。"

我们在约定的钟点离开酒店，奔迈瓦尔家去。我忘记告诉您，这顿饭花空了骑士的钱袋，还搭上了我的。路上，勒·布伦告诉骑士，骑士又告诉我，说马蒂厄·德·福尔若要十个路易的佣金，说这是该付的最低价，还说只要福尔若对我们有了好感，我们就可以用便宜的价格拿货，那十个路易轻而易举就从买卖中找补回来了。

我们到达迈瓦尔家，女商贩已经带着货先到了。布利杜瓦小姐（这是女商贩的名字）对我们大献殷勤，让我们观赏她的衣料、头饰、花边、戒指、钻石、金匣子。这些物件我们都看上了。勒·布伦、马蒂厄·德·福尔若与骑士，他们给东西估价，迈瓦尔拿笔算账。总价高达一万九千七百七十五法郎。我正要立字据，布利杜瓦小姐对我深深施礼（她对谁都是不施礼不张嘴的），开口道："先生打算字据一到期就兑现吗？"

"那是自然。"我回答。

"既然如此，"她接着说，"那么立借据还是写汇票，您都无所谓了。"

听到"汇票"两个字，我的脸唰地白了。骑士觉察出来，对布利杜瓦小姐说："小姐，您说汇票！可汇票是流通的，指不定会到什么人手里。"

"您说笑了，骑士先生，对你们这种地位的人应该保持尊重，

_____

① 指警察局的问讯记录。

240

这一点我们还是有所耳闻的。"说罢，施礼……"这些票据都放钱包里，不到时间不会拿出来。来，你们看看……"说到这里又是一礼……她从兜里掏出一个钱包，读了一长串名字，什么身份、什么地位的都有。骑士挨近我，说道："汇票！这他妈真是个事儿！看看你想怎么办。我觉得这个女人还算厚道，再说，不到期限你就会有现钱的，或者我会有的。"

雅克：您就签了汇票？

主人：没错。

雅克：难怪当爹的都有这个习惯，子女要去京城了，老爹总要叫他们起个小小的誓言，不与不三不四的人来往，规规矩矩做事让上司高兴，保持宗教信仰，远离生活不检点的姑娘，远离一肚子坏水的骑士，最要紧的是，千万别在汇票上签字。

主人：那有什么办法，别人怎么做我就怎么做呗。最先被我丢到脑后的就是父亲的嘱咐。这会儿，我有货可以出售了，可是我需要的是现钱。货里有几套带花边的套袖，很漂亮，骑士按原价买了，他对我说："你看，你的货这就算部分脱手了，你一点也没亏。"马蒂厄·德·福尔若要了一块表和两个金盒，说很快就可以付款。剩下的东西，勒·布伦拿去存放在他那里。我自己拿了一个精美绝伦的饰品和两个套袖，权当作我要送出的花束中的一朵。马蒂厄·德·福尔若转眼间就回来了，送来六十个路易，他自己留下十个，我收到了五十路易。他对我说，表和金盒都没卖出去，不过他将它们抵押了。

雅克：抵押了？

主人：是。

雅克：我知道抵押到哪儿。

主人：哪儿？

雅克：那个爱施礼的小姐，拉·布利杜瓦。

主人：就是她。除了一对套袖与饰品，我又拿了一个戒指，还有一个包金的贴痣盒，我钱袋里还有五十个路易，我和骑士满心欢喜。

雅克：听起来蛮不错的。整个事情中间，只有一件事叫我疑惑，勒·布伦老爷居然那么慷慨，莫非在这场拔毛的把戏里他真没有分杯羹？

主人：得了，雅克，你又说笑了。你还不了解勒·布伦先生。我向他承诺，对于他热心相助，我一定会有所表示，他却生气了，说毫无疑问我将他看成了马蒂厄·德·福尔若，还说任何事他是从来不插手的。"这就是亲爱的勒·布伦，"骑士高声道，"永远做他自己。他比我们还要厚道，真叫我们汗颜哪……"话音未落，骑士已经从我的货里取出两打手绢，还有一条织巾，请他送给夫人与小姐。勒·布伦端详那些手绢，觉得确实漂亮，又打量那条织巾，发现确实精巧，既然确实诚心相赠，何况只要存在他这里的货脱手，他很快就有机会回报我们，于是他便应允了。我们赶紧出发，乘上出租马车往我心爱的女人家飞也似的奔去，把套袖、饰品和戒指给她献上。礼品大显威力，那女人百媚横生，立刻把套袖与饰品拿来试了，而那戒指却就如同专为她的纤纤玉手打造的一般。众人用膳，正如你想的，皆大欢喜。

雅克：您在那里睡了？

主人：没有。

雅克：在那里睡的是骑士？

主人：我想是吧。

雅克：人家把您这么一折腾，您那五十个路易撑不了多久。

主人：是啊。过了一个礼拜，我们来到勒·布伦家，看看剩下的货赚了多少钱。

雅克：半分没赚，要不也就赚三瓜两枣的。勒·布伦阴沉着脸，哭天抢地抱怨那个迈瓦尔和那个爱施礼的小姐，骂他们无赖，可耻，骗子，他又一次诅咒发誓，不管什么事，决计不再同他们打交道。他给了您七八百法郎。

主人：差不多，八百七十法郎。

雅克：如此说来，如果我账算得不错的话，勒·布伦拿了八百七十法郎，迈瓦尔或者福尔若，五十个路易，算上饰品、套袖、戒指，好，就再加五十个路易，您那一万九千七百七十五法郎，按货物计算，总共就收回这么多。我的天哪！真厚道啊。迈瓦尔说得不错，不是每天都能碰到这么值得信赖的人。

主人：你忘了算上骑士按原价买的东西。

雅克：我没算是因为他再也不提这事了。

主人：我认同。马蒂厄抵押的那块表与金匣子，你也没说。

雅克：因为我不知道说什么好。

主人：问题是，汇票的期限到了。

雅克：而您的现钱没到，骑士的也没到。

主人：我没法子，只好藏起来。人家告到我父母家，我叔父来到巴黎。他向警署呈交了一份状子，告那几个骗子。状子转到一个书办手里，这个书办是迈瓦尔使了钱的，处处维护他。人家说这个案子从法律程序上说已经终结，警署无法干预。马蒂厄向其质押两个金匣子的债权人把马蒂厄告了，这官司我也卷了进去。打官司花钱如流水，表与金匣子都卖掉之后，还有五六百法郎没法偿清。

看官，这些事情也许您很难置信。不过我告诉您，我家附近有个老板，开一家小饮料店，不久前去世了，留下两个年幼的孩子。有办事的来到死者家，贴上封条。又有人来揭了封条，进行财产的清理与出售。出售所得大约八百到九百法郎。除去诉讼费用，留给每个孤儿的只有两三个铜板。人家把这两三个铜板递到俩孤儿手里，然后将他们带到了慈善堂。

主人：太骇人听闻了。

雅克：这种事层出不穷。

主人：就在这当口，我父亲去世了。我偿清了汇票，不再东躲西藏。以骑士与我女友的名誉保证，我藏身期间，他们一直忠实地陪伴着我。

雅克：您看来跟过去一样依恋骑士与您的美人，而您的美人胃口空前膨胀起来。

主人：雅克，为什么这么说？

雅克：为什么？因为既然您能够自己做主了，还握有了一笔不算小的财产，那就有必要将您变成丈夫，一个完全的傻瓜了。

主人：果真，我相信这的确是他们的小算盘。但是他们的算盘没打成。

主人：除非是您走运，要不就是他们太笨拙。

主人：我怎么觉得你的嗓子不那么沙哑了，讲话也自如多了。

雅克：那是您的感觉，事实并非如此。

主人：你难道不能把你的风流事讲下去？

雅克：不能。

主人：那你的意思是我继续讲我的风流事？

雅克：我的意思是歇一会儿，把酒壶举一举。

主人：什么？你嗓子疼得那么厉害，你还把酒壶灌满了？

雅克：是的。不过凭所有的魔鬼起誓，灌的是汤剂，所以我脑子里什么主意都没有，就是一傻瓜。我的酒壶一旦灌了汤剂，我就成了傻瓜。

主人：你在干吗？

雅克：我把汤剂倒掉，我觉得它给我们带来祸害。

主人：你疯了。

雅克：清醒也罢，疯也罢，反正酒壶里一滴也剩不下。

当雅克将酒壶往地上倾倒一空之际，主人看看表，打开鼻烟盒，那架势是要继续讲他的风流事。我呢，看官，我想让他闭嘴，手指远方叫他瞧，要么是瞧一个老军人骑在马上，躬着背，向前飞奔，要么是瞧一个年轻的农妇，戴草帽，穿红裙，迈开双腿或者骑驴子赶路。那个老军人难道不会是雅克的队长或者队长的战友么？——可是队长死了。——您相信这话？……那年轻农妇为什么不会是苏松太太，抑或玛格丽特太太，抑或巨鹿客栈的老板娘，抑或冉娜大妈，要不就是她女儿丹妮丝？写小说的在这里可以大显身手，可惜我不喜欢小说，除非是理查逊的小说①。我写的是历史，这段历史有趣还是无趣，我毫不在意。我的目标是写真事，我一直遵循这个目标。因此我不会叫约翰修士从里斯本回来，这个乘轻便马车朝我们驶来、身边坐着美貌少妇的修道院院长，他也不会是于德松神父——那还用说，于德松神父不是死了么？——您相信这话？您参加他的葬礼了？——没有。——您亲眼见他入土了？——没有。——所以呀，他是死是活，悉听我便。叫那辆轻便马车停下，修道院院长与他的旅伴下车后，叫一连串事件随之发生，这个全由我来决定，结果是您甭想听听雅克的风流事，也甭想听主人的风流事。然而如此这般的手段，我全瞧不上，我只是发现，但凡稍微有点想象力，但凡稍微能拽两下文笔，那就没有什么比写小说更容易的了。我们还是恪守真实，一边等待雅克的嗓子痊愈，一边听他主人唠叨吧。

主人：有天早上，我发现骑士愁容满面。头天，骑士、他女友或者我女友或者说我们俩人的女友，她父亲、母亲、姑妈、堂姊妹们，还有我，在乡下过了一整天。骑士问我有没有一时大意，向她父母泄露了我的感情。他告诉我，那老头老太对我的殷勤体贴有所警觉，向他们的千金问话了，说倘若我是诚心的，那就好

---

① 英国小说家理查逊当时在法国深受欢迎，狄德罗本人也是理查逊的崇拜者。

办，对他们实话实说就行，以我现在的状况，接纳我他们很荣幸。但是如果半个月内我不明确表态，那么就请终止与他们的来往，这些来往惹人瞩目，已经引起议论，对姑娘不利，会耽误一些好机遇，因为人家担心遭到这边拒绝。

雅克：怎么样！主子，雅克的鼻子灵吧？

主人：骑士又说："半个月！期限够紧的。你爱她，她爱你，半个月以后你究竟怎么办好？"我很干脆地回答骑士，我退出。

"您退出？这么说您不爱她？"

"我爱，而且相当爱，但是我有高堂，有封号，有身份，有前程，岂能将这些优势一股脑儿埋葬在一个小布尔乔亚的店铺里。"

"我就这样对他们明说？"

"悉听尊便。不过，骑士，这家人突然变得如此谨慎敏感，我着实吃惊。他们允许姑娘接受我的馈赠，他们不下二十次让姑娘与我单独相处；谁给她提供豪华马车，她就跟谁走，舞会、聚会、剧院、城乡的大街小巷，哪儿都能见到她；人家在她家弹琴唱歌，谈笑风生，他们家人却呼呼大睡。她府上你是随意出入的，咱们私下说，骑士，一个人家接待了你，也完全可以接待其他人。说他们家姑娘名声坏了，这些流言蜚语不可不信也不可全信，不过，与其说她父母为姑娘的名誉担心，不如说他们觉察到了什么，我这样说你没有异议吧。你想听实话吗？他们把我当成呆子，以为可以牵着我的鼻子生拉硬拽到教区神父面前。他们错了。阿加特小姐有几分姿色，我为她着迷，我为她花钱如流水就可以证明这一点。我不反对继续相好，但必须是我确确实实感到她对未来不那么计较才行。我可不打算把光阴、财富和情感没完没了地消耗在她的石榴裙下，我另外自有用武之地，而且效益更好。最后这几句话，你说给阿加特小姐听，前面的话对她父母说……要么彼此的关系就此中断，要么我能受到全新的接待，阿加特小姐对我的态度比过去必须有所改变。骑士，你得承认，当初你介绍我给这家人，你让我指望着种种便利，可我什么便利也没得到。骑士，这些所谓便利都是你的花言巧语吧。

骑士：老天在上，我要哄骗，首先是哄了我自己。鬼才能想到这疯姑娘看上去很轻狂，口无遮拦、戏谑笑骂，竟是一个小道学家。

雅克：哎哟，见鬼！先生，您这话听着真带劲，看来您这辈子也硬气过一回？

主人：人总有硬气的时候。那几个放高利贷的胆大妄为，布利杜瓦小姐逼我躲进了圣让德拉特朗①，除此而外，阿加特小姐眼下又锱铢必较，所有这些我都耿耿于怀。老是这么被人戏弄，我真有点郁闷。

雅克：您对圣乌安骑士这个密友放胆说了这番话之后又怎么做呢？

主人：说话算话，不再登门。

雅克：好！好！我亲爱的主子！

主人：半个月过去了，我没听到任何议论，我离开之后那家

---

① 巴黎一所教堂及收容所。

人的动静全由骑士原原本本告诉我，他鼓励我坚持下去。他对我说："他们发慌了，你看我我看你，你一言我一语，相互打问是什么惹你不高兴了。小姑娘丢不下面子，摆出若无其事的样子——一望就知她受到了刺激——说道：'这位先生不再露面，明摆着是因为他不想让我们再见到他，好在这是他个人的事……'说罢，她轻盈地转个圈，哼着小曲走到窗口。从窗口回来她眼睛红了，大家都看出来她哭了。"

"她哭了!"

"然后她坐下来，拿起一件针线活，她想做活，可是做不下去。大家闲聊，她一言不发；人家想办法逗她开心，她却沉下脸；有人随口提议去散步看戏，她同意了，待一切安排就绪，她却对另一件事有了兴趣，紧接着她又觉得索然了……哟，你该不是动心了吧! 我什么也不说了。"

"可是，骑士，依你看，如果我重新露面的话……"

"依我看，你要重新露面，你就是傻子。你必须有定力，有魄力。人家没请你，你就自己找上门去，那你就死定了。必须叫这帮下等人知道应该怎样做人。"

"问题是假使人家不找我呢?"

"他们一定会找你。"

"假使很长时间都不找呢?"

"他们很快就会找你的。见鬼，像你这样的人，可不是说换就能换的。如果你自动送上门去，人家就会给你脸色看，你就要为你的任性付出大代价，人家想给你定什么规矩，就给你定什么规矩，你非遵守不可，你非卑躬屈膝不可。你想当主人还是奴隶？而且是最不受待见的奴隶？你自己看着办吧。跟你说实话，你当初的做法有点草率，不像一个热恋中的男人，但是事情做了，木已成舟，现在如果还有可能将错就错，那何乐而不为。"

"可她哭了！"

"是的，她哭了！不过叫她哭总强过叫你哭。"

"可是如果他们不找我呢？"

"他们会找的，我跟你说。每次我到他们家，我都闭口不谈你，就好像根本没你这个人。他们围着我问东问西，我便由他们问，最后有人问我见你没有，我就漫不经心地回答有时见、有时见不着。话头于是岔开，可是很快又转回来议论你的消失。首先开口的要么是父亲，要么是母亲，要么是姑妈，要么是阿加特，无非是说：我们对他那是客气得无以复加啊！我们对他最近的案子是那么关心！我侄女对他真可谓一片赤诚！我待他极尽礼数了啊！我们听了多少爱情宣言啊！到这份上，男人还可信吗！……出了这种事，还敢开家门，谁想进谁进！……还相信朋友！"

"阿加特怎么说？"

"家里人无精打采，这一点我可以肯定。"

"阿加特怎么说？"

"她将我拉到一边，说道：骑士，您究竟了解不了解您的朋友？多少回了，您向我保证他是爱我的。您信以为真，肯定的，您凭什么不信以为真呢？我自己，我自己也是信的……说到这儿，她停住了，声音哽咽，双眼湿润了……哟，你莫不是也要哭了吧？

我什么也不对你讲了，说到做到。我知道你指望什么，但是那会是一场空，绝对一场空。你已经犯了一次傻，莫名其妙消失了，我可不想你再做一次傻事，自己闯上门去。要利用这次变故，好让你与阿加特小姐的事有进展。必须叫她意识到她抓你抓得不牢，就有可能失去你，除非她改弦更张才能留住你。你已经那样做了，却还要去吻她的手！朋友，既然话说到这儿，咱们凭良心，你我是好朋友，你能直截了当地跟我解释一下，你真没有从她那儿得到过什么？"

"没有。"

"撒谎，跟我装正经。"

"我要装，那得有装的理由，可是我发誓，撒谎对我没好处。"

"不可思议，因为说到底你并不是木头木脑的人。怎么，她就没有一时把握不住自己的时候？"

"没有。"

"那是因为这种时候来的快，你没有发现，很可能就错过了。我恐怕你是一时发蒙，你这样正派、敏感、温柔的人容易犯这个毛病。"

"那么您，骑士，"我对他说，"在这件事上您究竟想干什么？"

"什么也不干。"

"您没有任何欲求？"

"恕我直言，我不但有所求，而且由来已久，但是你来了，你见了，你赢了[①]。我觉察到她经常望着你，对我却很少有正眼，在

---

① 这里摹仿古罗马皇帝恺撒的名言 Veni, vidi, vici（我来了，我见了，我赢了），这种戏拟显然有反讽的味道。

我看来事已至此无可挽回。我和她还是好朋友，她有心事愿意向我倾诉，我的意见她也能够听进去。你将我挤压成陪衬，无奈之下我接受了这种地位。"

雅克：先生，我得说说两件事：一件事，我讲故事，从来不曾有过不被这个或那个捣蛋鬼打断的时候，而您讲故事却总能一气呵成。生活的轨迹就是这样：一个人跑步穿过荆棘，毫发无损，另一个人东张西望，寻思何处下脚，发现能走的地方都是荆棘丛生，而等他到达营地，已经遍体鳞伤。

主人：莫非你忘了我的口头禅，忘了伟大的长卷，忘了那上边写的？

雅克：另一件事，我始终认为，您那位圣乌安骑士是个大骗子，这家伙先是伙同那帮放高利贷的，勒·布伦、迈瓦尔、马蒂厄·德·福尔若或者福尔若·德·马蒂厄还有那个叫布利杜瓦的女人，把您的银子瓜分了，现在又琢磨着在公证人与神父的见证下，把他的情人推给您来负担——不用说是出于一片赤诚之心咯——以便能够与您分享您的太太……哎呀，这喉咙！……

主人：你知道自己在做什么吗？一件很平常却也很无礼的事。

雅克：这正是我所长。

主人：刚才你抱怨自己讲话时别人插嘴，而现在你就在插嘴。

雅克：要怪就怪你给我立了坏榜样。当妈的想卖弄风情，又想叫闺女循规蹈矩；当爹的想挥金如土，又想叫儿子省吃俭用；当主子的想……

主人：打断仆人讲话就打断，而且不允许自己讲话别人插嘴。

看官，您是不是担心再次出现客栈里发生的那一幕：一个说："你给我下去。"另一个说："我就不下去。"我凭什么不会让您听到："我就要插嘴！你不许插嘴！"当然，尽管我没有挑唆雅克，也没有挑唆他的主人，争吵已经开始，可是如果我火上加油，谁知道要如何收场？不过事实上，雅克嗫嚅地回答主人："先生，我不插嘴，我是与您聊天，这是您允许的。"

主人：好吧，不过这还没完。

雅克：我还干了什么坏事？

主人：你抢在讲故事人的前面把话说出来啦，人家暗忖给你个惊奇，这点乐子却被你夺走了，可恨你猜出了讲故事的人准备讲的事，在不该卖弄的地方卖弄小聪明，讲故事的人除了无语还是无语，所以我无语。

雅克：嗨，主子！

主人：聪明人就是讨人嫌！

雅克：同意，不过您不至于冷酷到……

主人：你起码得承认，这是你咎由自取。

雅克：承认，承认，不管怎么着，您不妨看看您的表，嗅一下鼻烟，等您气顺了，您再接着讲您的故事。

主人：这鬼东西，想怎么对我就怎么对我。同骑士这次交谈之后半个月，他到我家来，一脸的喜气。"嘿，朋友，"他对我说，"又一次，看你信不信我的预言？我对你说了，咱们战无不胜。这是小姑娘的一封信；没错，一封信，她写的信……"这封信写得温情脉脉，有责备，也有埋怨，如此这般……于是我回到了她府上。

看官，读到这儿，您停住了，什么情况？哦，我明白您的意思，您想看看这封信。估计里柯波尼小姐①早晚会给您看的。我知道，拉鲍姆莱夫人对两个女信徒口授的信您没看到，一直感到遗憾。尽管这封信与阿加特的信要写下来，各有各的难点，况且我也不认为自己是绝顶高手，可是我相信自己还可以对付。然而这样写出来的东西不是原信原样，倒可能有点像蒂托·李维②《罗马史》或者班蒂佛格里奥大主教③《弗兰德战争》里面的高头讲章。这些高头讲章读来津津有味，但是幻想的空间却被毁灭殆尽。一个历史学家，如若他为其人物编造人物未讲过的话，那么他就可能编造人物未做过的事。对这两封信，我请您还是不要太在意，继续读下去就是。

主人：她家人问我为什么好久不见，我胡乱编个理由，他们也就不再追问。一切都恢复了常态。

雅克：那就是说，您继续挥霍钱财，而您的风流事并没有因此而有所进展。

主人：骑士时常问我有什么新情况，他显得很着急。

雅克：他很可能真的着急。

———————

① Marie Jeanne Riccoboni（1713—1792），法国小说家，主要作品是《伊丽莎白-苏菲·德·瓦利埃信札——致路易丝-奥当斯·德·冈特勒》。
② Tite-Live（约前59—17），古罗马著名历史学家。
③ Cornelio Bentivoglio（1688—1732），意大利大主教。

主人：那是为何？

雅克：为何？因为他……

主人：把话说完。

雅克：我不能再说，得让讲故事的人……

主人：我的训教对你起作用了，我很高兴……有一天，骑士提议我们俩一块儿去散散心，到乡下去过一天。我们一大早出发，在一家客栈用了午餐，下午又在那里喝了酒。酒是好酒，我们喝得酩酊大醉，议论政府，议论宗教和女人。骑士从来不曾对我如此信任，如此友好，把他的经历一五一十告诉我，坦率得叫人难以置信，不论好事坏事，统统不隐瞒。他喝酒，拥抱我，动情地流泪；我喝酒，拥抱他，也动情地流泪。说起过去的所作所为，他讲只有一件事感到自责，弄不好得把内疚带进坟墓。

"骑士，把这件事吐露给你的朋友吧，这样你可以轻松点。说吧，究竟是什么事？究竟是什么小小的过失让你耿耿于怀，小题大做？"

"不，不，"骑士高喊，头埋下去，双手羞愧地捂住脸颊，"这是一个污点，一个无法原谅的污点。你信吗？我，圣乌安骑士，曾经欺骗，欺骗，是的，欺骗了自己的朋友！"

"究竟是怎么回事？"

"唉！当时我和他，同我和你一样，经常出入同一个人家。那家人有个姑娘，就像阿加特。我朋友看上了姑娘，但姑娘爱的是我。朋友为姑娘耗尽了钱财，我得以坐享其利。我一直没有勇气对他说实话。如果我们还能见面，我一定要把心里的话和盘托出。

这个丑恶的秘密我一直藏在心底，沉甸甸的，我必须卸下这副重担子。"

"骑士，你这样做就对了。"

"你支持我这么做?"

"当然了，我支持你。"

"你认为我朋友会怎么样看待这件事?"

"如果他真是朋友，如果他知道好歹，他一定会看重你的道歉，他会被你开诚布公懊恼悔恨的态度所打动，他会搂住你的脖子，一如我若是他会做的那样。"

"你真那么认为?"

"我真那么认为。"

"你也真那么做?"

"应该没问题……"

话音没落，骑士已经起身走到我眼前，热泪盈眶地冲我张开双臂，说道："朋友，那就拥抱我吧。"

"怎么! 骑士，"我说道，"你说的是你? 是我? 是阿加特这个贱人?"

"是的，朋友。你有什么话尽管说，你想怎么对我也全由你自己做主。假如你与我一样觉得我行事不端，无可救药，那就绝对不要宽宥我。你可以起身离开，以后尽管带着鄙夷看我好了，任由我沉浸在痛苦与悔恨之中。唉，朋友，你是不知道，那个贱人在我心里有多大分量! 我生在正经人家，你想想我得承受多大的痛苦才能自轻自贱，充当这可耻的角色。不知多少次，我的目光从她身上掠过，向你望过去，我在为她的欺骗和我的欺骗而呻吟。可惜没有迹象说明你对此有所觉察……"

他说话时，我愣住了，一动不动有如一根木桩，勉强能听到他的话。我大叫："呸，你不配！呸呸，骑士，你你……你也配是朋友！"

"当然是，过去是，现在也还是，因为我掌握了一个秘密——算不上我的秘密，多半是她的秘密，为的是帮你摆脱这个女人的纠缠。叫我难过的是，你为这女人做了许多，却没有得到丝毫补偿。"

听到这儿，雅克放声大笑，还吹了声口哨。这不是考莱①《酒中真言》里的话吗？……看官，您不知道自己在说什么。您拼命卖弄您的聪明，其实您是个不折不扣的笨蛋。酒里哪有什么真言，酒里只有谎言。我刚才说话粗鲁了，我有点生气，我请您谅解。

主人：我心中的怒火渐渐平息，我拥抱骑士，他重新落座，双肘支在桌上，握拳压住眼睛，他不敢瞧我。

雅克：他太伤心了！您心里不落忍，安慰他了吧？（雅克又吹了声口哨）

主人：当时我觉得最稳妥的办法就是用玩笑来化解。我每说一句逗乐的话，骑士就对我说道："你这个人，世上绝无仅有，你比我强出千百倍。如果反过来是我受到这样的委屈，我怀疑自己能有原谅你的气度和胆识，而你却能一笑了之，别人是做不到的。

---

① Charles Collé（1709—1783），法国剧作家。

我的朋友，我该怎么做才能弥补过失？……唉，朋友，这个过失永远弥补不了，我永远永远也忘不掉自己的罪过，也忘不掉你的雅量。这两点铭刻在心。铭记第一点，我厌恶自己，铭记第二点，我崇拜你，加倍爱你。"

"好了，骑士，别再想这个了。无论是说你的行为还是我的行为，你的话都过头了。为你的健康干杯。骑士，好吧，为我的健康干杯——既然你不愿意提你的健康……"骑士一点点恢复了元气，他向我详细讲述了他如何哄瞒我，他拼命用丑话形容自己，他数落那姑娘，数落她爹、妈、姑妈乃至整个人家，说他们是一帮子贱货，根本配不上我，相反与他倒相配——这是他的原话。

雅克：这就是我为什么奉劝女人莫跟喝醉的人上床的缘故。骑士背叛友谊，我瞧不起他，他对女人三心二意，我几乎同样瞧不起他。去他的吧！他当初要是……当个老实人，开始就跟您说……算了，不说了。先生，我还是那句话，他是个无赖，头号大无赖。我不知道这事怎么了结，我很担心他一面跟您坦白，一面又在忽悠您。赶快把我，把您自己，从小客栈拉走，从这家伙的狐群狗党身边拉走……

说到此，雅克又举起酒壶，他忘了里面既没有汤剂也没有酒，主人笑起来。雅克连续咳了一刻钟，主人掏出表和鼻烟盒，继续讲故事。如果您赞成，我打算打断他，即便打断他的目的只为呛一下雅克，向他证明并非像他想的那上边写了，他讲话一定会被打断，而主人一定不会被打断。

主人（朝着骑士）："你把这家人这样痛骂一顿，我希望以后你不再见他们。"

"我？再见他们！……不过，离开他们之前不报复一下，心有不甘哪。他们欺骗、玩弄、嘲笑、搜刮了一位绅士，又利用了另一位绅士——我自认还算是绅士——的感情与软肋，引诱他干了许多坏事，他们差一点叫两个朋友反目成仇，甚至置对方于死地——说到底，亲爱的，你得承认，你这个人眼里揉不得沙子，如果发现了我的丑恶行为，很可能恶向胆边生……"

"不会，不会到这个地步。总之，为什么要闹到这个地步？为谁闹？为了谁都不敢保证不会犯的过失？她是我太太？她会成我太太吗？她是我女儿？不是，她就是一个小女孩，你觉得为了一个小婊子……好了，朋友，把这事放下，喝酒。阿加特年轻活泼，肌肤白净，凝脂丰腴，肉体紧绷绷的，对不对？皮肤水润润的，对不对？这样的女孩受用起来想必销魂，我猜想你偎在她怀里的时候，早就把朋友扔在脑后了。"

"可以肯定的是，尽管女人的妩媚和男女的欢悦，算是开脱我过错的些许说词，但是我毕竟罪恶太深，天下数得上第一了。"

"话说到这儿，骑士，我要说说我的想法了。我刚才的宽厚不算数，真要我忘掉你背信弃义，必须有个条件。"

"只管说，朋友，说说你的吩咐，要我从窗口跳出去，还是要我上吊、跳河，还是把这把刀插进胸膛？……"

说着，骑士抓起了桌上的一把刀，解开领口，敞开衣襟，他眼神迷离，右手持刀，刀尖直抵在左胸锁骨窝，仿佛就等我发话，他便依照古风了结自己。

"我说的不是这个，骑士，放下这把晦气的刀。"

"我不放，这是我应得的下场，你发话吧。"

"把这晦气的刀放在这儿，我跟你说了，我不能让你用这么高昂的代价赎罪……"然而刀尖却依然停在他左胸锁骨窝里。我抓住他的手夺过刀，抛得远远的，然后将酒瓶移近他的酒杯，满满斟上，对他说道："先喝酒，然后你就知道要我原谅你的条件是什么了。这么说，阿加特确实妩媚妖冶，通晓风情？"

"嘿，朋友，是不是这样，你和我一样清楚。"

"别着急，咱们先再叫一瓶香槟，然后你给我讲讲你的销魂一夜。可爱的叛徒，你讲完了才能得到赦免。来吧，开始，你没听到我的话吗？"

"我听到了。"

"我的判决，你觉得太重了？"

"不重。"

"你做梦哪？"

"我是在做梦！"

"我要你做什么？"

"讲我与阿加特的销魂一夜。"

"就是呀。"

然而骑士却从头到脚打量我，自言自语道："身量一模一样，年纪差不多，就是有什么破绽，没有光线，她凭想象觉得是我，不会起疑心……"

"我说，你在想什么呢？你的酒杯还满着，你讲不讲！"

"我在想，朋友，我刚才想好了，全部解决：拥抱我吧，我们可以报仇了，没错，报仇了。对我来说，她是个贱人，不过她虽然配不上我，但是还是配得上小狐狸精这个称呼。你不是想知道我的销魂一夜么？"

"是啊，这要求过分吗？"

"不过分，但是如果我不给你讲，而是送给你一个销魂之夜呢？"

"那当然求之不得。"（雅克吹了声口哨）

骑士旋即从兜里掏出两把钥匙，一大一小。他对我说："小的是开街门的通用钥匙，大钥匙是专开阿加特前屋的。拿着，两把钥匙全归你用了。大约半年以来，我是这样干的，你可以如法炮制。阿加特屋子的窗户在前面，这你知道，只要那两扇窗户亮着，我就在街上溜达。约好的信号是往窗外放一盆藿香花，一看到信号，我就走向她家打开大门，闪身进去关好门，尽量蹑手蹑脚地上楼，拐进右手的小过道，过道左手第一个门就是阿加特的房间——你知道的。用这把大钥匙打开房门，进入右侧的衣帽间，里面有一支夜里照明用的蜡烛，借着蜡烛的微光，我很方便地脱掉衣服。阿加特让房门虚掩着，我进去，阿加特已经在床上。这个你懂吧？"

"完全明白。"

"四周房间都有人，所以我们不出声。"

"而且我觉得你们有比饶舌更要紧的事。"

"万一有情况，可以跳下床藏进衣帽间。不过这种事从来没发生过。我们的习惯做法是凌晨四点分手，但是如果我们欢悦过度睡过了时间，我们就同时起床，阿加特下楼，我留在衣帽间穿戴好，读一会儿书，放松一下，等到适合露面的时间我就下楼，与大家打招呼拥抱，做出刚刚进门的样子。"

"今天晚上她等你吗？"

"每天晚上都等。"

"你把位置让给我？"

"诚心诚意。你要是觉得真正过一夜比听我讲有意思，我心里没有半点芥蒂，不过照我的意愿，需要……"

"说吧，我觉得为了让你高兴，没有什么事是我不敢做的。"

"需要你在阿加特怀里待到天明，然后等我到了，好撞你个正着。"

"啊！不行，骑士，这未免不怀好意啊。"

"不怀好意？我没你想的那么坏。在此之前，我先在衣帽间脱了衣服。"

"得了吧，骑士，我看你是有鬼魂附体了。再说也没可能这样做，你把钥匙给了我，你就没钥匙了。"

"嘿，朋友，你可真够笨的。"

"我觉得自己还可以啊。"

"咱俩为什么不能同时进去呢？你去与阿加特幽会，我留在衣帽间，直到我们觉得合适的时候你给个信号。"

"说实话，真够好玩的，真够疯狂的，我真的很想依了你。可是骑士，细想想，我认为还是以后另找个晚上来演这出滑稽戏为好。"

"哦！我明白了，你的意思是多报复几次。"

"你同意么？"

"完全同意。""

雅克：您的骑士把我脑袋搅糊涂了，我原来以为……

主人：你以为？

雅克：不敢，主子，您接着说。

主人：我们喝啊，说啊，谈论不久之后阿加特在我与骑士中间的那个夜晚，以及以后的很多夜晚。骑士又显出意气飞扬的神色，言谈也不算沉闷。骑士教给我许多房事律条，要一一遵循并非那么简单，不过以往很多夜晚我也过得有声有色，所以这第一夜，尽管骑士自认为身怀绝技，对于骑士的水平我却也不遑多让。他没完没了讲的最多的是阿加特如何有手段，如何尽善尽美，如何解风情。骑士以一种高超的艺术给美酒迷醉添上了美色迷醉。我们感觉到报复的时刻正向我们慢慢走来，然而我们还是离开了餐桌。骑士付了账，这是破天荒第一回。我们登上马车，俩人都迷迷糊糊的，而车夫与仆人比我们更迷糊。

看官，我要是在这里让车夫、骏马、车辆，连同主人和仆人都栽到坑里去，谁能拦着我呢？如果大坑让您心颤，我就让他们平安回到城里，进城以后与另一驾马车剐蹭，我让那驾车上也坐一帮醉醺醺的年轻人，谁能拦着我呢？有人出言不逊，于是互怼互骂，拔剑相向，发生一场中规中矩的争斗。如果您看不惯争斗，我就让阿加特小姐与她的一位姑妈替代这群青年人，谁又能拦着我呢？然而，这一切都没有发生。骑士与雅克的主人回到巴黎，主人换上骑士的衣服。半夜，他们到了阿加特的窗下。灯光熄灭，那盆藿香出现在老地方。他俩又在街上转了一圈，骑士把他的经验又传授一遍。他俩挨到大门前，骑士打开大门放雅克的主人进去，留下开街门的通用钥匙，将过道的钥匙递给雅克的主人，关好大门便扬长而去。雅克的主人简单交代了这些细节之后，接着说道：

"这房子我熟悉。我踮着脚尖上了楼，拧开过道门，关门后踏进衣帽间，那盏夜灯亮着。我脱掉衣服，卧室的门半掩半开，我进屋走向床帐，床帐里阿加特还没有睡，我撩开帐子，瞬间被两条光溜溜的胳膊围住脖子，往下一拉，我顺势睡到床上。爱抚弄得我周身酥软，我还以同样的柔情。刹那间我成了这世上最幸福的人，当我准备再次体验这幸福时，这时……"

这时，雅克的主人发现雅克睡着了或者假装睡着了，他便对雅克说："你睡着了，蠢家伙，故事讲到最精彩的地方你居然睡着了！……"也就是这个时候，雅克听见主人说话了。"你该醒醒了吧？"

"我认为还不行。"

"那为什么？"

"因为假如我醒了，我嗓子的毛病就也醒了，倒不如我与它都休息……"

说着，雅克的脑袋便又耷拉下去了。

"你就不怕折了脖子。"

"不怕，既然那上边都写好了。您不是在阿加特的怀里吗？"

"是呀。"

"您觉得不快活？"

"快活极了。"

"那就待着吧。"

"让我待着，你就爱这么说。"

"起码要待到我知道了戴格朗的膏药的故事为止。"

"忘恩负义的东西，你是在报复。"

雅克：就算是吧，主子，您问了无数问题，耍了无数花招，把我的风流事弄得七零八碎，我一句怨言也没有，我就不能恳请您把您的风流事搁一搁，给我讲讲好心的戴格朗的膏药？我在外科医生家身无分文，前途未卜，是戴格朗救我出了困境，在他家我才得以结识丹妮丝，而要是没有丹妮丝，我何以能伴您走这么远的路，说这么多的话？主子，我亲爱的主子，戴格朗的膏药对您来说，您高兴简短说就简短说，而对我来说，它可以驱散袭上心头控制不住的困乏，您放心，我一定聚精会神地听。

主人（耸耸肩膀）：戴格朗的邻人中有一个风姿绰约的寡妇，她与上世纪的一位名妓①很有些相同之处。从理智上，她是一个安分守己的人，从性情上，她是一个不拘礼节的人。昨天做了错事，今天追悔莫及。终其一生，就是不断从风流到悔恨，再从悔恨到

---

① 指尼侬·德·朗克洛（Ninon de Lenclos, 1620—1705），法国名妓、作家。

风流。风流成性不妨碍她悔恨，悔恨的积习也不妨碍她风流。我认识她的时候，她实际上已经来日不多，常说她就要摆脱这两个强大的敌人了。她身上仅有一个毛病，她丈夫以为应该指责，却听之任之。她在世的时候，她丈夫对她怜惜有加；她过世后，他伤感了很久[①]。他认为，他要是不准他女人去爱，就如同不准他女人饮酒一样荒唐可笑。对女人捕获了一个又一个男人，他予以原谅，对他而言重要的是，他女人选人的眼光很敏锐。一个蠢货或者一个恶棍向她示好，她从不理睬，她的青睐无异于给才华或者正直打赏，说一个男人是或曾经是他的情人，那就是说这个男人不是等闲之辈。她知道自己水性杨花，所以她绝不发什么山盟海誓。"我这辈子就起过一个假誓言，"她说，"就是第一个誓言。"不管是人家淡忘了对她的感情，抑或是她淡忘了对人家的感情，朋友终归还是做得的。禀性与行为之间的反差如此鲜明，委实绝无仅有。大家觉得很难说这个女人品行端正，但是大家又都承认，找不出比她更正直的人了。她的神父很少见她坐在布道坛下面，却时常目睹她为穷人敞开钱包。她打趣说，宗教与法律好比一副拐，有人腿脚发软，你就不应该把拐拿走。女人们想到自己的丈夫就害怕与她来往，可是想到自己的孩子又渴望与她来往。

雅克（在牙缝里嘟囔了一句："我会叫你为这些烦人的描写付出代价的。"然后接着说）：您是不是迷上这个女人啦？

主人：要不是戴格朗捷足先登，我肯定会为她发狂。但戴格

---

① 此处叙述出现漏洞，此妇人既为寡妇，死后何来丈夫为其伤心？

朗后来爱上了……

雅克：先生，戴格朗膏药的故事与他的爱情故事关系有那么紧密，竟弄得两下分不开？

主人：当然分得开。膏药是一段小插曲，故事则是讲述他们相爱前后发生的一切。

雅克：发生了很多事？

主人：很多。

雅克：假如您讲每一件事都像描述寡妇那样长篇大论，那么从现在起直到圣灵降临节，我们也走不出您的故事，您的风流事和我的风流事就都没戏了。

主人：既然这么说，雅克，那你干吗还跟我打岔？……你在戴格朗家没看见一个小娃娃？

雅克：一个调皮、固执、放肆、体弱多病的小孩？没错，我见过。

主人：他是戴格朗与寡妇养的私生子。

雅克：这娃娃给戴格朗添了不少忧愁。他是独生子，这是一条足以使他成为逆子的理由，他将来会很富有，这又是一条足以使他成为逆子的理由。

主人：他体弱多病，所以什么也不叫他学，无论何事都不管束他，也不为难他，这是第三条足以使他成为逆子的理由。

雅克：一天夜里，这个小疯子像畜牲似的嚎叫起来，整栋房屋的人都惊醒了，大家奔过去，他要他父亲起来。

"您父亲睡了。"

"我不管，我要他起来，我要，我就要……"

"他生病了。"

"我不管，我要他起来，我要，我就要……"

有人禀告戴格朗，他披上睡袍，来到儿子跟前。

"说吧！宝贝，我来了，你要什么？"

"我要他们都过来。"

"谁？"

"庄园里所有的人。"

厨师、仆人、客人、蹭饭的，还有冉娜、丹妮丝与忍着膝盖伤痛的我，总之所有人，只有一个例外，是一个残废的门房老太太，已经获准养老，住在离庄园三四里路的一间茅屋里。小疯子要人把老太太找来。

"可是，我的孩子，现在是半夜。"

"我要她来，我要。"

"你知道，她住得很远。"

"我要，我要。"

"她年纪大了，走不动的。"

"我要，我要。"

可怜的门房来了，是人家抬过来的，否则要她走过来，比叫她把路一口口吃下去还难。人到齐了，小疯子叫人扶他起来，给他穿好衣服。等他起来穿好衣服，他叫人全都到大厅去，他自己由人搀扶到他父亲的大躺椅中落座。一切照办。他叫我们互相牵手，一起跳圆圈舞，于是我们一起跳圆圈舞。但是，更加不可思议的事还在后头呢……

主人：我希望你抬抬手，不说后面的事行不？

雅克：不行，不行，先生，您得听下去……他还以为拖泥带水地描述了小疯子的母亲，能够不受报应哩……

主人：雅克，我太惯着你了。

雅克：您认栽吧。

主人：对寡妇又臭又长的描述，叫你耿耿于怀，但是，你讲她儿子的怪癖，也是又臭又长，你已经把苦恼送还给我了。

雅克：既然您这么看，那么还是接着讲他老爹的故事吧。但是，主子，别再做人物描写，我讨厌人物描写讨厌得要命。

主人：你干吗那么讨厌人物描写？

雅克：因为这些描写太不真实，假如我们碰巧和真人见了面，我们根本就认不出来。您就跟我讲讲发生了什么事，真实地复述人家讲了什么话，我立马就知道我面对的是什么人。有时候，一个词或一个手势教给我的，比满城传言教给我的还要多。

主人：有一天戴格朗……

雅克：您不在的时候，我有时会溜进您的书房，拣一本书，通常是历史书。

主人：有一天戴格朗……

雅克：我翻看书里的画像。

主人：有一天戴格朗……

雅克：对不起，主子，机子已经上足发条，不走到底是不行的。

主人：真的上足了？

雅克：上足了。

主人：有一天，戴格朗邀请美丽的寡妇与四邻的几位乡绅共进晚餐。戴格朗的威望此时已经是强弩之末，受邀的客人里有那么一位，水性杨花的寡妇开始跟这位眉来眼去了。他们上了桌，戴格朗与情敌并排而坐，寡妇在他们对面。戴格朗绞尽脑汁，想叫席面热闹些，他对那寡妇讲了许多好听话，但是女人心不在焉，一句话也没听进去，只是拿眼瞟那情敌。戴格朗正好掂起一只生鸡蛋，因为妒火中烧，身体一激灵，不觉攥紧了拳，但见那鸡蛋从手心里挤飞出去，扑哧砸在邻座脸上。邻座手一挥，戴格朗攥住了他的手腕，附耳说道："先生，您的意思我明白了……"举座肃静，美丽的寡妇感到很难堪。这顿饭吃得又沉闷又急促。撤席之后，寡妇叫人把戴格朗与情敌双双请到另一个房间，一个女人为了让二人握手言和，只要不失体面该做的都做了。她哀求、流泪、晕厥，满满的真情实感。她握着戴格朗的手，泪眼却望着另一位。她对这一位说："您是爱我的！……"对戴格朗说："您是爱过我的！……"同时对二人说："可是你们想毁了我，让我成为笑柄，全省人仇恨与蔑视的靶子！你们俩不论谁夺走了对手的生命，我都永远不会再见他，他既不可能做我朋友，也不可能做我情人，我但有一口气，对他的恨就不会中止……"然后她虚弱难支，就在她即将昏厥过去之际，放出话来："两个负心汉，拔出剑来，刺进我的胸膛吧，如果我临死能目睹你们相互拥抱，我死也无憾！……"戴格朗与情敌要么愣在那里不动，要么上前救护，反正眼眶里都滚着泪花。不管怎么说，大家非分手不可了。寡妇被送回家，人跟死了似的。

雅克：哎！先生，您给这女人画的这幅画像对我有何用？您说的这些，难道我到现在还不知道？

主人：第二天，戴格朗去拜访他的风流多情女，竟与那个情敌相遇。谁吃了一惊？情敌与女人都很吃惊，因为他们看见戴格朗右脸颊上敷了一块圆膏药。"这是干吗？"寡妇对他说。

戴格朗：没什么。

情敌：有点红肿？

戴格朗：会好的。

交谈数语，戴格朗告辞，临走朝情敌打了个手势，其中的意思，对方心领神会，便也下楼来。二人分别朝街道两头走，走到寡妇花园的后面二人相聚，然后便打斗在一处。戴格朗的情敌就地扑倒，伤得不轻，不过并不致命。有人将他抬回家，同时戴格朗回到寡妇家。他坐定身子，又与寡妇谈论头天发生的事。寡妇问他脸上敷那个滑稽的黑圈是什么意思，他起身朝镜子里瞧了瞧，"确实，我也觉得这玩意儿有点大……"他拿过女人的剪子，揭下圆膏药，剪小了一二圈，又贴回去，对女人道："现在您觉得我怎么样？"

"比刚才的模样，滑稽少了一二分。"

"好歹管点用。"

戴格朗的情敌伤愈，又一次决斗，胜方还是戴格朗：于是又连续决斗五六回，每斗一回，戴格朗就将膏药剪下一小边，将剩下的贴回腮帮子。

雅克：这事后来是怎么了结的？他们把我抬到戴格朗庄园的时候，他脸上好像没有黑圈。

主人：是没有。这件事随着美丽的寡妇去世而终结。因为这件事，她长期闷闷不乐，本来就虚弱，三天两头闹病的身体被彻底搞垮了。

雅克：那戴格朗呢？

主人：一天，我和他一块儿散步，他接到一封短笺，读罢，他说道："他是个好人，但是我不会为他的死而难过……"说着他就揭下了脸颊上剩下的黑圈，那黑圈剪来剪去，已经所剩无几，仅与一只普通的苍蝇一般大小。这便是戴格朗的故事，不知雅克是否满意，我现在是否可以请他听听我的爱情故事，要不然请他讲讲他自己的爱情故事？

雅克：不听你讲，我也不讲。

主人：理由何在？

雅克：理由是天太热，我太累，这地方景色幽美，我们可以躲进树荫，在溪水边乘凉，美美地睡一觉。

主人：我同意。不过，你的感冒怎么样了？

雅克：这是热感冒，医生说了，以毒攻毒，医之道也。

主人：肉体如此，精神也是如此。我发现一件怪事，道德训词很少有不演变成医学格言的，反过来，医学格言也很少有不演变成道德训词的。

雅克：大概是这样吧。

他们下马仰卧在草地上，雅克对主人道："您醒着，还是睡着？如果您睡，我就不睡，如果您不睡，我就睡。"

主人道："你睡吧，睡吧。"

"我真能指望您醒着？这回我们可不能把两匹马都弄丢了。"

主人掏出怀表和鼻烟盒；雅克努力想入睡，可是不断惊醒过来，举起双手胡乱拍。主人对他说："你见什么鬼啦？"

雅克：我是给苍蝇蚊子闹的。我真希望有人告诉我，这些烦人的小生物有什么用？

主人：你认为它们没用处，是因为你不知道它们的用处。大自然不会创造无用的、多余的东西。

雅克：这话我信，不论何物，既存在，就有存在的理由。

主人：如果你血液过多，或者有坏血，你怎么办？你会请外科大夫给你放血，放一二托盘的血。那好，这些蚊子，你烦它们，其实它们就是一群会飞的小大夫，携带一支支小标枪，扎进你身体，给你一滴一滴放血。

雅克：是的，但是它们乱扎一气，也不管我是多血还是少血。您叫一个瘦骨伶仃的人来，您看看这些会飞的小大夫扎不扎他。这些蚊子想的是它们自己。自然万物都为自己着想，而且只为自己着想。这会不会伤害到他人？管他呢，只要自己觉得快活就好⋯⋯

说完，雅克又拿双手在空中乱拍，一边还说道："会飞的小大夫，见鬼去吧！"

主人：雅克，你知道加罗的寓言①吗？

———————————

① 见拉封丹《寓言集》六卷·四《橡果与葫芦》，里面的人物叫加罗。

雅克：知道。

主人：你觉得这则寓言怎么样？

雅克：不怎么样。

主人：答得太快。

雅克：而且可以立刻说明为什么。就算那株橡树结的不是橡果而是葫芦，那个傻乎乎的加罗会睡在橡树下面？就算他睡在橡树下，不论掉下来的是橡果还是葫芦，跟他的鼻子受不受伤又有什么关系？这种玩意儿，您尽管读给您孩子听好了。

主人：与你同名的哲学家①不这么看。

雅克：每个人都有自己的看法。再说了，让-雅克与雅克不同名。

主人：那是雅克的遗憾。

雅克：不等读到天书最后一行的最后一个词，谁能说得准？

主人：你想说什么？

雅克：我想说，您说话，我回话，您跟我说话却并不想跟我说，我回答您的话却并不想回答。

主人：你还想说什么？

雅克：说什么，说咱俩真真切切是两台活的、会思想的机器。

主人：那眼下你在想什么？

雅克：说实话，还真有点想法。两台机器中只有一根多余的发条在运转。

_____

① 指让-雅克·卢梭，他在儿童教育小说《爱弥儿》里称赞了这则寓言。

主人：你说的这根发条……

雅克：如果我认为这根发条莫名其妙在运转，那我还不如见鬼去。我队长说过："果对于因，如影随形；原因弱，结果也弱；原因短暂，结果也短暂；原因永久，结果也永久；原因受阻，结果就慢；原因中止，结果就归零。"

主人：但是，我感到，我从内心感觉自己是自由的，因为我能感觉到自己在思想。

雅克：我队长常说："是的，眼下你一无所求，不过你是不是愿意一头从马上栽下来？"

主人：行啊，我就从马上栽下来。

雅克：要兴致勃勃地摔，不埋怨、不勉强，就如同您是在客栈门口下马那样。

主人：不可能完全一样，不过只要我摔下来，只要我感觉自己是自由的，一样不一样有什么要紧？

雅克：可是我队长常说："你难道没有看出来，要不是我怂着你的话说，你哪里会心血来潮要自己摔折脖子？所以实际上等于是我捉住你的脚把你抛下马鞍的。如果你摔下马证明了什么，那证明的也不是你的自由，而是证明你疯了。"我队长还说，具备无动机表现自由的能力，是精神失常的基本特征。

主人：这样说我，未免有点过火。不过随便你队长怎么说，也随便你怎么说，反正我认为，我想到了，我就要。

雅克：可是如果您的愿望过去和现在一直可以任意掌控，那么您现在既然不愿意爱一个坏女人，您每次想不再爱阿加特怎都办不到呢？主子，我们这辈子，大部分时间都在想，却都没有做。

主人：的确如此。

雅克：做的时候却没有想。

主人：这一点，你能给我解释一下吗？

雅克：如果您同意我的说法的话。

主人：我同意。

雅克：那以后我会解释的。现在谈点别的吧……

说了这通废话以及几句同样无聊的话之后，俩人都闭上了嘴。雅克掀起他硕大无朋的帽子，这帽子雨天挡雨，暑天遮阴，不论什么天气都能护住天庭，在这个幽暗的大堂之下，每逢关键时刻，世上顶级聪明的脑瓜便向命运发出叩问……帽子掀起来，雅克的脸便挪到上半身的中间，帽子放下来，他就只能勉强看到十步以内，因此他养成了仰面昂头的习惯。这种时候，他的帽子可以这样形容：

> 它给人以高贵的面容，
> 它要求他昂向天空，
> 举目注视繁星。①

雅克掀起硕大无朋的帽子，举目远眺，见一名农夫正朝两匹

---

① 出自古罗马诗人奥维德的《变形记》，作者引用时有细微改动。

拉犁的马中的一匹徒劳地挥舞鞭子。这马年轻壮实，卧在犁沟上，不论农夫怎么抖动缰绳，怎么恳求、抚摸、威胁、诅咒、敲打，那畜牲就是动也不动，固执地拒绝爬起来。

雅克望着这场景沉思片刻，然后对主人道——这场景主人也注意到了："先生，您知不知道那边是怎么回事？"

主人：除了眼见的事，你认为还能有什么事？

雅克：您什么也没看出来？

主人：没有，你看出什么了？

雅克：我估计这头愚蠢可恶的瘟种是从城里来的，早年是坐骑，神气活现，不屑于拉犁耕地。说透了，一句话，它同您的马一样，象征着您眼前的雅克及其他像雅克一样的可怜的下人。我们离开乡村，跑到京城披上仆役的制服，宁可在大街上要饭，或者饿死在街上，也不愿意回去种地。其实世上最有用而且最光荣的职业就是务农。

主人乐了。雅克冲着农夫说道——农夫根本听不见："可怜虫，打吧，打吧，随你怎么打，它性子养成了，要想叫这瘟种多少明白什么是真正的尊严，养成一点劳动习惯，你得抽断好几条鞭子才行……"主人还在笑。雅克半是耐不住性子，半是出于怜悯，他站起身向农夫走去，走了不到二三百步，却又转回身跑向主人，口中叫道："先生，快来快来，这是您的马，是您的马。"

这确实是主人的马。它刚一认出雅克与主人，便自己站起，抖动着鬃毛，嘶叫着直立起来，温柔地将嘴贴向雅克的嘴。雅克却气急败坏恨恨地说："混蛋，无赖，懒虫，我真想踢你二十脚！……"相反，主人却亲吻他的马，一只手搭在马背上，另一只手轻轻拍打马屁股，眼里噙着高兴的泪花，口中叫道："我的马儿啊，我的马儿啊，我终于找到你了！"

农夫对这一切无动于衷。"先生们，我看出来了，"他对主仆二人说，"这匹马过去真是你们的。但是我现在拥有它也是完全合法的，它是我上次赶集买的。我买马花的钱，只要你们肯付三分之二的价买回去，就算你们帮我的忙了，因为我对付不了它。你想把它牵出马厩，就好比撞见鬼似的；想给它套上犁，那更难了；到了地里，它索性趴下了。这东西情愿被杀了，也不愿戴辔头或者驮口袋。先生们，你们能不能发发善心，帮我甩掉这可恨的畜牲？它是匹骏马，但是没什么用，除非与骑手一起表演盛装舞步，可那不是我的菜……"雅克他们提出，另外两匹马哪一匹更合适，就用哪一匹来换农夫的马，农夫答应了。两个旅行者不紧不慢地回到刚才休息的地方，他们很满意地看到，换给农夫的马心甘情愿地进入了新角色。

雅克：您瞧见了，主子？

主人：嘿嘿！毫无疑问，你被什么附体了，是上帝，还是魔鬼？我说不好。不过，雅克，我的朋友，我害怕你是被魔鬼附体了。

雅克：为什么是魔鬼？

主人：因为你干了几件奇事，你讲的道理却很可疑。

雅克：我们讲的道理和我们做的事情之间有什么关系吗？

主人：我发现你没有读过堂·拉塔斯台①。

雅克：您说的这位堂·拉塔斯台我确实没读过，他书里说些什么？

主人：他说，上帝与魔鬼都创造奇迹。

雅克：那上帝的奇迹和魔鬼的奇迹怎样区分？

主人：循理而分。道理好，就是上帝的奇迹，道理坏，就是魔鬼的奇迹。

雅克（打了个呼哨，接着道）：那对我这样无知的可怜虫，谁来告诉我奇迹创造者的道理是好还是坏？也罢，先生，咱们上马吧。找回您的马，靠的是上帝还是魔王别西卜②，这有什么要紧的？莫非有什么好坏之分？

主人：没有。不过，雅克，如果你中了邪⋯⋯

雅克：有什么灵丹妙药？

主人：灵丹妙药！办法就是，在为你驱魔之前，把你摁在圣水里，让你喝个够。

雅克：先生，把我摁在圣水里！把雅克摁在圣水里！我宁愿让成千上万的魔鬼待在体内，也不愿意喝一滴，不管是圣水也好，不是圣水也好。您真没看出来，我有恐水症？⋯⋯

啊！恐水症？雅克说的是"恐水症"？——不是，看官，不是，我担保他没说这个词。然而您这么挑毛病非同小可，我必须

---

① Dom La Taste（1692—1754），法国作家，认为魔鬼可能创造奇迹，但会将人引入歧途。
② Béelzébeth，《圣经·新约》谓之魔王，代表七宗罪中的暴食，犹太教则谓之蝇王。

跟您打个赌，您随便从一出喜剧或者一出悲剧里挑一段台词，就算它写得再好，您也不可能不发现人物用的某一个字眼实际上是作者的话。雅克说的是："先生，你没有发现，我一看见水，就犯疯病？……"行了吧？我没有照他说的写，真实性差了点，不过更简洁。

主仆二人上了马，雅克对主人说："您的风流事，上回讲到经过两次鱼水之欢，您正准备享受第三次。"

主人：就在这时，过道的门突然开了。卧室拥进一大群人，气势汹汹地走过来。但见烛光闪烁，耳闻男男女女七嘴八舌。床幔猛然拉开，我看见了阿加特的老爹、老妈、姑妈、表兄妹，还有一名执事。执事对着众人语气沉重地说："先生太太们，别出声。抓贼抓赃，捉奸捉双。先生是有身份的，要把这事摆平，只有一个办法，先生必定愿意主动接受这个办法，而不是叫法律逼迫……"

他每说一句话便被老爹老妈和姑妈表兄妹打断，前者把我骂得狗血淋头，后者则用最不堪的话数落裹在被子里的阿加特。我呆若木鸡，不知道该怎么应对。执事看着我，挖苦道："您委实一表人才，不过眼下您还是起来穿上衣服为好……"我穿上衣服，不过我自己的衣服，他们已经将骑士的衣服换成我的了。有人搬来一张桌子，执事开始滔滔不绝讲起来。老妈使尽浑身解数，生怕女儿吃亏，老爹在旁边不断说："消消气，老婆，消消气，你怎么责骂闺女，该怎样还是怎样。事情的结果不会太糟……"其他人已经各自寻椅子坐下，伤心、愤然、窝火，表情各不相同。老爹不停地数落老妈道："你看，这就是你不看管好闺女的结果……"老妈回道:"先生看上去那么老实,那么彬彬有礼,谁能想到他……"其他人默不作声。口供录毕,有人读给我听。因为录下的都是事实,我便签了字。我随执事下楼,他很客气地请我登上停在门口的马车,随行的队伍相当壮观,马车径直朝"主教台"① 奔去。

雅克:主教台!进班房!

主人:进班房。这场官司麻烦透了。说来说去就是要我娶阿加特小姐,任何妥协方案她父母连听也不听。第二天,骑士来到我牢房,他什么都知道了。阿加特伤心欲绝,爹妈怒不可遏,骑士因为向他们提供虚假消息而遭到无情斥责,说他是他们家庭遇难小姐丢脸的罪魁祸首。这些人可怜巴巴的模样叫他很不落忍,他要求与阿加特单独面谈,费了好一番口舌才得到首肯。阿加特恨不得把骑士的眼珠子挖出来,她用最恶毒的词来称呼他。他对此早有准备,等她的怒火渐渐平息之后,他才竭力开导她去理智地想问题。但是,她说了一件事,使得骑士无以作答:"我父母闯进来,我和你朋友在一起,我是不是应该告诉他们,我以为跟我上床的是你?……"骑士回应道:"你说实话,你真以为我朋友会娶你?""不,应该受到惩罚的是你,你这个臭不要脸的,你这个下流坏。"

"不过,"我对骑士说,"能让我脱身的确实只有你。"

"怎么让你脱身?"

---

① For-l'Évêque,原为巴黎主教裁判台,后改建为监狱,主要关押欠债者、犯事的士兵和演员。十九世纪初拆除。

"怎么办？告诉大家前因后果。"

"我这样吓唬过阿加特，但是我肯定不会真这么做。很难断定这么做对你是不是有帮助，然而可以断定的是，我们俩都会因此名誉扫地。再说，这是你的错。"

"我的错？

"是啊，你的错。我提议的那场恶作剧你要是答应了，阿加特就会从两个男人中间被逮个正着，那样的话，这事最后也就是个笑话。可惜你压根没答应，既然走错了一步，那么如今的问题就是如何挽回了。"

"不过骑士，有件小事你能给我解释一下吗？我拿到的是我的衣服，而你的衣服却放回了衣帽间，说实话，这事很奇怪，我怎么也想不通，头脑一片混乱。我感觉阿加特有点不对劲，我有个念头，她知道这是骗局，她与父母一定串通好了。

"可能你上楼的时候有人看见了。我可以确定的是，你刚脱掉衣服，就有人把我的衣服送回来，还向我讨要你的衣服。

"天长日久这事自见分晓……"

我和骑士，我们正在相对唏嘘、互相安慰、互相指责、互相诅咒、互求谅解的时候，那位执事进来了，骑士脸色发白，匆忙离开。执事是个好人——世上总还是有好人的，他回去之后重读口供记录，想起当年跟他一起念书的一个年轻人与我同姓，于是想到我或许是这个老同学的亲戚，甚或就是他儿子。事实果真如此。执事问的第一个问题是，他进来的时候溜出去的那人是谁。

"他没有溜，"我对执事说，"他就是出去了。他是我的好朋友，德·圣乌安骑士。

"您的朋友！您的这个朋友可真有意思！您知道吗，先生，来向我告发您的就是他，一同来的还有女孩的父亲和另外一个亲戚。"

"是他！"

"就是他。"

"您肯定没搞错？"

"非常肯定。您刚才说他叫什么？"

"德·圣乌安骑士。"

"噢，德·圣乌安骑士，原来如此。您知道您的朋友，您的好朋友德·圣乌安骑士是什么人么？一个土匪，那家伙记录在案的罪行足有百桩。这种人警察局之所以放他们到大街上溜达，是因为时不时对警察还有点用处。他们既行骗，却也揭发骗子。他们干的那些事固然很缺德，但是他们在防止罪恶、揭发罪恶方面起的作用，显然更为重要……"

我向执事如实讲述了我的遭遇，他听了之后并没有显得很乐观，因为所有可以为我洗脱罪名的话都不能向法庭引述，也不能作为证词。不过他答应传唤姑娘的父母，对姑娘也要给点颜色，法官那边他会提醒，任何有利于为我辩护的情节都不会忽略。当然同时他也估计，如果有人给那些人出主意的话，法庭方面没有太多的回旋余地。

"怎么！执事先生，难不成我非娶她不可？"

"娶她！那未免太吃亏，我倒不担心会走到这一步，但是赔偿肯定免不掉，而且数额会相当可观……"然而，雅克，我感觉你有话要对我说。

雅克：是，我想对您说，您搞得比我还可怜，钱花了，人没睡成。其实吧，我想如果说阿加特怀上了，您的故事听起来应该更顺理成章。

主人：你别那么着急否定自己的假设，事实上我被监禁后不久执事就告诉我，阿加特向他宣称自己有身孕了。

雅克：您成了孩子爹……

主人：我没有伤害他。

雅克：您也没有创造他。

主人：不论是法官的庇护还是执事的周旋，都没能够阻止这个案子按法律程序走下去。不过，姑娘与她爹妈素来声名狼藉，所以我出狱之后不必娶她。我被判处一大笔赔偿，除却生孩子的费用，还有拜我朋友德·圣乌安骑士的行止所赐的这个孩子的生活教育费用。这孩子简直就是骑士的微型版，一个大胖小子，我入狱七八个月之后阿加特小姐欢欢喜喜地生下他，人家给他请了个好奶妈，我按月付工钱，一直到现在。

雅克：贵公子几岁啦？

主人：快满十岁了。这些日子我将他留在乡下，学校的先生教他读书写字数数。那里距离我们要去的地方不远，我想借这次机会跟那些人把该结的账付清，带孩子离开，让他学门手艺。

雅克与主人途中又歇了一回，他们离目的地很近，弄不好雅克已经没时间继续讲自己的风流事了，再说雅克的嗓子疼也还远没有见好。第二天他们到了……——哪里？——坦率地说我也不知道。——到了之后他们干了什么？——想干什么就干什么，雅克的主人会把自己的事告示天下吗？不管怎么说，反正办这些事不超过半个月。事情办完，结果是好是坏，对此我还是一无所知。雅克的嗓子倒是全好了，靠的是两副他很反感的药：少吃，多睡。

清晨，主人对仆人道："雅克，套马、上鞍、灌满酒壶，该去你知道的地方了。"说话间一切都办停当。现在他们直奔十年来雅克主人花钱抚养德·圣乌安骑士儿子的地方。他们离开刚才的住宿地不久，主人冲雅克说了下面这句话："雅克，你对我的爱情经历有什么说法？"

雅克：那上边记的事情有的很奇怪。出来个孩子，天知道是怎么来的！谁知道这个私生子将来在世上是个什么角色？谁知道他降生不是来造福的或者不是来王国造反的？

主人：我告诉你都不是。我会让他成为车工或者修表匠。他会结婚生子，他的孩子会在这世上做椅子腿，直到永远。

雅克：是，如果那上边已经写好了。可是车工作坊里就不会出一个克伦威尔？砍掉国王脑袋的那位，如今大家不是说他就自啤酒作坊吗？……

主人：不说这个了。你身体恢复了，又知道了我的风流事，你凭良心不能再推三阻四，应该继续讲你的故事。

雅克：一切都不允许。其一，我们剩下的路不多了；其二，我讲到哪儿已经忘了；其三，我有一种奇怪的预感……感觉我的故事还结束不了，它会给我们带来不幸，我一讲它就会被一个幸福的或者不幸的事故打断。

主人：最好是幸福的事故。

雅克：希望如此，哎，我感觉到了，是不幸的事故。

主人：不幸的！好吧，可是你讲与不讲，都会发生吧？

雅克：谁知道？

主人：你晚生了两三百年。

雅克：不对，先生，我和所有人一样，生逢其时。

主人：你要早生几百年，会是一个占卜大师。

雅克：我不太知道占卜师是干什么的，而且我也不想知道。

主人：这可是你关于猜想的论文里一个重要章节。

雅克：确实。可那是很久以前写的，我连一个字也想不起了。先生，您看，这儿有比共和国所有的占卜师、神鹅圣鸡都灵验的，就是这酒壶。咱们问问它吧。

雅克取过酒壶，问了许久。主人掏出怀表与鼻烟盒，瞧了瞧时间，嗅了嗅鼻烟。雅克说："现在我感到前景不那么暗淡了。您说说我讲到哪儿了。"

主人：讲到在戴格朗的庄园，你的膝盖稍有好转，丹妮丝由母亲差来照看你。

雅克：丹妮丝很听话。我膝盖的伤口差不多愈合了，孩子吵闹那天夜里我还跳了圆圈舞哩，可我还是感到一阵阵的剧痛。庄园的外科大夫，见识比他的那个同行稍微广一些，他思忖这疼痛反复发作，原因只可能是子弹取出来之后，还有异物留在里面，因此他一大早就来到我房里，叫人搬了一张桌子到我床边。等床

286

帐撩开，我看见桌子上排开一件件锋利的家什。丹妮丝坐在床头，哭得像泪人，她老妈叉手立在一旁，脸上阴沉。大夫脱了外套，挽起上衣袖子，右手掂着一把手术刀。

主人：你吓着我了。

雅克：我也被吓着了。"朋友，"大夫对我说，"这疼痛您是不是受够了？"

"太够了。

"您想不想有个了结，还保住您的腿？"

"那当然。"

"那就把您的腿伸到床外，好让我干得顺手一点。"

我伸出腿。大夫用牙咬住手术刀的刀柄，左臂抬起我的小腿，用力夹在臂下，取下手术刀，刀尖对准伤口的缝合处，割开一道又宽又深的口子。我连眉头都没皱一下，但是再娜转过头去，丹妮丝惨叫一声，支撑不住……

说到这里，雅克停止讲述，又一次接触他的酒壶。前面的路越短，他与酒壶的接触就越频繁，或者用测量学家的话说，与距离成反比。雅克的计算是非常精确的，出发时满满的酒壶，到达时正好喝完，路桥学院的先生们无妨拿他作一部精良的计步器，而他每次接触酒壶都是有充足理由的①。这次的理由是让丹妮丝从昏厥中苏醒，也让他自己从被大夫在膝盖上割皮切肉的痛楚里缓过来。丹妮丝苏醒了，他自己也抖擞起精神，于是他继续讲述。

---

① 这是影射德国哲学家莱布尼茨的理论。

雅克：这个大切口将原来的伤口兜底剖开，大夫用钳子从里面抠出一小块裤子碎片，它落在伤口里，疼痛就是它闹的，它还叫伤口迟迟不能完全结痂。这次手术之后，在丹妮丝的照料下，我的身体一天天好起来。不再疼痛，不再发烧，胃口开了，睡得足了，精神头也有了。丹妮丝每次为我换药，动作准确，万分小心。您是没看见她揭开我的夹板时，手底下那份仔细和轻巧，生怕我有一点点疼痛，还有给我清洗伤口时那动作；我坐在床沿，她单膝跪地，把我的小腿架在她的大腿上。我有时候会微微向她腿上用力，一只手扶住她的肩膀，温情脉脉地望着她干活，心想她一定怀着同样的温情。换过药，我拉过她的双手表示感谢，我不知道该怎么说，不知道该如何表达我的感激。她站在那里低眉顺眼，只听不说话。庄园里每来一个货郎，我就没有不向他买点东西的，这一次是一条三角巾，下一次是几尺印花棉布或者纱布，要不就是一个金十字架、几双棉袜、一枚戒指、一串石榴石项链。东西买了，尴尬的是不知怎么送礼，而她尴尬的是不知怎么收。起先，我把礼物拿给她看，如果她说好，我就说："丹妮丝，这是我特地给你买的……"如果她接受，我就双手颤抖着递过去，她也双手颤抖着接过来。有一回，我实在不知道该送她什么好了，我就买了几副织花丝袜带，红白蓝三种颜色。早上她没到之前，我将袜带挂在我床头的椅背上。丹妮丝一瞥见袜带便说道："呀！好漂亮的袜带！"

"给我心上人的。"我对她说。

"您有心上人了，雅克先生？"

"当然了，我没对你说起过?"

"没有。她一定很可爱，是吧?"

"非常可爱。"

"您很爱她?"

"一心一意爱着她。"

"她也一心一意爱您?"

"我不知道。这些袜带就是给她的，她答应要给我一个奖赏，如果她真的给我，我想我会疯的。"

"是什么奖赏呢?"

"两只袜带，我亲手系上一只……"

丹妮丝脸红了，她误解了我的话，以为袜带是送给另外一个女人的。她脸上浮现愁云，手下接二连三出错。她寻找换药的物件，明明就在眼前她却看不见。烫好的酒打翻了。她来到床边给我换药，抓住我小腿的手颤抖不止，绷带解得乱七八槽。待到给伤口消毒，却忘了最重要的东西，便又去取过来为我包扎，这个时候我看见她泪水婆娑。

"丹妮丝，我想你是哭了，你怎么啦?"

"没怎么。"

"哪个坏蛋惹到你了?"

"就是您。"

"我?"

"就是。"

"我怎么惹到你了?……"

她不回答我，却调转目光瞅着袜带。

"怎么啦？"我对她说，"是袜带惹你哭了？"

"是。"

"嗨！丹妮丝，别哭了，袜带就是给你买的。"

"雅克先生，您说的是真的？"

"千真万确，喏，给你。"我将两只袜带递给她，不过我将一只攥在手里，一丝微笑在她的嘴唇间一闪而过。我伸胳膊将她揽过，拉她到床边，将她的一只脚放在床沿上，把她的裙子撩到膝盖，她双手紧紧抱住膝盖，我亲吻她的小腿，将手中的袜带系上，刚刚系上，她老妈冉娜进来了。

主人：她来得真是不巧。

雅克：可以说不巧，也可以说很巧。她没有发现我与她女儿的窘态，只看见她女儿手里的袜带。"好漂亮的袜带，"她说，"可是还有一只呢？"

"在我腿上，"丹妮丝回答，"他跟我说是为他情人买的，我偏说是给我买的。我既然穿了一只，另一只当然应该是我的了，老妈，是不是这样？"

"哦！雅克先生，丹妮丝说得对，单只袜带没法用，您总不至于把她已经穿上身的要回去吧？"

"有何不可？"

"丹妮丝不答应，我也不答应。"

"那我们这么办吧。让我当您的面把另一只给她系上。"

"不行，不行，这样不行。"

"那她把两只都还给我。"

"那也不行。"

这时雅克与主人已经到了村口，他们要去村里看孩子，还有德·圣乌安骑士孩子的奶妈夫妇。雅克不说话了。主人对他说："下马，在这儿歇歇脚。"

"为什么？"

"因为从所有的迹象看，你的风流事就要结束了。"

"不完全对。"

"既然已经到了膝盖①，前面就没有多少路要走了。"

"主子，丹妮丝的腿比一般人都长。"

"先下马再说。"

主仆二人下马。雅克先下，他敏捷地上前要托主人的靴子，可是没等靴子踩住脚蹬，蹬子的皮带却脱开了，主人身体向后一仰，要不是被仆人的胳膊搂住，他就直挺挺摔到地上了。

主人：哎呀！雅克，你是怎么照顾我的！我刚才是不是差一点撞断肋骨、摔折胳膊、脑袋开瓢，还可能一命呜呼？

雅克：您不走运！

主人：混账东西，你说什么？你等着，等着，我来教你怎么说话……

说着，主人将鞭绳在手柄上绕了几圈，撒腿追逐雅克，雅克围着马跑，爆出阵阵笑声。主人诅咒起誓，气得口吐白沫，一面

---

① 说的是雅克已经触碰到姑娘的膝盖。法语有成语"不及某人的膝盖"，意思是差距很大，这里是反用。

也围着马跑，一面朝雅克气势汹汹地狂吐脏话。这场追逐直追到俩人汗流浃背，精疲力竭，一个停在马这边，一个停在马那边。雅克一边喘着粗气，一边还在笑；主人一边喘着粗气，一边拿眼狠狠瞪他。等两人气息平复了，雅克对主人说："主子先生同意了吧？"

主人：你想叫我同意什么？狗东西、无赖、下流坯，是要我同意你是世上最可恶的仆人，我是世上最可怜的主人？

雅克：多数时间我们做的并不是我们想做的，这一点难道不是明摆着？来，您扪心自问：刚才这半个钟头里您说的做的，有什么是您想说想做的？您难道不是我的玩偶吗？如果我愿意，您不是还会演一个月的滑稽戏？

主人：你说什么！刚才是一出戏？

雅克：一出戏。

主人：你早知道皮带要断？

雅克：是我做了手脚。

主人：你拿一根铜丝吊在我头顶上，叫我被你支使得团团转？

雅克：毫无破绽！

主人：你回答我的话也是事先想好的？

雅克：深思熟虑。

主人：好一个阴险的无赖。

雅克：您应该说，由于我队长有一天拿我当了打发时间的工具，我就成了一个巧舌如簧的话痨。

主人：可是假如我刚才伤着了呢？

雅克：那上边已经写了，而且我也预料到了，您说的事不会发生。

主人：好吧，咱们坐一会儿，该歇一歇了。

他们坐下，雅克说道："妈的，蠢货！"

主人：你应该在说你自己吧。

雅克：没错，说我自己哩，酒壶里竟然一滴酒也不剩。

主人：没什么可遗憾的，有一滴剩酒我也把它喝了。我渴得要命。

雅克：妈的，真蠢，居然没有留两滴酒！

为了忘掉疲劳和焦渴，主人请雅克继续讲故事。雅克拒绝了，主人很生气，雅克随他生气，最后经过申诉，说明继续讲故事可能惹出麻烦之后，雅克接着讲他的风流事。他说道：

"有一天是节庆，庄园主人去打猎了……"说完这句话，他猛然打住，说，"不能讲，绝不能再往下讲，命运之手现在好像已经掐住了我脖子，我能感觉到它越掐越紧。先生，看在上帝的分上，别让我说话了。"

"好吧！别说话了，到前面那栋茅屋去，打问一下寄养孩子的那家……"

那家要更远一点，俩人各自拉着马辔头，朝那家大门走去。刚到门口，门开了，一个汉子从门里闪出，雅克的主人大喝一声，伸手按住佩剑。门口出现的汉子也拔出了剑。两匹马受到兵刃撞击叮当声的惊吓，雅克的马挣断缰绳跑了，与此同时，与主人格斗的汉子倒地不动了。村民们纷纷赶来帮忙，雅克的主人飞身上马，奋蹄疾驰而去。村民们抓住了雅克，双臂反捆在背后，押给地方法官。法官将雅克关进牢房。死掉的汉子正是德·圣乌安骑士，这天碰巧他与阿加特一道来奶妈家看孩子。阿加特趴在情人的尸体上哭天抢地，雅克的主人早已没了踪影。雅克在从法官府去牢房的路上说道："本该如此。那上边都写着哩……"

至于我嘛，也该打住了，因为关于这两个人物，我知道的都已经说了。——雅克的风流事呢？——雅克说了不下百遍了，他的故事讲不完，那上边写好了的。我认为他说得有道理。看官，我瞧出来了，您挺有气的，那这样，您从他停下来的地方接着往下讲，您随便编。要不然，您去拜访一下阿加特，打问出关押雅克的村子，您去看看雅克，有问题可以问他，您不必扯他耳朵，他一定会叫您满意的。这对于他是个消遣的机会。根据一些我有充足理由认为不可靠的回忆录，我当然可以把缺少的部分补齐，但是有什么用呢？我们认为真实的东西，我们才有必要加以关注。另一方面，未曾对宿命论者雅克与他的主人的谈话——弗朗索瓦·拉伯雷大师的《卡冈都亚》与《马蒂厄传》[1] 之后最有分量的著作——作缜密考证就点评议论，那是非常鲁莽的。我会调动我的全部心力，以尽可能公允的态度来重读这些谈话，一周之内我将宣布我的最终判断，当然万一哪个比我更聪明的人证明我错了，我就收回我的判断。

---

① 法国修士、作家亨利-约瑟夫·洛朗（Henri-Joseph Laurens, 1719—1797）的小说，又名《人类精神之万象》，一度被当作伏尔泰的作品。

出版者①补白：一周过去了。我读了文中提到的回忆录，发现有三节为我拥有的底稿所阙如，第一节与第三节，我以为是原文，第二节显然是赘文。第一节如下，也许正是雅克与主人谈话缺失的一小段：

有一天逢节庆日，庄园主人打猎去了，留下的仆人都去几里路外的教区听弥撒。雅克没有卧床，丹妮丝坐在他身旁，两人谁也不说话，似乎在互相赌气。他们确实在赌气。雅克搜肠刮肚，想引导丹妮丝做让他开心的事，但是丹妮丝不为所动。沉默许久之后，雅克失声痛哭，语气生硬而又痛苦地说："你这是不爱我了……"丹妮丝幽幽地站起身，拉住他的胳膊，将他猛地拽到床沿，她自己也在床沿坐下，对他说："你说！雅克先生，我真不爱你吗？好吧，雅克先生，你想怎么对可怜的丹妮丝就怎么对她吧……"她一边说，一边涕泗横流，抽咽得上气不接下气。

下面是第二节，当是抄自《项狄传》，除非宿命论者雅克与他的主人的谈话发生于《项狄传》发表之前，反倒斯特恩爵士是个文抄公，不过对这一点我无法置信。当然我对斯特恩先生确实怀有一份特殊的敬重，在我眼里他与他们国家大部分作家都不同，那些人惯常的做法是偷窃我们的东西，然后对我们秽语相加。

又有一次，丹妮丝一大早来为雅克包扎。庄园里一切都还在睡梦中，丹妮丝战战兢兢地朝前走，到了雅克的门口她站定身，

---

① 这里出版者其实就是作者本人，他以雅克与他的主人谈话的整理者与出版人的名义出现，故自称"出版者"。

心里打鼓是进还是不进。她哆哆嗦嗦进了门，在雅克床前站立良久也不敢揭开床帐。她轻轻将床帐撩开一条缝，哆哆嗦嗦地向雅克问了早安，哆哆嗦嗦地问他夜里睡得好不好，身体好不好。雅克说他一夜没合眼，膝盖奇痒，痒得很难受，这会儿还难受。丹妮丝自告奋勇给他解痒，她拿起一小块法兰绒，雅克将腿搭在床沿，丹妮丝用法兰绒在他伤口的下部开始蹭，起先用一个指头，然后用两个，然后用三个、四个，然后是整个手掌。雅克望着她，陶醉在爱情中。然后丹妮丝拿法兰绒直接在雅克的伤口上面蹭起来，伤口上结的痂还是红色的，起先用一个指头，然后是两个、三个、四个，直到整个手掌。可是，仅仅止住了膝盖下部和膝盖上的痒还不够，还需要给膝盖上面的部位止痒，这里痒得越发厉害了。丹妮丝将法兰绒放在膝盖上面的部位，十分卖力地蹭起来，起先用一个指头，然后是二个、三个、四个，乃至整个手掌。雅克目不转睛望着她，激情不断高涨，最后终于按捺不住，扑倒在丹妮丝的手上……吻了它①。

不过，坐实抄袭的是下面这段。文抄公接着写道："看官，如果我描写的雅克的爱情您不满意，您可以来显显身手，我允许。即使您有三头六臂，我敢肯定您的结尾跟我没两样。"

"那你可说错了，你这个名副其实的造谣者，我的结尾跟你肯定不同。丹妮丝是个好姑娘。——谁跟你说丹妮丝不是好姑娘了？雅克扑倒在她手上，吻了它，它是她的手，是您自己思想龌龊，

---

① 此处模仿了《项狄传》第一百七十二回。

想把别人没说的话说出来。——您是说，他仅仅吻了丹妮丝的手？——当然了，雅克是个情感丰富的人，他怎么会对他准备娶为妻子的女人动粗，造成妻子对他不信任，从而毁掉自己下半辈子的生活？——但是前文说了，雅克搜肠刮肚想点子，想引导丹妮丝做让他开心的事。——那是因为，显然那时候他还没决定娶丹妮丝。"

第三节说的是雅克，我们可怜的宿命论者，全副手铐脚镣，卧在昏暗的地牢里，身下垫着稻草。追忆从他队长的哲学理论记下的点点滴滴，很有些相信，有一天他可能会留恋这个潮湿阴暗、臭气烘烘的地方，在这里他靠面包和水活着，在与大小耗子的搏斗中保护着自己的手和脚。据说，正当他陷入沉思的时候，监狱大门和牢房的门撞开了，雅克被盗匪裹挟入了伙。另一面，警察跟踪尾随，追上了他的主人，逮捕了他，关进了另一所监狱。多亏他第一次官司中就帮过他的那位执事鼎力周旋，他得以走出班房。当运气把对他而言同鼻烟盒、怀表同样重要的仆人送还给他的时候，他已经在戴格朗的庄园隐居了二三个月。那期间他只要嗅鼻烟、看时间，就没有一次不叹息道："可怜的雅克，你怎么样了！……"一天夜里，戴格朗的庄园遭了匪难，雅克认出这是恩人与自己情人的地方，他出来求情，保住了庄园。然后有文字记录了雅克同他的主人，还有戴格朗、丹妮丝与冉娜意外重逢的细节。

"是您啊，我的朋友！"

"你怎么和这些人混在一起？"

"那您呢，我怎么会在这里遇到您?"

"丹妮丝，真是你?"

"是你呀，雅克先生，你叫我流了多少泪呀!……"

这时，戴格朗大声道："大家斟酒举杯，快点，快点，是雅克救了我们大家的性命……"

数日后，庄园的老门房死了，雅克当了门房，娶了丹妮丝，他与丹妮丝一道为芝诺与斯宾诺莎①广招信徒，他为戴格朗所喜、主人所宠、夫人所爱，之所以如此，是因为那上边写着。

有人要我相信，戴格朗与他主人都爱恋上了雅克夫人。我不知道实际情况如何，但是我知道雅克每天晚上暗自道："雅克，如果那上边写了你要当乌龟，那你怎么做都白搭，终归要当乌龟。如若相反，那上边写了你不会当乌龟，那他们怎么做也白搭，我终归不会当乌龟。朋友，安心睡吧……"雅克酣然入梦。

---

① 芝诺（Zenon，约前 490—约前 425），古希腊哲学家；斯宾诺莎（Spinoza，1632—1677），荷兰哲学家。芝诺以"芝诺悖论"闻名，但是"芝诺悖论"在很长时间里被简单地归于怀疑主义（甚至诡辩）。芝诺是哲学家巴门尼德的弟子，而斯宾诺莎的哲学也被认为是巴门尼德学派的余绪。简单说，巴门尼德将世界归结为超宗教的"一"，是一种自然神论，斯宾诺莎与法国启蒙思想家伏尔泰、狄德罗等都是自然神论的信徒。

Denis Diderot
Jacques le fataliste et son maître

图书在版编目(CIP)数据

宿命论者雅克和他的主人/(法)德尼·狄德罗著；
罗芃译；罗芃主编.—上海：上海译文出版社，
2021.3（2024.9重印）
（狄德罗文集）
ISBN 978-7-5327-8406-6

Ⅰ.①宿… Ⅱ.①德…②罗… Ⅲ.①长篇小说—法
国—近代 Ⅳ.①I565.44

中国版本图书馆 CIP 数据核字(2021)第 020124 号

宿命论者雅克和他的主人	Denis Diderot	出版统筹 赵武平
	［法］德尼·狄德罗 著	责任编辑 李月敏
Jacques le fataliste et son maître	罗芃 译/主编	装帧设计 尚燕平

上海译文出版社有限公司出版、发行
网址：www.yiwen.com.cn
200001 上海福建中路 193 号
上海新华印刷有限公司印刷

开本 890×1240 1/32 印张 9.5 插页 6 字数 156,000
2021 年 6 月第 1 版 2024 年 9 月第 3 次印刷

ISBN 978-7-5327-8406-6/I·5157
定价：58.00 元